ALMAS PAGANAS

Elmore Leonard

EDICIONES B
GRUPO ZETA

Barcelona • Bogotá • Buenos Aires • Caracas • Madrid • México D.F. • Montevideo • Quito • Santiago de Chile

Título original: *Pagan Babies*

Traducción: Daniel Aguirre

1.ª edición: septiembre 2001

© Elmore Leonard Inc. 2000
© Ediciones B, S.A., 2001
   Bailén, 84 - 08009 Barcelona (España)
   www.edicionesb.com

Printed in Spain
ISBN: 84-666-0233-X
Depósito legal: BI. 1.686-2001

Impreso por GRAFO, S.A. - Bilbao

ALMAS PAGANAS

Elmore Leonard

Traducción de Daniel Aguirre Oteiza

Para Jackie Farber

1

La iglesia se había convertido en una tumba donde cuarenta y siete cadáveres reducidos a piel y manchas llevaban cinco años tirados en el suelo de hormigón, aunque no en el mismo lugar donde los habían matado con Kalashnikovs o a machetazos. Habían retirado los bancos y vuelto a montar los cadáveres: hombres, mujeres y niños yacían repartidos en hileras de cráneos, columnas vertebrales, fémures y pedazos de tela adheridos a restos momificados. A muchos adultos les faltaban los pies y los perros carroñeros se habían llevado huesos de todos los cuerpos.

Como los vivos ya no podían entrar en la iglesia, el padre Terry Dunn confesaba en el patio de la rectoría, a la sombra de unos viejos pinos y eucaliptos.

—Ave María Purísima. Hace dos meses que no vengo a confesarme. Desde entonces he fornicado con una mujer de Gisenyi, pero sólo tres veces. Eso es todo lo que he hecho.

Daba la impresión de que se les llenaba la boca cuando empleaban palabras inglesas, las pro-nun-cia-ban cuidadosamente, con un acento que, en opinión de Terry, sólo se oía en África. A los fornicadores les ponía diez padrenuestros y diez avemarías. Mientras el penitente rezaba el acto de contrición, él musitaba algo parecido a una absolución y, antes de que se marchara, le recordaba que amase a Dios y que no volviera a pecar.

—Ave María Purísima. Hace mucho tiempo que no vengo a confesarme, pero no es culpa mía, porque usted no confiesa cada vez que dice que va a hacerlo. El pecado que he cometido es que he robado una cabra cerca de Nyundo para que coma mi familia. Mi mujer ha preparado con ella unas brochetas y también un estofado con patatas y pimientos.

—Anoche, mientras cenaba —comentó Terry—, le dije a mi asistenta que el estofado de cabra me parecería mucho más rico si no tuviera tantos malditos huesos.

—¿Cómo dice, padre?

—Me refiero a esos huesecillos afilados que se le clavan a uno en la boca —explicó Terry, y le puso diez padrenuestros y diez avemarías. Ésta era la penitencia que ponía a la mayoría de sus feligreses.

Algunos venían a pedir consejo.

—Ave María Purísima. Todavía no he pecado, pero estoy pensando en hacerlo. He visto a uno de los hombres que mató a mi familia. Un hutu de las milicias *interahamwe* ha vuelto del campo de refugiados de Goma, y me gustaría matarlo, pero no quiero que me metan en la cárcel y tampoco quiero ir al infierno. ¿Puede pedirle a Dios que me perdone antes de matarlo?

—No creo que Dios esté por la labor —respondió Terry—. Lo mejor que puedes hacer es denunciar a ese hombre al *conseiller* de la oficina del sector y prometer que declararás como testigo durante el juicio.

El hombre que aún no había matado a nadie exclamó:

—¿Y eso cuándo va a ocurrir, padre? He leído en el *Imvaho* que hay ciento veinticuatro mil presos pendientes de juicio. ¿Cuántos años tardarán en juzgar al hombre que mató a mi familia? Dice el *Imvaho* que tardarán doscientos años en juzgarlos a todos.

—¿Ese hombre es más grande que tú? —preguntó Terry.

—No, es hutu.

—Búscalo —aconsejó Terry— y pégale en la boca con una piedra tan fuerte como puedas. Ya verás como te sientes mejor. Ahora reza bien el acto de contrición por todo lo que hayas podido hacer y se te haya olvidado.

Terry sólo podía ofrecerles un consuelo temporal, pero nada que fuera a cambiarles la vida.

Los penitentes se arrodillaban en un reclinatorio y lo veían de perfil a través de un pedazo de estopilla enmarcado y sujeto al mueble: era el padre Terry Dunn, un joven con barba y sotana blanca sentado en una silla de mimbre. Se ponía de costado a la pantalla y se quedaba mirando el patio delantero cubierto de maleza y hierbajos y la carretera que partía del poblado de Arisimbi y pasaba por delante de la iglesia. Solía confesar una vez por semana, pero en la escuela sólo decía misa en contadas ocasiones: el día de Navidad, el domingo de Pascua y cuando moría alguien. El obispo ruandés de Nyundo, a escasos quince kilómetros por carretera, había enviado recado de que fuese a dar explicaciones.

Terry subió a la camioneta Volvo amarilla del cura al que había sustituido y se presentó en el despacho del obispo. Se sentó entre esculturas africanas y cestas decorativas, un sofá de cuero, sillones con antimacasares provistos de llamativos dibujos en forma de estrella y, en la pared, un grabado de la Última Cena y una fotografía del obispo con el Papa. El obispo, que llevaba un jersey blanco, le preguntó si se proponía organizar una nueva secta en el seno de la Iglesia. Terry le respondió que no, que tenía un motivo personal para no actuar exclusivamente como sacerdote, pero que no iba a explicárselo. Lo que sí le dijo fue lo siguiente:

—Puede usted ponerse en contacto con la orden que lleva la misión, los padres misioneros de San Martín de Porres de Bay St. Louis, Misisipí, y pedir que me sustituyan; pero, si lo hace, le deseo buena suerte. Hoy en día los jóvenes no hacen precisamente cola ante las puertas del seminario para entrar en él.

De esto hacía ya varios años. Cuando se marchó, el obispo meneó la cabeza. Terry seguía allí solo.

Aquella tarde el reclinatorio estaba colocado bajo un techo de palmas y paja que se extendía desde la rectoría hacia el patio. Una voz se alzó sobre el rumor de la lluvia y dijo:

—Ave María Purísima. —Y fue directa al grano—: Aquella vez, cuando yo era chico y acabamos con las *inyenzi*, las cucarachas, yo maté a siete. En la iglesia, mientras usted decía misa y veía lo que pasaba, maté a cuatro. Y ya sabe que en Nyundo matamos a quinientos y luego vinimos a este poblado y matamos casi cien antes de que salieran todos huyendo.

Terry continuó con la vista clavada en la pendiente que descendía desde el patio hasta la carretera; la lluvia había oscurecido el firme de arcilla.

—También matamos a varios más en el control de carretera que montamos para detener a todos los conductores y pedirles los documentos de identidad —continuó la voz—. A quienes nos apetecía nos los llevábamos al monte y los matábamos. —Hizo una pausa y Terry aguardó. Aquel hombre no estaba confesando sus pecados, sino alardeando de lo que había hecho—. ¿Me oye, padre?

—Continúa —respondió Terry, mientras se preguntaba adónde pretendía ir a parar.

—Pues sepa que no tardarán en morir más. ¿Que cómo lo sé? Soy vidente, padre. La Virgen Santa se me aparece y me dice que lo haga, que mate a los *inyenzi*... ¿Le cuento esto y usted no dice nada?

Terry no respondió. La voz del hombre, a veces estridente, le resultaba familiar.

—Claro, es que no puede... —continuó la voz—. Puede decirme que no lo haga, desde luego, pero no puede contárselo a nadie más, ni al Ejército Patriótico Ruandés, ni al *conseiller*, ni a nadie, porque está confesándome y usted tiene que cumplir una norma que le prohíbe hablar de lo que oye durante la confesión. ¿Me escucha...? Antes de matarlos vamos a cortarles los pies. ¿Que por qué? Usted estará aquí cuando suceda, así que ya se enterará. Pero no tiene ningún poder, así que no podrá detenernos. Escuche, como lo veamos por aquí cuando vengamos, como veamos a alguien tan alto como usted, también le cortaremos los pies.

Terry seguía sentado en la silla de mimbre con la vista clavada en la lluvia, el cielo desvaído, la bruma que cubría las colinas en la lejanía. El problema era que aquella gente era capaz de cumplir sus amenazas. Ya lo habían hecho antes, de modo que no se trataba de mera palabrería: el tío no estaba fanfarroneando.

—¿Va a ponerme penitencia? —preguntó la voz.

Terry no respondió.

—Entonces ya está.

El hombre se levantó y Terry lo vio alejarse, descalzo, igual que un monigote de piernas delgadas y desnudas, vestido con una camisa verde a cuadros y un andrajoso sombrero de paja con el ala doblada bajo la lluvia. A Terry no le hacía falta verle la cara. Lo conocía igual que conocía a la gente del poblado: por la ropa que llevaba, que era la misma que se ponía todas las mañanas, si no había dormido con ella puesta. Aquella camisa verde la había visto recientemente, hacía sólo unos días...

Entre los puestos del mercado.

El de la camisa y tres amigos suyos estaban bebiendo cerveza de plátano de una artesa de hojalata lo bastante larga como para que pudieran acuclillarse los cuatro alrededor de ella, meter unos juncos en el espeso brebaje, bajar la cabeza y chupar la cerveza tibia. Esto les producía una sensación que se les reflejaba en los ojos, unos ojos alzados en aquel momento con aire distraído hacia Terry, quien pasó por delante del puesto abierto y se fijó en su mirada, y entonces el de la camisa verde hizo un comentario y los demás se rieron, y la voz sonó más alta y estridente, y siguió a Terry hasta alcanzar a un hombre que tostaba maíz. Era Thomas, y llevaba la camisa amarilla que el sacerdote le había dado unos meses antes. Éste le preguntó por el de la voz estridente y Thomas respondió:

—Ah, es Bernard, el vidente. Bebe cerveza de plátano y nuestra Santísima Virgen le habla. Algunos le creen.

—¿Qué anda contando?

—Cuando usted pasa, dice: «Mira, ahí viene *umugabo wambaye ikanzu*», el hombre del vestido. Luego cuenta que usted viene a comprar la comida que le guisa su puta tutsi, la que está follándose, aunque no quiere que se entere nadie porque es cura. Bernard dice que la Santísima Virgen le contó lo que usted estaba haciendo. Ahora dice que no le tiene miedo. *Oli enyamaswa.* Usted fue engendrado por animales.

—Ni siquiera lo conozco. ¿Qué se trae entre manos?

—Dice esas cosas para calumniarle ante la gente de aquí. Le llama *infigi.* —Thomas se encogió de hombros—. Le dice a todo el mundo que usted es estúpido. —Levantó la cara a la luz del sol mientras el sacerdote le escuchaba. En el delantero de su camiseta ponía THE STONE COYOTES y, en la espalda, ROCK—. Ahora anda contándole a todo el mundo que él lo vio a usted y que usted lo vio a él, pero que usted no hace nada.

—¿Cuándo lo vi?

—Creo que se refiere a la época del genocidio, cuando pertenecía a la milicia hutu y mataba a quien le daba la gana. Yo no estaba aquí, si no creo que estaría muerto. —Y agregó—: Pero usted, padre, sí que estaba, ¿no? Estaba en la iglesia cuando ellos vinieron.

—De eso hace cinco años.

—Mire —le indicó Thomas—. El vidente se marcha. ¿Ve que todos llevan machetes? Les gustaría volver a hacerlo: matar a los tutsis que se les escaparon la primera vez.

Terry vio alejarse la camisa verde.

Al ver desde la silla de mimbre que la camisa verde del monigote se dirigía hacia la carretera bajo la lluvia, Terry dijo en voz alta:

—Oye, Bernard. —El monigote se detuvo—. Yo también tengo visiones.

Francis Dunn no tenía noticias de su hermano más que tres o cuatro veces al año. Él le mandaba dinero al Banque Commerciale du Rwanda y enviaba un paquete con camisetas, ropa vieja y media docena de carretes de fotos; al cabo de un mes aproximadamente, Terry le escribía para darle las gracias. Le hablaba del tiempo, añadía algún detalle durante la estación de lluvias, y punto. Nunca mandaba fotos. Fran solía decirle a su mujer, Mary Pat:

—¿Qué hará con todos los carretes que le mando?

Mary Pat respondía:

—Seguro que los cambia por alcohol.

Terry no había contado gran cosa sobre la situación en Ruanda desde el genocidio, cuando los que ostentaban el poder, los hutus, cerraron las fronteras, trataron de exterminar a toda la población tutsi y asesinaron en tres meses a ochocientas mil personas: un intento de genocidio en toda regla que apenas apareció en las noticias. Terry tampoco se explayaba sobre su trabajo en la misión, sobre lo que estaba haciendo realmente. A Fran le gustaba imaginárselo vestido con una sotana blanca y unas sandalias, y rodeado de niños, felices criaturas indígenas de dientes blancos.

En los últimos tiempos Terry se había mostrado algo más abierto y en una carta les había contado: «Los altos y los bajos siguen lanzándose miradas asesinas, pero, por lo demás, todo parece haber vuelto a la normalidad, al menos a lo que aquí se considera normal. Ya sé cuáles son las cosas imprescindibles para vivir en este país: clavos, sal, cerillas, queroseno, carbón, pilas, Fanta, papel de fumar, Johnnie Walker etiqueta roja, y etiqueta negra para las ocasiones especiales. En el poblado hay electricidad hasta las diez de la noche aproximadamente. Pero sólo hay un teléfono. Se encuentra en la oficina del sector, que está ocupada por el EPR, el Ejército Patriótico Ruandés, una gente que, por extraño que parezca, es bastante decente y hace las veces de policía.»

En su última carta había escrito incluso una segunda hoja. Fran le dijo a Mary Pat:

—Escucha esto. Enumera los diferentes olores que cabe distinguir en el poblado. Es algo así como la esencia del lugar. Escucha. Dice: «El olor a moho, el olor a carne cruda, a aceite para cocinar, a fuego alimentado con carbón. El olor de las letrinas excavadas, el de la leche en polvo por la mañana, cuando la gente se come sus gachas. El olor a café, a fruta pasada. El olor a eucalipto que flota en el aire. El olor a tabaco, a cuerpos sin lavar, y el olor a cerveza de plátano en el aliento de un hombre que confiesa sus pecados.»

—¡Qué asco! —exclamó Mary Pat.

—Sí, pero ¿sabes qué? —dijo Fran—. Empieza a parecer otra vez el mismo de siempre.

Mary Pat preguntó:

—¿Y eso es bueno o malo?

2

El oficial del EPR al mando del sector respondió al hermano del cura, que llamaba desde Estados Unidos, y le preguntó en qué podía servirle. Mientras escuchaba apoyó la oreja en una mano, lejos del auricular. Contestó que lo lamentaba profundamente y añadió que sí, por descontado, que se lo diría al padre Dunn. ¿Cómo...? No, el ruido era el que hacía la lluvia sobre el tejado de metal. Sí, nada más que lluvia. Aquel mes estaba lloviendo todas las tardes, a veces el día entero. Mientras el hermano del cura le repetía todo lo que le había dicho antes, el oficial del EPR dijo «mmm..., mmm...» y respondió que iría inmediatamente, por descontado.

Entonces se acordó de algo.

—Ah, y también ha llegado hoy una carta suya.

Y el hermano del cura dijo:

—Con una noticia que se alegrará mucho de recibir. No como esta llamada.

El oficial se llamaba Laurent Kamweya.

Era tutsi y nacido en Ruanda, pero había vivido la mayor parte de su vida en Uganda, donde el idioma oficial era el inglés. Tras estudiar en la Universidad de Kampala, había recibido instrucción con los grupos guerrilleros del Frente Patriótico Ruandés y había regresado a su país con el ejército para arrebatar el gobierno a los genocidas hutus. Llevaba en Arisimbi menos de un año ocupando el cargo de *conseiller*, el representante del gobierno en la localidad. Laurent esperó a que amainara la lluvia y a que las plantaciones de té de las colinas del este volvieran a teñirse de un verde intenso. Luego aún esperó un poco más.

Una hora antes de que se pusiera el sol, cuando el cura solía estar sentado delante de su casa con su botella de Johnnie Walker, Laurent arrancó el Toyota Land Cruiser del EPR y empezó a subir al monte, quizá con idea de averiguar algo más acerca de aquel extraño sacerdote, aunque él hubiera preferido ir a Kigali, donde uno podía conocer a mujeres elegantes en los bares de los hoteles.

El pueblo, en cambio, era un lugar primitivo donde la gente bebía cerveza de plátano y hacía vida de campesino: trabajaba la tierra, cortaba madera, recolectaba, y cultivaba maíz, alubias y plátanos. Además empleaba todo el terreno, hasta las parcelas más pequeñas: plantaba maíz incluso en aquella carretera y junto a las viviendas, casas construidas con ladrillos de adobe, del mismo tono rojizo que la carretera de arcilla roja por la que avanzaba él y por la que continuó pendiente arriba hasta llegar a la escuela y al campo de boniatos que labraban los niños. A continuación, la carretera torcía y daba la vuelta por encima de la escuela; Laurent fue acercándose a la iglesia, la antigua basílica blanca de San Martín de Porres, que estaba quedándose sin pintura y mostraba unas cicatrices por las que se veían los ladrillos de adobe, mientras los vencejos entraban y salían volando del campanario. Una iglesia llena de fantasmas que ya no les servía a los vivos para nada.

La carretera serpenteaba y volvía a girar sobre la iglesia; Laurent se encontraba ya cerca de la rectoría, de los árboles que crecían a lo largo de la cima del monte.

Por fin la vio, un tanto apartada de la carretera: una casa de una planta cubierta de parras, con el enlucido desconchado y descascarillado. Según le habían contado, el edificio había empezado a deteriorarse a partir de la muerte del antiguo sacerdote, quien se había pasado allí la mayor parte de su vida.

Y allí estaba el cura que quedaba, el padre Terry Dunn, a la sombra del techo de paja que se extendía por un lado de la casa igual que una habitación sin paredes, donde a veces se sentaba para confesar y por la noche se tomaba su Johnnie Walker. Laurent había oído decir que también fumaba marihuana, que le conseguía su asistenta en Gisenyi, en el café Tum Tum Bikini. El whisky lo compraba en cajas cuando viajaba a Kigali, la capital.

Por su aspecto —los pantalones cortos y las camisetas con nombres de grupos de rock o de espectáculos organizados en Estados Unidos—, saltaba a la vista que no hacía el menor esfuerzo por parecer un sacerdote. La barba podía indicar que era un misionero extranjero, aspecto que a algunos les gustaba exhibir. ¿A qué se dedicaba? Repartía la ropa que le mandaba su hermano, confesaba cuando le venía en gana y escuchaba a la gente que se quejaba de su vida, a los que lloraban la aniquilación de su familia. También jugaba con los niños, les hacía fotos y les leía los libros de un tal doctor Seuss. Pero Laurent pensaba que se pasaba la mayor parte del tiempo sentado allí, en su monte, con su amigo el señor Walker.

El cura se volvió y, al ver el Land Cruiser del Ejército

Patriótico Ruandés, se levantó. El vehículo entró en el patio y se detuvo detrás de su vieja camioneta Volvo de color amarillo. Laurent apagó el motor y oyó música. Procedía de la casa, no estaba alta, pero tenía un ritmo agradable que le pareció... En efecto, era *reggae*.

Y allí estaba también la asistenta del cura, Chantelle, que en aquel preciso momento salía de la casa con una bandeja redonda en la que llevaba unos vasos y un cuenco con hielo. Chantelle Nyamwase. Llevaba la botella de whisky bajo el brazo, mejor dicho, la llevaba apretada entre la camiseta blanca que cubría su delgado cuerpo y el muñón del brazo izquierdo, que le habían cortado justo por encima del codo. Chantelle no solía taparse el muñón. Según ella, así se sabía que era tutsi, aunque bastaba con fijarse en su figura para darse cuenta. Había quien decía que había sido prostituta en el Hotel des Mille Collines de Kigali, pero que debido a la mutilación ya no podía continuar en aquel oficio. Además de la limpia camiseta blanca, llevaba a la cadera un *pagne* suave y ajustado; la falda le caía hasta las zapatillas de tenis, y la tela tenía un estampado de sombras color azul y tostado con rayas blancas.

Al bajar del Land Cruiser, Laurent se arregló la chaqueta de su uniforme de faena y se quitó la boina. Cuando se acercó al patio reconoció la música que salía de la rectoría: la voz era la de Ziggy Marley y la canción *One Good Spliff*, la misma que ponían en el piano bar del Hotel Meridien de Kigali. Ziggy estaba en aquel momento cantando la parte que decía: «Mis hermanas pequeñas y yo nos vamos de marcha...» Chantelle se encontraba de pie junto al sacerdote; había dejado la bandeja y el Johnnie Walker en la mesa, que se había descolorido de estar tanto tiempo en el patio. Antes de dirigirse al cura, Laurent vio que la botella estaba precintada.

—Padre, lamento profundamente tener que darle esta noticia. Es de parte de su hermano. Su madre ha fallecido en el hospital. Su hermano me ha pedido que le diga que el entierro se celebrará dentro de dos días.

El cura, que llevaba una camiseta con la frase NINE INCH NAILS: LA DROGA PERFECTA en el pecho, asintió dos veces con pasmosa lentitud.

—Le agradezco que haya venido, Laurent.

Fue todo lo que dijo. Estaba mirando la iglesia o el cielo, o quizá las colinas de enfrente, sobre cuyas altas praderas descansaba la neblina.

Laurent se acordó entonces de una cosa que le había contado el hermano del cura.

—Bueno, también me ha pedido que le diga que a su hermana le han dado permiso para salir de... del sitio donde está y asistir al entierro. Con la lluvia no le he entendido muy bien.

Laurent esperó. Esta vez el cura no le había prestado atención. Parecía sumido en sus pensamientos. O quizá le daba igual su hermana.

—Su hermana, Therese, se encuentra en un convento —le explicó Chantelle.

Y siguió hablando en su idioma, el kinyaruanda. Le contó a Laurent que la hermana del sacerdote pertenecía a la orden carmelita, que vivía en clausura y había hecho voto de silencio, de ahí que tuviera que pedir permiso para salir del convento y asistir al entierro. Laurent preguntó si el cura también iba a ir. Chantelle miró al sacerdote y respondió que no lo sabía. Laurent le dijo que su madre también había muerto en el hospital y empezó a contarle que los *interahamwe*, los matones hutus, habían entrado con lanzas de bambú en la sala donde estaba ingresada...

Chantelle se llevó un dedo a los labios para indicarle que se callara y luego agarró al cura del brazo para consolarlo, para que supiera que tenía a alguien cerca. Laurent le oyó musitar:

—Terry, ¿qué puedo hacer?

Le había llamado por su nombre de pila. Chantelle debía de ser algo más que una asistenta para el sacerdote. ¿Quién iba a pagar a una mujer manca para que cocinase y limpiara? Chantelle era una mujer muy bonita; tenía más atractivo incluso que las prostitutas del bar del Mille Collines, que eran famosas por su belleza. A muchas de ellas las habían asesinado por ese motivo.

Laurent decidió armarse de paciencia: el Johnnie Walker no se iba a ir a ninguna parte. Había que dar tiempo al cura a que asimilara la noticia de la muerte de su madre, una persona cercana pero que se encontraba lejos, en Estados Unidos. Debía de estar acostumbrado a sentir la muerte cerca de sí, en la iglesia, a menos de cien metros de distancia.

¿Tenía los ojos clavados en la iglesia o estaba mirando mentalmente al vacío? ¿No estaría escuchando a Ziggy Marley y los Melody Makers? Estaban tocando *Beautiful Day*. La voz de Ziggy se perdió sobre las colinas del oeste de Ruanda. Laurent se dio cuenta de que empezaba a dejarse llevar por la música e intentó pararse antes de que el cura o Chantelle se fijaran en él.

El sacerdote hizo ademán de marcharse, pero entonces se detuvo y se volvió hacia Laurent.

—¿Conoce usted a un joven llamado Bernard? Es hutu, lleva una camisa a cuadros de color verde y a veces un sombrero de paja.

El militar creía que el cura estaba pensando en la muerte de su madre, por lo que se quedó sorprendido.

—Sí, lo conozco. Acaba de volver de Goma, del campo de refugiados. Ésos de la ayuda humanitaria no saben distinguir a los buenos de los malos. Viene el EPR, los hutus huyen y los de la organización de ayuda les dan mantas y comida. Sí, sí que lo conozco.

—Anda contándole a todo el mundo que participó en el genocidio.

Laurent asintió con la cabeza.

—Igual que la mayoría de la gente a la que se lo cuenta.

—Reconoce haber matado a gente. En la iglesia.

—Eso he oído decir.

—¿Por qué no lo detiene?

—¿Que lo arreste? Pero ¿quién le ha visto matar a nadie? Quienes le vieron están muertos. ¿Qué testigo va a declarar en el juicio? Mire, si los soldados del EPR oyen hablar de alguien como Bernard, se lo llevarán al monte y lo matarán. Pero, si lo hacen, habrá que arrestarlos a ellos. Dos soldados han sido juzgados y ejecutados por matar a sospechosos hutus. Lo único que podemos hacer es no perderlo de vista.

—Pero si un hombre, no un soldado —insistió el cura—, ve al asesino de su familia y se venga...

El cura esperó a que le respondiera.

—Lo comprendería —dijo Laurent.

—¿Le arrestaría?

El militar miró al cura a los ojos y contestó:

—Informaría de que he investigado y no he podido dar con él.

El cura hizo un gesto de asentimiento, sostuvo la mirada a Laurent y dio media vuelta. Cuando se alejaba, el militar se acordó de la carta:

—Padre —dijo al tiempo que la sacaba del bolsillo—, le he traído esto; es también de su hermano.

Chantelle tomó el sobre, se lo llevó al cura y volvió a posar una mano sobre su brazo. Laurent los observó. El cura miró el sobre y luego le habló a su asistenta y levantó una mano hacia su hombro. Laurent se fijó en la familiaridad con que se tocaban.

3

Chantelle volvió a la mesa mientras el cura se dirigía hacia la casa.

—Le invita a tomar una copa.

—¿Va a volver?

—No ha dicho nada. —Parecía cansada.

—Con hielo —dijo Laurent, acercándose a la mesa—. Me ha sorprendido oírle hablar de esa manera. Creía que estaba mirando la iglesia, que la muerte de su madre le había recordado a los muertos que hay dentro.

Hablaban en inglés, que era la lengua materna de Laurent.

—Quiere enterrarlos —le explicó Chantelle—, pero el *bourgmestre*, la misma persona que animó a la milicia hutu a que entrara a matarlos, ha dicho que no, que las cosas deben quedarse como están, como un monumento a los muertos. —Ofreció el vaso a Laurent y añadió—: Explíqueme eso si puede.

—Lo llama monumento... —respondió Laurent—. Parece como si don Traje Gastado, el *bourgmestre*, ahora lo lamentase, como si le remordiera la conciencia. Yo en cambio creo que quiere dejarlos en la iglesia para poder decir con orgullo: «Mirad lo que hicimos.» ¿Estaba usted dentro, en la iglesia, cuando ocurrió?

—Intenté ir, pero no pude —respondió Chantelle—. Estaba en Kigali. Me pasé el día entero escuchando la radio por si daban alguna noticia. El locutor les dijo a los hutus que cumplieran con su deber, que salieran a las calles y mataran. Les proporcionó información, por ejemplo: «Hay tutsis en las oficinas de Air Burundi, en la Rue du Lac Nasho. Id y matadlos. Y también en el banco de la Avenue du Rusumo.» Ni que tuvieran ojos las radios. Le oí decir que la milicia hacía falta en el campo, en diferentes comunas, y entonces nombró ésta, la de mi familia.

—Estaría usted preocupada por ellos.

—Por supuesto, pero no llegué a tiempo.

—¿Y el sacerdote? ¿Dónde estaba?

—Aquí —contestó Chantelle mientras se servía whisky en un vaso con hielo—. Usted, en cambio, estaba en Uganda, porque si no estaría muerto o mutilado. Sí, aquel día el padre Dunn estaba aquí, aunque también estuvo en Kigali, viendo al antiguo cura, el padre Toreki, al que habían ingresado en el hospital con problemas de corazón. Falleció dos semanas después. Cuando murió, el padre Toreki llevaba aquí cuarenta años, la mitad de su vida. El día en que el padre Dunn fue a verlo también oyeron por la radio cómo animaban a la milicia hutu a que fuera a las comunas. El padre Toreki le dijo al padre Dunn que volviese y llevara a la iglesia a toda la gente que pudiese, pues la iglesia siempre ha sido un lugar seguro. Dentro había un mínimo de sesenta o setenta personas, más asustadas que nunca. El padre Dunn se hallaba en el altar y estaba alzando la Hostia, en la Consagración, que es la parte más sagrada de la misa. Entonces entraron ellos en la iglesia gritando: «¡Muerte a las cucarachas!», las *inyenzi*, y se pusieron a matar a todo el mundo, niños incluidos. No perdonaron a nadie. Los que trataron de huir no tuvieron ninguna posibilidad. A algunas mujeres las sacaron al exterior y las violaron; los asesinos hicieron turnos antes de matarlas. Figúrese... El padre Dunn en el altar, mirando cómo acababan con su gente.

—¿No intentó pararles? —preguntó Laurent.

—¿Cómo? ¿Qué podía hacer él? En el monasterio de Mokoto, los curas huyeron y asesinaron a mil personas.

Laurent se quedó pensativo. Levantó el vaso y ella le sirvió más whisky, mientras él le decía que creía que le habían mutilado en la iglesia.

—Ocurrió cuando venía para aquí —le explicó Chantelle—; estaba angustiada por mi madre y mi padre, y también por mi hermana. No vivían en el poblado, sino en la granja de la colina, donde mi padre tenía su rebaño de vacas. —Hizo un gesto de negación y añadió con voz queda—: Nadie los ha visto ni sabe dónde se encuentran sus cadáveres. Igual están en el fondo de una letrina o enterrados en una fosa común al lado de la carretera. No me extrañaría nada que mi hermana se encontrara entre los cadáveres que quedan todavía en la iglesia. Me fijo en las facciones de las calaveras y me pregunto: ¿será Felicité o un antiguo rey de Egipto al que han sacado de su tumba?

—¿Y dice que venía para aquí? —preguntó Laurent, para animarla a seguir hablando.

—Me trajo un amigo, un amigo hutu. Él decía que no iba a pasarme nada, que él hablaría por mí. Pero nos encontramos con un control de carretera donde había varios coches parados y todo el mundo tenía que presentar el carnet de identidad. Si eras tutsi, te ordenaban que salieras del coche. Mi amigo no pudo hacer nada para protegerme. Me llevaron al bosque, donde estaban esperando personas de otros coches, algunas con sus niños abrazados a ellas. —Chantelle hizo una pausa y se aclaró la garganta—. Al mando se encontraban los hutus, la mayoría de ellos jóvenes de las calles de Kigali, aunque ahora eran *interahamwe*, estaban todos borrachos y habían perdido el dominio de sí mismos. Se nos acercaron con machetes y *masus*, palos con clavos. Nadie se imaginaba que fueran a matarnos allí, en el bosque, lejos de la carretera. La gente empezó a gritar y a rogar por su vida, las madres protegían a sus hijos. Los hutus también gritaban, pero además se reían: estaban fuera de sí cuando empezaron a darnos tajos con los machetes como si fuéramos manojos de plátanos. Yo levanté el brazo para protegerme... —Chantelle volvió a hacer una pausa; esta vez dio un trago a su vaso y cerró un momento los ojos. Entonces dijo—: Uno me agarró de la mano y me dio un tajo cuando yo trataba de apartarme con el brazo extendido. —Y añadió—: Aún recuerdo su cara. —Y volvió a callarse—. Cuando caí al suelo, estaba en medio de toda la gente, y se me cayeron encima otras personas, muertas o heridas. Era de noche, y en pleno arrebato no comprobaron si estábamos todos muertos. Me quedé allí un buen rato sin moverme.

—¿La violaron antes?

—No, pero a otras sí. Las follaron como a perras.

—Pudo morir desangrada —comentó Laurent.

—Llevaba unos collares y me los enrollé al brazo.

—Aun así... —dijo Laurent.

—Mire, conozco a una mujer en Nyarubuye, donde mataron a mil personas o más, que permaneció más de una semana escondida bajo los cadáveres. Salía por la noche para buscar agua y comida y por la mañana volvía a ahuyentar las ratas y meterse otra vez entre los muertos.

Yo tuve mucha suerte: mi amigo, el hutu, logró dar conmigo y me llevó a Kigali, a casa de un médico. También era hutu, pero, al igual que mi amigo, no era un extremista. Me curó la herida y dejó que me quedara allí unos días. A continuación pude esconderme en el Mille Collines porque conocía al encargado, que salvó la vida a miles de personas. Escondió incluso a mujeres de funcionarios públicos, hutus que ocupaban puestos de poder y estaban casados con tutsis. Cuando las aguas volvieron a su cauce y esos cobardes hutus huyeron del ejército de usted, volví a buscar a mi familia. —Chantelle encogió de forma imperceptible sus delgados hombros bajo la camiseta—. Y me quedé a ayudar al cura.

—A cuidarle la casa con una sola mano... —puntualizó Laurent.

Chantelle se volvió hacia la rectoría. La música había dejado de sonar hacía ya rato, pero no se veía al sacerdote por ninguna parte.

—Le gustaría creer que me acuesto con él, pese a que no tiene manera de saber si es cierto o no.

—Tanto si lo hace como si no —respondió Laurent—, me da igual. Lo que no entiendo es qué pinta él en este lugar, por qué se queda si sólo cumple algunas de las funciones de un sacerdote. ¿Cómo es posible que, desde que está aquí sólo diga misa cuando le apetece? Una de las explicaciones que dan algunas personas es que tiene que ahorrar hostias porque las monjas que se las hacían al anterior cura están muertas. También he oído decir que se bebe el vino de la consagración durante la cena.

El militar vio que Chantelle sonreía sin muchas ganas.

—¿Y usted se cree eso? —preguntó.

—Dígame usted qué debo creer.

—Celebró misa en Navidad y también el domingo de

Pascua. Es un buen hombre. Juega a fútbol con los niños, les lee cuentos, les hace fotos... ¿Por qué busca motivos para criticarle?

—¿A eso ha venido aquí? ¿A jugar con los niños?

—Hace usted demasiadas preguntas —respondió ella mientras miraba otra vez hacia la casa y meneaba la cabeza con gesto cansino.

—¿No le parece diferente a otros curas que conoce? —preguntó Laurent.

—¿En qué sentido?

—No muestra una actitud de superioridad, no tiene respuestas para todo, para todos los problemas de la vida.

Ella opinaba de forma parecida y lo miró como si hubiera decidido por fin contarle la verdad sobre el sacerdote. Pero lo único que dijo fue:

—Vino a ayudar al antiguo cura.

—¿Y...? —preguntó Laurent, sin darse por satisfecho.

—Ahora el padre Dunn continúa su trabajo.

—No me diga... —respondió Laurent en un tono que a ella la molestaba porque, evidentemente, no quería hablar de su cura. Aun así, insistió—. Ha dicho que vino aquí... Pero ¿no le mandó su orden religiosa, la misma a la que pertenecía el antiguo cura? No recuerdo haber oído cómo se llama.

—Los padres misioneros de San Martín de Porres —dijo Chantelle.

—¿Y lo destinaron a este lugar?

Chantelle titubeó antes de responder.

—¿Qué importa cómo llegó aquí?

Laurent pensó que la había acorralado y dijo:

—Tiene cara de cansancio.

Y le indicó la mesa.

Se sentaron el uno enfrente del otro. Chantelle tenía la mano sobre el muñón del brazo mutilado. Estaba oscureciendo, el murmullo de los insectos empezaba a dominar el ambiente y en el cielo se veían las manchas negras de los murciélagos que se abatían sobre los eucaliptos.

Ella dijo:

—Hace tantas preguntas que parece un policía. Lo único que puedo contarle es que el padre Dunn vino o fue destinado aquí porque el antiguo cura, el padre Toreki, era tío suyo. Era hermano de su madre, la que ha muerto.

—¿Ah, sí? —exclamó Laurent. Aquello parecía interesante.

—Cada cinco años —prosiguió Chantelle—, el padre Toreki volvía a casa, a Estados Unidos, a predicar y recaudar dinero para su misión. Y siempre que iba se quedaba en casa de la familia del padre Dunn. Llevaba haciéndolo desde que Terry era un chiquillo.

Laurent hizo un gesto de asentimiento.

—De modo que durante estas visitas el cura pudo lavarle el cerebro al chaval con sus historias sobre Á-fri-ca —dijo silabeando la palabra—, contándole que vivía entre salvajes que se pintaban la cara y mataban leones con lanzas.

—¿Qué prefiere? ¿Hablar o escuchar? —preguntó Chantelle.

Laurent hizo un gesto con el vaso que tenía en la mano para invitarle a que continuara.

—Disculpe.

—Durante aquellos años —dijo Chantelle—, él y el padre Toreki intimaron mucho y empezaron a escribirse. El cura no le lavó el cerebro: le enseñó al padre Dunn, al chico, a ser el tipo de persona que era él, a ocuparse de la gente y de sus vidas.

Laurent asintió y mantuvo la boca cerrada.

—El padre Dunn —continuó Chantelle— cuenta que fue su madre quien le presionó para que se hiciera sacerdote, pues decía que para ella sería un orgullo, como para cualquier madre.

El militar volvió a asentir y comentó:

—Sí, las madres son así.

—La suya —explicó Chantelle— fue a misa de seis y comulgó todas las mañanas durante toda su vida. Él empezó a acompañarla cuando tuvo edad para ello. Se hizo monaguillo. El padre Dunn dice que su madre era muy religiosa y que rezaba todos los días para que se hiciese sacerdote.

Laurent observó que la asistenta levantaba el vaso para echar un trago de whisky y que se tomaba el tiempo necesario para reflexionar. Se tomaba todo el tiempo del mundo.

—Y eso fue lo que ocurrió, ¿entonces? —preguntó Laurent—. ¿Se hizo mayor y se metió a sacerdote?

Laurent esperó. La asistenta seguía sumida en sus pensamientos y estaba acariciándose el muñón distraídamente.

—Sí —respondió Chantelle—, llegó el día en que tuvo que irse a un seminario de California a estudiar. Fue al noviciado de San Dimas. He visto una imagen suya en un papel que tiene guardado: san Dimas, el santo africano que fue crucificado junto a Nuestro Señor. Se vino de allí sólo dos o tres semanas antes de que comenzara la matanza.

Esta vez fue Laurent quien hizo una pausa para asimilar lo que acababa de oír y pensar en ello con calma.

—¿Está segura de que se hizo cura?

—Eso me dijo, sí...

Como Laurent guardaba silencio, pero no dejaba de mirarla, ella agregó:

—No me miente, si es lo que está pensando. No tiene motivos para hacerlo. —Luego añadió—: ¿Quiere saber qué significo yo para él? No le haría daño aunque pudiera.

Laurent había dejado de preguntarse qué tipo de relación mantenían la asistenta y el cura. Parecía algo más importante que compartir la misma cama, en el caso de que fuera cierto que lo hacían.

—¿Hablan? —preguntó.

—Por supuesto.

—¿Sobre lo que él piensa?

—Él me cuenta cosas y yo le escucho —explicó Chantelle.

—¿Y usted le cuenta cosas?

—Trato de protegerle.

—¿De qué?

Chantelle se tomó su tiempo para responder.

—De pensar demasiado.

—Creía que ya tenía al señor Walker para eso.

—No bebe porque esté aquí o porque no quiera estar aquí. Bebe porque para él es un placer. Me ha explicado la razón por la que sabe que no es un alcohólico: nunca ha sentido la tentación de probar la cerveza de plátano.

—¿Le dice que tiene unos ojos muy bonitos?

—Me ha dicho que han encontrado unos cadáveres cerca de Ruhengeri. Esta vez son los de unos turistas que habían venido a ver los gorilas. Los han despedazado. El genocidio está empezando otra vez...

—Estaban alojados en el Hotel Muhabura —explicó Laurent— y salieron a dar una vuelta. Como usted ha dicho, eran turistas, visitantes. A eso no lo llamamos genocidio.

—Pero está empezando otra vez.

—También podría decir que continúa —puntualizó Laurent—, pero como incidentes aislados, como atrocidades sin relación entre sí.

—Llámelo como quiera —atajó Chantelle—, pero pronto volverá a ocurrir en este poblado.

—¿Cómo lo sabe?

—Me lo ha contado él.

—¿Y él cómo lo sabe?

—Se lo dicen cuando se confiesan con él.

4

Fran, el hermano de Terry, trabajaba de abogado en Detroit y estaba especializado en casos de indemnizaciones por daños y perjuicios. Entre sus clientes había médicos, grandes empresas y sus correspondientes compañías de seguros. Durante el invierno y los aburridos meses de primavera le gustaba ir a Florida a jugar al golf y especular con propiedades inmobiliarias.

A Mary Pat le había contado que iba a aprovechar la primera mañana de aquel viaje para echar un vistazo a una propiedad colindante con una urbanización nueva. Sin embargo, lo que hizo fue ir en coche desde Boca Raton a Fort Lauderdale y recorrer cincuenta kilómetros hacia el interior, hasta el correccional de Sawgrass, un centro penitenciario de seguridad media para mujeres. Iba a visitar a una joven llamada Debbie Dewey, que estaba a punto de acabar sus tres años de condena por agresión con resultado de lesiones.

Antes de ingresar en la cárcel, Debbie había hecho trabajos de investigación para abogados, muchos de ellos para Fran. Se encargaba de ir a ver a las víctimas a las que el abogado podía representar en acciones legales contra los dueños de los lugares donde habían sufrido el accidente. También investigaba historiales de médicos que, en opinión de Fran, habían hecho un mal diagnóstico y empleado un tratamiento equivocado con sus pacientes.

Debbie llevaba un vestido de color gris verdoso. Era el uniforme reglamentario de la cárcel, pero ella lo había estrechado y acortado. Fran le dijo que estaba muy guapa, que el pelo corto le quedaba muy bien. Aquel día lo tenía castaño claro, otros lo llevaba rubio. Debbie se mesó los cabellos, movió la cabeza para que el abogado viera que no se le despeinaba y comentó que a ella también le gustaba y que era una melena corta estilo Sawgrass. Se encontraban en la zona de visitas, sentados en torno a una mesa de picnic y rodeados por una valla doble rematada con alambre de espino. En las otras mesas había reclusas con padres, maridos, novios y personas que habían traído a niños pequeños para que vieran a sus madres.

—¿Cómo estás?

—Será mejor que no te responda. ¿Has venido con Mary Pat y las niñas?

—Están en la casa. Mary Pat quería ver cómo pasa la asistenta el aspirador, para asegurarse de que limpia bien debajo de los muebles. A las niñas las he dejado tumbadas en sus colchonetas. Cuando me he marchado, no recuerdo si le he dicho a Mary Pat que iba a jugar al golf o a ver una propiedad. Si estoy jugando al golf, tengo que acercarme al club y cambiarme. Pero, si he venido a ver una propiedad, no puedo volver a casa con ropa distinta.

—Ojalá tuviera yo tus problemas.

—¿Cuándo te sueltan?

—El próximo viernes, si no mato antes a un guarda.

—¿Vas a volver a Detroit?

—¿Adónde voy a ir si no? ¿Sabes en qué estoy pensando? En intentar trabajar otra vez de humorista. Pero con material completamente nuevo, con las diferentes situaciones en las que una se ve metida aquí.

—¿Estás de broma? ¿Material de la cárcel? ¿A qué clase de situaciones te refieres?

Debbie se levantó de la mesa de picnic y se agarró la falda del vestido por ambos lados.

—Llevo esto mismo, pero de la talla extra grande, con calcetines blancos y botas de trabajo, ¿vale? Soy una modelo de alta costura carcelaria. Hago un par de chistes sobre las eternas colas que hay que hacer en la cárcel. Y otro sobre las mujeres que tratan de ligar con una en la ducha: estoy en pelota picada y aparece una tía salida a la que llamo Rubella que quiere montárselo conmigo. Lo típico.

—¿Y también vas a contar cómo intentaste matar a Randy?

—De eso hablo al principio: es la razón por la que me encuentro aquí. —Debbie volvió a sentarse y preguntó—: ¿En qué anda metido ahora?

—Bueno —dijo Fran—, creo que no volveremos a verle en las páginas de sociedad.

Esto animó a la pequeña Debbie.

—Su mujer le ha pedido el divorcio y le ha puesto de patitas en la calle.

Al oír esto, Debbie se puso muy tiesa, y se le iluminaron los ojos.

—Lo sabía... ¿Cuándo ha ocurrido?

—Acaban de dar carpetazo al asunto.

—¿Cuánto han durado casados? ¿Un año?

—Un poco más. Firmaron un acuerdo prematrimonial, así que ella va a conservar su fortuna prácticamente íntegra. Randy ha cobrado su parte y va a quedarse con el restaurante.

—¿Le ha sacado un restaurante?

La pequeña Debbie parecía molesta.

—En el centro de Detroit, en Larned.

—Será hijoputa... ¿Por qué no me lo has contado antes?

—Los trámites del divorcio acabaron hace sólo un par de días.

—Me refiero a lo del restaurante. ¿Cómo se llama?

—Randy's, ¿cómo se va a llamar? Ha comprado un bar y ha invertido un montón de dinero. El de su esposa.

—¿Y cómo es que se lo ha quedado él?

—Por el acuerdo. A ella no le gustaba el barrio. Está a nombre de Randy, pero yo diría que hay un socio por medio. Al menos eso me ha contado la persona que me informa sobre el tema.

—Lo que no entiendo —comentó Debbie— es por qué a su mujer le ha costado más de un año descubrir que Randy es una puta víbora. Debería haberse dado cuenta la primera vez que mudó de piel.

—¿Vas utilizar eso en alguno de tus números cómicos?

—Se me acaba de ocurrir.

—¿Qué significa?

—Pues eso: que las víboras mudan de piel. —Luego añadió—: Seguro que también le ha sacado un yate el muy hijoputa.

—Su ex mujer se queda con los yates y los clubs de campo de Detroit y Palm Beach. Randy puede hacerse socio del Club Atlético si está dispuesto a pagar las facturas. Tengo un amigo en el mismo bufete donde trabaja el abogado que lo representa. Por eso estoy al tanto de los principales puntos del acuerdo. Randy se ha quedado con el restaurante y unos cuantos millones, y eso sin contar la tajada que se lleva el abogado. Lo extraño es que su ex mujer —añadió—, con toda la pasta y los contactos que tiene, no investigara a Randy antes de casarse con él.

—No lo conoces —explicó Debbie—: es un farsante de cuidado. Yo le creí, ¿no? Y eso que me gano la vida buscando estafas.

—No era mi intención molestarte.

—No estoy molesta. Lo que pasa es que sigo cabreada, eso es todo. —Se volvió hacia una mesa donde estaba llorando un niño, dejó de mirar y puso cara de tranquilidad. Sus ojos azules traslucían calma—. ¿Has estado en el restaurante?

—Sólo a tomar una copa. Parece un club de hombres. En las mesas suele haber tíos trajeados, gente de fuera que viene a las empresas de automóviles. —Fran hizo una pausa—. Me han dicho que de noche se ven tías buenas por allí.

—¿Es un bar de alterne o qué?

—No es lo que te imaginas. Me han dicho que son profesionales, prostitutas de lujo.

—Imagínate —dijo Debbie— que tu meta en la vida sea mamársela a ejecutivos de empresas de coches. A ver si me acerco y saludo a Randy cuando me suelten. Siempre he sabido que era un chulo de putas.

—Que conste que no sabía si decírtelo —aclaró Fran.

—Descuida, no haré ninguna tontería.

—Ahora ya sabes cómo se está aquí, así que la semana que viene, cuando salgas, tienes que hacer borrón y cuenta nueva. Lo cual me recuerda que mi hermano no tardará en llegar de África.

—Es verdad, el cura...

—A menos que me venga con las costumbres de allí. Siempre que escribe una carta es para hablarme del tiempo o de cómo huele en el lugar donde vive.

—¿Viene a tomarse unas vacaciones?

—Las primeras desde hace cinco años. Aún tiene pendiente la acusación por fraude de impuestos. Hemos de resolver ese asunto.

—¿Qué hizo? ¿Falseó la declaración de la renta?

—Pensaba que ya te lo había contado.

—Tampoco me habías contado lo del restaurante.

Debbie seguía pensando en la víbora de Randy.

—Es un problema federal, de la oficina del fiscal del condado de Wayne. Llevo con el tema desde que Terry se marchó. Casi han accedido a retirar la acusación, pero antes quieren hablar con él, cuando llegue a casa. Se trata de su palabra contra las declaraciones de dos tíos. Pero como es sacerdote y me he enterado de que el ayudante del fiscal con el que he estado lidiando es muy católico...

—Fran, no sé de qué me estás hablando.

—¿Ah, no? Juraría que te había hablado de este tema. Según la alegación, Terry y dos tíos más, los hermanos Pajonny, llevaron clandestinamente de Kentucky a Detroit un camión lleno de cigarrillos con el propósito de no pagar el impuesto federal. Terry se largó justo después de que los pillaran y los Pajonny trataron de librarse echándole el muerto a él: dijeron que fue idea suya y que se había largado con su parte. A consecuencia de esto acusaron a Terry, pero para entonces ya estaba en África.

—A ver si lo entiendo —dijo Debbie—. ¿Tu hermano el cura es un prófugo?

—Él no sabía que estaba acusado. Se fue allí a ayudar a nuestro tío Tibor, que llevaba cuarenta años de misionero. Tibor Toreki: ya te he hablado de él. ¿No recuerdas que solía quedarse en casa?

—No me aclaro —respondió Debbie.

Fran meneó la cabeza.

—No te lo he contado bien. Terry no era todavía sacerdote cuando se metió en el asunto del tráfico de cigarrillos. No se ordenó hasta que llegó allí e hizo los votos.

Debbie, que seguía un tanto perpleja, dijo:

—De acuerdo, pero ¿cómo es posible que alguien que está a punto de hacerse cura se dedique al contrabando de tabaco?

—Él no hizo más que conducir el camión. No sabía que se trataba de uno de los delitos más populares de los años noventa. El Estado subió el impuesto a setenta y cinco centavos el paquete, pero no le puso sello, así que mucha gente se puso a hacer contrabando. No entrañaba mucho riesgo, nadie salía herido... —Fran se fijó en que Debbie estaba encorvada sobre la mesa, lista para hacerle otra pregunta, y trató de impedírselo—. Cuando Terry llegue a casa, tienes que conocerlo. Me recuerdas a él, por la forma en que te tomas las cosas.

—Esos dos tíos —dijo Debbie—, los Pajonny... Me encanta ese nombre... ¿Eran amigos suyos?

—Desde hacía años. Del colegio.

—¿Fue idea de ellos?

—Llamaron a Terry para que llevara el camión y punto.

—¿Y trataron de cargarle el muerto y coló?

—El Estado afirmó que perdía ciento cincuenta millones al año en impuestos —explicó Fran— y a los Pajonny les cayó una sentencia ejemplar. Los condenaron a entre cinco y diez años. Johnny ya ha salido.

—Johnny Pajonny. Esto se pone cada vez más interesante. ¿Había estado metido en algún lío antes?

—En alguna ocasión, pero nunca lo habían mandado a la cárcel.

—¿Y Terry?

—Jamás había estado metido en ningún lío hasta ahora, aunque siempre fue un chaval de armas tomar. De pequeños, cuando yo estaba regordete, por así decirlo...

—¿Y ahora cómo estás? ¿Cachas o qué?

—No seas mala. ¿Quién más viene a visitarte?

—De modo que los demás niños se metían contigo...

—Los muy cabrones me llamaban Francis *el Gordo*. Se burlaban de mi nombre: «¿Francis, ¿dónde has dejado tus muñecas?» O me llamaban Frannie. Eso me reventaba. Pero, si andaba cerca Terry, entonces me dejaban en paz.

—Tu hermano mayor.

—En realidad le llevo dos años, pero no había quien le tosiera. En el instituto jugó tres años al fútbol americano, y le gustaba boxear. Se enfrentaba a tíos más grandes que él, le daba igual. Incluso si estaban dándole una paliza, él aguantaba. —Fran se imaginó a Terry de cura, vestido con su sotana blanca, y se le suavizó el gesto. Entonces añadió—: He pensado que, como ha vivido cinco años en un poblado africano, a lo mejor no lo reconozco cuando llegue a casa.

—Igual es un santo —dijo Debbie.

La idea hizo sonreír a Fran.

—Yo no diría tanto. Aunque vete tú a saber.

Diez mujeres, siete de ellas negras, ocupaban los bancos de madera colocados frente al televisor del dormitorio C. Estaban esperando a que comenzase su serie favorita. Debbie bajó de la segunda grada, situada encima de sus cabezas, y se puso delante del aparato.

—¿Qué hace ésa?

—Va a ensayar su numerito delante de nosotras.

—Aún estoy preparándolo —explicó Debbie—. Se titula: «Cómo me timaron cincuenta mil dólares y acabé en el talego.»

—¿Es divertido?

—Eso es lo que quiero que me digáis.

—¿Cincuenta mil? ¿Dónde robaste tú todo ese dinero?

—Lo gané trabajando.

—¿Haciendo la calle?

—Debería darte vergüenza. Debbie es abogada: se folla a la gente en el juzgado, no en la cama.

—No soy abogada. Hice los primeros cursos de derecho, pero luego lo dejé.

—¿Entonces por qué fuiste a la universidad?

—Pensaba que quería ejercer. —Debbie hizo una pausa, decidió dejar el numerito para otra ocasión y dijo—: ¿Puedo preguntaros una cosa? ¿Cuál es la mejor manera de ganar un montón de dinero sin dar golpe?

—Ganar el primer premio de la lotería.

—Encontrar a un tío rico.

—Anda, ¿y luego quién le aguanta todas sus gilipolleces?

—¿Y un atraco a mano armada? —preguntó Debbie.

—Si una quiere llegar lejos, tiene que robar.

—¿Alguna de vosotras, chicas, ha atracado un banco alguna vez?

Se miraron unas a otras y se pusieron a hablar entre sí:

—Bueno, yo conozco gente que lo ha hecho.

—Rosella la del B ha atracado uno. ¿Sabes a quién me refiero?

—Ah, sí. Rosella...

—Rosella le debía quinientos a un abogado. Entró en el banco con el arma de su chico y le dijo a la cajera: «Dame quinientos dólares, colega.» Se llevó la pasta y pagó al abogado.

—¿Y tú cuál piensas que es la mejor manera? —le preguntó una de las mujeres a Debbie.

—Quiero ser humorista. Pero también quiero darle un palo al hijoputa que me lo dio a mí.

La «madre» del grupo, a la que habían condenado a veinticuatro años por matar a su marido con una sartén de hierro colado, le aconsejó:

—Ahórrate el rollo cómico, encanto, y dedícate a dar palos. No has dicho nada divertido desde que te has puesto ahí delante.

Mientras regresa a casa con Mary Pat y las niñas, Fran vuelve a pensar en su fantasía favorita del momento.

A Debbie la ponen en libertad y él le tiene preparado un piso amueblado en Somerset, donde vivía antes, a escasos seis kilómetros de su casa de Bloomfield Hills. Le ayuda a instalarse, quizá pintan una habitación, cambian los muebles de sitio, y compran algo de comida y alcohol. Toman una copa, se relajan. «Chico, da gusto sentarse de una vez, ¿eh?» Debbie se pone ciega. Lógicamente, está algo salida, pues no se ha acostado con nadie desde hace casi tres años. Entonces le echa una mirada, la misma que lleva esperando verle desde que se conocieron y ella empezó a trabajar para él, la mirada con la que le da a entender que no le importaría liarse con él, pero no muy en serio, sólo para divertirse un rato. Como cuando uno se lanza y luego dice: «Joder, ¿qué ha pasado?»

Años atrás, Fran le había contado a Terry que nunca había ligado con una tía en un bar, ni siquiera de soltero. Su hermano le preguntó: «¿Nunca lo has intentado o nunca lo has conseguido?» Él le respondió que nunca lo había intentado. ¿Por qué no tenía la misma confianza en un bar que en el juzgado? Terry le dijo entonces: «Vas demasiado arreglado. Pierde un poco de peso y deja de cortarte el pelo durante una temporada.»

La respuesta de Terry a cualquier problema se basaba en el principio de la serenidad. Si puedes resolverlo, adelante. Si no, que le den.

5

Por la noche Chantelle no se alejaba de su pistola, una semiautomática Tokarev rusa que había comprado en el mercado con dinero de Terry. En el mercado vendían también granadas de mano, pero le daban miedo.

Aquella noche salió con la pistola y la dejó sobre la mesa, donde él estaba liándose un porro o, como él decía, un *yobi*. Ella le había contado que allí a veces a la marihuana la llamaban *emiyobya bwenje*, «lo que te calienta la cabeza». De ahí había sacado la palabra *yobi*. Se habían fumado uno antes de la cena —el estofado de cabra que había sobrado de la noche anterior; como siempre, Terry se había quejado de los huesecillos— e iban a fumarse otro con el whisky y el café. En la mesa ya estaban las tazas, la licorera y una vela de citronela en la mesa.

Antes siempre que fumaban él le contaba cosas divertidas que había oído en las confesiones o relacionadas con su hermano el abogado y lo que hacía para conseguirles dinero a personas que habían sufrido un accidente. También le contaba chistes que ella nunca entendía, pero de los que se reía porque él siempre se reía de sus propios chistes. Aquella noche, en cambio, Terry no estaba para bromas.

Aquella noche estaba serio, pero de una forma extraña.

Terry dijo que nunca en su vida había visto tantos putos bichos. Empleaba esa palabra cuando bebía demasiado. Los putos bichos, la puta lluvia... A veces le contaba que encendía la luz y le daba la impresión de que las putas paredes se movían y el papel pintado cambiaba de dibujo. Ella le decía: «No hay papel pintado en casa.» Él le respondía que ya lo sabía, que se refería a los bichos. Había tantos que parecían el dibujo de un papel pintado, y cuando encendía la luz empezaban a moverse.

Chantelle tenía paciencia con él. Aquella noche hubo entre ellos silencios de varios minutos; ella esperó a que pasaran.

Terry la sorprendió de pronto.

—A algunos los mutilaban antes de matarlos, ¿verdad? —le soltó sin venir a cuento—. Los mutilaban adrede.

Últimamente había empezado a hablar otra vez sobre el genocidio. Ella respondió:

—Sí, lo hacían adrede.

—Les cortaban los pies a la altura de los tobillos —insistió él.

—Y, si la persona iba calzada, les quitaban los zapatos —añadió Chantelle. Creía que se refería a cuando habían entrado en la iglesia, un episodio del genocidio del que no hablaba desde hacía mucho tiempo.

—No recuerdo que les cortaran los pies de un solo tajo —dijo Terry.

A Chantelle le pareció que aquel comentario demostraba una enorme frialdad.

—A veces sí.

—¿Es eso una observación tuya? —preguntó él.

A Chantelle no le gustaba que hablara de esa manera

tan formal. Resultaba extraña en él y, como la palabra que había empleado antes, constituía un indicio de que había bebido demasiado.

—A algunos se los cortaron de un golpe —explicó—. Pero creo que se les desafilaron los machetes o que tenían la hoja roma. El que me hirió a mí... Cuando fue a pegarme, levanté el brazo para protegerme. Luego, al tratar de apartarme, me agarró de la mano y volvió a pegarme, y esta vez me cortó el brazo. Vi cómo lo sostenía con una mano y se quedaba mirándolo. Recuerdo que parecía sorprendido. Luego cambió de expresión y puso cara de... Diría que de horror, de asco, pero no sé si le asqueaba sólo lo que estaba viendo o también lo que me había hecho.

—¿Qué pasaría si volvieras a encontrártelo?

—Espero no volver a verlo.

—Podrías hacer que lo arrestaran y lo juzgasen.

—¿No me digas? ¿Y recuperaría así mi brazo?

Terry siguió fumando a la luz de la vela. Al cabo de un rato, comentó:

—En la iglesia se quedaron parados, hechos una piña, abrazados unos a otros, esperando a que los asesinaran. Los hutus fueron arrastrándolos hasta el pasillo y algunos me llamaron. Nunca te lo he contado, pero decían: «Padre, por favor...»

Chantelle no quería que hablase de sí mismo, de lo que había hecho o dejado de hacer.

—¿Sabes qué? —le dijo—. Los asesinos hutus cortaron los pies a los tutsis de toda Ruanda para ser más altos que ellos.

Terry insistió en el tema de la iglesia:

—Se quedaron allí y no hicieron nada para evitarlo.

Ojalá se callara, pensó ella.

—Escúchame. Si no tenían armas, sabían que su muerte estaba escrita. He oído decir que hubo gente en Kigali que pagó a los asesinos hutus para que les mataran a tiros en vez de a machetazos. ¿No lo entiendes? Sabían que iban a morir.

Le daba igual lo que ella le dijera. Sostuvo el *yobi* en los labios, pero sin fumar, y añadió:

—No hice nada para ayudarles. No moví ni un puto dedo. Me quedé mirando. Eso es lo único que hice mientras los mataban: mirar.

Lo había dicho sin inmutarse, y eso la asustó.

—Pero estabas ofreciendo el pan. Eso fue lo que me dijiste, tenías la hostia en la mano. No podías hacer nada. Si hubieras intentado impedírselo, te habrían matado. A ellos les da igual que seas sacerdote.

Terry volvió a llevarse el *yobi* a la boca para darle una calada, pero se detuvo.

—¿Puedo preguntarte una cosa? —Hizo otra pausa.

—Sí —dijo ella—. ¿De qué se trata?

—¿Crees que yo pinto algo aquí?

Daba la impresión de que sentía lástima de sí mismo.

—¿Quieres que te diga la verdad? —respondió ella—. No haces todo lo que podrías. —Y añadió—: Haz algo más. Habla con la gente, predica la palabra de Dios. Haz lo que tiene que hacer un sacerdote. Celebra misa todos los domingos, haz lo que la gente espera que hagas.

Él la miró fijamente a la luz de la vela y preguntó:

—¿De veras crees que puedo tomar el pan y transformarlo en el cuerpo de Cristo?

¿A qué venía esa pregunta?

—Claro que puedes —dijo Chantelle—. Es lo que hacen los sacerdotes en misa: transforman el pan y el vino. —¿Qué le ocurre?, se preguntó. Entonces añadió—: Creo en ello tanto como todos lo que vienen a misa.

—Sally, creemos en lo que nos apetece creer. —A veces la llamaba así, Sally, una deformación de *asali*, que significaba cariño en swahili—. ¿Quieres que te diga en qué creo yo?

—Sí, me gustaría que me lo dijeras.

—Vine aquí con buenos propósitos. Una de las cosas que quería hacer, en concreto, era pintar la casa del padre Toreki. Hacía años que, cada vez que veía una foto de la casa pensaba que había que pintarla. Me acordaba de las veces en que había ayudado a mi padre cuando tenía algún encargo importante, como pintar el exterior de una casa de dos pisos, por ejemplo.

¿Por qué estaba contándole todo aquello? El exceso de alcohol estaba haciéndole divagar.

—Mi padre —continuó— fue pintor de brocha gorda toda su vida. Se pasó por lo menos cuarenta años con una pared delante de la cara: pintándola, oliéndola, yendo a la camioneta con la escalera al hombro para fumar un cigarrillo y beber vodka a morro. Cuando dejé la universidad y empecé a ayudarle, me dijo: «Vuelve a estudiar y búscate un buen trabajo.» Y luego añadió: «Eres demasiado listo para pasarte la vida meando en latas de pintura.» Sólo descansaba en otoño para ir a cazar ciervos. Nunca fue al médico. Tenía sesenta y tres años cuando murió, mi hermano Fran dijo que estaba viendo a los Leones en la tele. No a los de verdad, sino a los de Detroit. Son un equipo profesional de fútbol americano. Fran me contó en una carta que lo último que vio antes de quedarse inconsciente fue a los Leones correr por el campo y perder el balón en la línea de dos yardas.

Chantelle se fijó en la cara que ponía mientras la miraba. Parecía estar sonriendo. Pero quizá fuera una impresión falsa.

—Deberías conocer a mi hermano —dijo Terry—. No estaba siendo irrespetuoso cuando lo dijo.

¿Era a ella o a sí mismo a quien estaba hablando con aquella voz tan suave? Chantelle observó que daba una calada al *yobi*. Se le había apagado.

—Deberías acostarte.

—Dentro de un rato.

—Bueno, yo me voy a la cama. —Se levantó de la mesa con su pistola rusa y se lo quedó mirando—. ¿Por qué me hablas así?

—¿Así cómo?

Chantelle echó a andar y respondió:

—Da igual.

Y entonces le oyó decir.

—¿Por qué te enfadas conmigo?

Chantelle se quedó quieta en la cama para escuchar y oyó que Terry se duchaba y se cepillaba los dientes en el cuarto de baño que había entre los dos dormitorios. Siempre se cepillaba los dientes y olía a dentífrico cuando se acostaba en la cama de ella. Una vez por semana llevaba dos pastillas de Larium para la malaria y un vaso de agua para los dos. Las pastillas eran alucinógenas y por la mañana ambos trataban de describir los sueños que habían tenido.

Aquella noche se acostó a su lado bajo la mosquitera y se quedó tumbado boca arriba sin moverse, dejando que decidiera ella si hacían algo o no.

—De modo que has venido aquí a pintar una casa. ¿Ésa es la razón?

—Es algo que quería hacer.

—¿Entonces por qué no la pintas?

Terry no respondió, pero al cabo de un rato dijo:

—Quiero enterrar los cadáveres de la iglesia. Quiero enterrar los huesos.

—¿Y...? —preguntó ella.

Pero él guardó silencio.

—¿Te importaría hablarme? —insistió ella.

—Estoy intentándolo.

—Vamos, anda... —exclamó Chantelle. Era una de las expresiones de Terry que le gustaban.

Estuvo varios minutos escuchando el rumor de la noche, el ruido del exterior, tras lo cual se puso de costado y se aproximó a él. Se encontraba lo bastante cerca para verle la cara, lo bastante cerca como para descansar el muñón de su brazo sobre su pecho. Y si ahora me lo toca, pensó.

Y se lo tocó: Terry tomó el extremo duro y cicatrizado de lo que quedaba de su brazo y empezó a acariciarlo suavemente con los dedos. Ella levantó la cabeza y él la rodeó con el brazo.

—Ya sé por qué no me hablas —dijo Chantelle.

Esperó y él preguntó:

—¿Por qué?

—Porque vas a marcharte y no vas a volver.

Esta vez, al ver que pasaba el tiempo y él no decía nada, levantó la cabeza y le besó en la boca.

Chantelle se despertó por la mañana, miró la luz del sol a través de la mosquitera y volvió a cerrar los ojos para escuchar los sonidos de la casa. Sabía que se había marchado, pero siguió prestando atención. A veces él regresaba a su dormitorio durante la noche. A veces ponía el café a calentar. Ella prestaba atención para oírle toser y carraspear. Chantelle creía que, si no lo viera durante mucho tiempo y le oyese carraspear en medio de una multitud de gente, sería capaz de reconocerlo. Había veces en que él pensaba que la quería: no sólo cuando estaban en la cama y le demostraba lo mucho que la deseaba, sino también otras veces, por la manera en que la miraba. Entonces ella esperaba a que se lo dijera. Y cuando lo hacía, ella sonreía, para que las palabras no lo asustaran. Después de acostarse juntos la primera vez, se quedó tan callado que ella le dijo: «Mira, siempre hay curas a los que les gusto, curas ruandeses, curas franceses... No es ninguna novedad. ¿Te crees que a la gente le importa si nos acostamos?»

Chantelle abrió los ojos y volvió la cabeza sobre la almohada. Se había marchado. Luego se volvió hacia su lado de la cama para levantarse, miró hacia la mesilla de noche y vio que la pistola también había desaparecido.

6

Tardó tres horas en recorrer los ciento cincuenta kilómetros que había desde Arisimbi hasta el Banque Commerciale y las oficinas de Sabena en Kigali, y otras tres en volver. Jamás había sentido nada parecido a lo que experimentaba mientras cruzaba Ruanda en coche.

Cuando subía a lo alto de una cuesta larga y miraba alrededor, sólo veía colinas en todas las direcciones, colinas brumosas, colinas de un verde intenso, divididas en bancales, labradas, con terrenos cultivados entre platanares, todo el país era un enorme huerto.

En las colinas más lejanas veía las rayas rojas de caminos sin pavimentar y casas, cercados y alguna iglesia moteaban las pendientes. Avanzó por la carretera de dos carriles con todas las ventanillas de la camioneta del padre Toreki bajadas. Conducía con la sensación de estar dando un gran paso, la sensación de que su vida iba a dar pronto un giro importante.

Lo malo era quedarse atascado detrás de los camiones en las curvas cerradas y las pendientes: camiones cargados hasta arriba de plátanos y sacos de carbón y camiones que transportaban cuadrillas de trabajadores. Uno de ellos llevaba un gran remolque amarillo con las palabras «Cerveza Primus» estampadas en la parte trasera, y Terry lo tuvo delante varios kilómetros. Luego estaba la gente de los arcenes, gente en grupo que parecía estar esperando el autobús y gente en movimiento: mujeres con ropa de vivos colores que portaban cubos de plástico sobre la cabeza o vasijas de arcilla anchas como un balón; muchachos que empujaban carros llenos de sillas de plástico encajadas unas dentro de otras; cabras que pastaban junto a la carretera; vacas de Ankole, con sus elegantes cuernos y su dura carne, que cruzaban sin prisas el asfalto. Perros, sin embargo, no había ninguno. ¿Dónde se habían metido? Un cartel al borde de la carretera prevenía contra el sida. En un letrero colocado encima de un puesto de Coca-Cola ponía: «Ici sallon de coiffure.» La gente se metía distraídamente en la carretera y él se apoyaba sobre la bocina, algo que nunca hacía.

Por fin llegó a lo alto de una cuesta y descendió hacia Arisimbi. El poblado se extendía más abajo hacia la derecha.

Los puestos de hormigón del mercado se encontraban al otro lado de la carretera principal, lejos de la oficina del sector y de los edificios cuadrados de ladrillo rojo rodeados de vegetación, lejos del bar, la casa de la cervecera, el cercado donde vivía la brigada de Laurent, el pozo, la casa del carbonero y el cercado donde vivía Thomas el del maíz. Todo ello formaba un mosaico rojiverde que conducía hacia la iglesia blanca y la rectoría, en medio de los árboles.

Terry aparcó la camioneta delante de la oficina del sector y entró en el edificio.

Vestido con una camisa almidonada, Laurent Kamweya alzó la vista del único escritorio que había en la habitación y se levantó diciendo:

—¿En qué puedo servirle, padre?

A Terry le caía bien Laurent, y no creía que hablara por hablar.

—¿Sabe dónde puedo encontrar a Bernard?

La pregunta pareció dejarle desconcertado por un momento.

Laurent se volvió lo suficiente para indicarle la ventana, los pesados postigos de madera abiertos y la calle que serpenteaba por el poblado.

—¿Ve la flor blanca que hay junto a la puerta de la casa de la cervecera? —preguntó—. Hoy tiene cerveza de plátano, de modo que Bernard estará allí con sus amigos. Dígame para qué quiere verlo.

—Quiero hablar con él —respondió Terry—. A ver si consigo que se entregue.

—¿Quiere convencer a Bernard Nyikizi para que confiese sus crímenes?

—Para que salve su alma inmortal.

—¿Lo dice en serio?

—Voy a probar. ¿Está usted ocupado? —preguntó Terry—. Quería pedirle otra cosa.

—Estoy a su disposición... —dijo Laurent al tiempo que señalaba el escritorio, donde no había nada salvo una tablilla con unos papeles.

Las paredes de ladrillo de la oficina se hallaban tan desnudas como la mesa y el suelo estaba cubierto con una estera.

Aquel lugar tenía siempre el mismo aspecto de provisionalidad, como si nunca sucediera gran cosa. Laurent vio que Terry metía una mano bajo la sotana blanca, sacaba diez billetes de cinco mil francos (de los nuevos, ilustrados con danzadores indígenas) y los dejaba sobre el escritorio.

—Son cincuenta mil francos —dijo—. Quisiera pedirle un favor, si no le importa. Busque a alguien y páguele la mitad de este dinero para que cave unas tumbas en el cementerio de la iglesia. Cuarenta y siete tumbas.

—¿Tiene usted permiso del *bourgmestre*?

—Que se vaya a la mierda el *bourgmestre*. Es propiedad privada; el Estado no pinta nada en este asunto.

Laurent se mostró indeciso.

—¿Por qué me lo pide a mí? Podría ocuparse usted.

—Me voy. Me marcho a casa.

—¿Para siempre?

—Dios dirá. Me voy esta tarde.

—¿Tiene a alguien para que le sustituya?

—Eso no es asunto mío. Pregúntele al obispo.

—¿Seguirá siendo cura?

Terry vaciló.

—¿A qué viene esa pregunta?

—No se parece a otros sacerdotes que he conocido. Se lo digo como un cumplido. —Laurent se calló para que Terry respondiera a su pregunta. Al ver que guardaba silencio, dijo—: Veinticinco mil por cavar unas tumbas es una cantidad muy generosa.

—¿A cuánto sale? —preguntó Terry—. ¿A dólar y medio cada una? —Tomó cinco billetes y los puso más cerca de Laurent, que seguía de pie detrás del escritorio—. Esto es para otro favor. Necesito que alguien me lleve al aeropuerto.

—Vaya en autobús —sugirió Laurent—. Sale mucho más barato.

—Lo que quiero es que me lleve en el Volvo —explicó Terry—. Que vuelva con él y se lo dé a Chantelle, o bien lo venda en Kigali y le dé a ella el dinero.

—Perdone que le haga la misma pregunta que antes —insistió Laurent—. ¿Por qué me lo pide a mí y no a otra persona?

—Porque es quien manda aquí —contestó Terry—. No sé si se fía usted de mí, pero yo de usted me fío por completo. Si cometo un error y se queda con el vehículo o con el dinero, será Chantelle quien salga perdiendo. Así que está en sus manos, amigo.

Ahora ya tiene algo en lo que pensar, se dijo Terry. Se volvió hacia la puerta y miró al militar.

—No tardaré. —Entonces se acordó de algo, por lo que se detuvo otra vez y preguntó—: Hay algo que vengo preguntándome desde hace tiempo. ¿Dónde se han metido todos los perros?

—A la gente ya no le gusta tener perros —respondió Laurent—. Se comieron demasiados cadáveres.

La única diferencia entre la casa de la cervecera y lo que allí llamaban el bar (los dos establecimientos estaban hechos de adobe y tenían tejado de metal) era que la cervecera preparaba su propia *urwagwa*, una bebida hecha con plátanos que servía con una pajita en botellas de Primus de un litro y cuyo precio oscilaba entre los cinco y los quince centavos según las existencias que quedaran. En el bar servían también marcas comerciales: Primus, que estaba hecha con sorgo, y Mutzig, que Terry tomaba de vez en cuando.

El sacerdote entró en la casa de la cervecera respirando por la boca a causa de la fetidez de los plátanos demasiado maduros y el olor a sudor, y pasó al interior de una habitación de ladrillo visto que parecía una celda. Bernard estaba dentro, con su camisa verde, apoyado contra la pared junto a uno de sus amigos, detrás de una mesa de madera contrachapada. Los dos sorbían de sendos juncos metidos en unas botellas marrones de litro con una etiqueta de Primus desgastada por el uso. El tercero estaba sentado a la izquierda de Bernard en una silla de respaldo recto inclinada sobre la pared, con su botella y su pajita, y los pies desnudos colgando. El cuarto salía en aquel preciso momento de un pasillo que había al fondo. Terry esperó a que entrara en la habitación. Eran los cuatro que había visto el otro día en el mercado, y todos estaban mirándolo. Bernard les musitó algo en kinyaruanda. A la cervecera no se la veía por ningún lado.

Terry se dirigió a Bernard.

—¿Has tenido alguna visión más? —preguntó.

—Lo que va a suceder se lo dije en la confesión —respondió Bernard. Hablaba con el junco metido en la boca y la botella apoyada contra el pecho—. Aquí no cuento mis visiones.

—Da igual —dijo Terry—. En el mercado has contado a todo el mundo que tú me viste a mí y que yo te vi a ti. Has estado hablando de cuando entraste en la iglesia con tu machete y con tu *panga*. Son tus propias palabras: «Yo lo vi a él y él me vio a mí.» ¿No es cierto? Yo vi cómo matabas a machetazos a cuatro personas, tal como tú me contaste, y tú viste que yo no hacía nada para impedírtelo. Ahora dices que vas a hacerlo otra vez, que vas a poner a todo el mundo en su sitio, yo incluido. ¿No es así? ¿No es eso lo que has dicho?

—En este lugar hablo solamente con mis amigos —contestó Bernard, sin sacarse el junco de la boca—. Aquí usted sobra. ¿A qué ha venido?

—A pedirte que te entregues, que le cuentes a Laurent Kamweya lo que hiciste en la iglesia.

Bernard sonrió y dijo:

—Usted está loco.

Habló con sus amigos en kinyaruanda y todos sonrieron. Terry preguntó:

—¿Estaban ellos contigo aquel día?

—Sí, claro, y también otros. Era su deber —contestó Bernard—. Dijimos: *Tugire gukora akazi*. Vamos a hacer el trabajo, y lo hicimos, ¿no es así? Ahora váyase, aquí sobra.

—En cuanto te ponga la penitencia —dijo Terry.

Se sacó de la sotana la pistola de Chantelle y pegó un tiro a Bernard que hizo añicos la botella que estaba sujetándose contra el pecho. Luego disparó al que se encontraba a su lado, que se había quedado atrapado entre la pared y la mesa de madera contrachapada e intentaba levantarse. Disparó también al de la silla inclinada contra la pared. Y disparó al que había salido del pasillo del fondo en el momento en que sacaba un machete del cinturón, y volvió a dispararle cuando brilló en la hoja un destello de luz procedente de la puerta abierta.

Los disparos produjeron un eco áspero y resonante en el estrecho espacio que había entre las paredes de ladrillo. Terry extendió el brazo, puso la pistola a la altura de los ojos (la Tokarev rusa, que era grande y pesada y parecía un Colt 45 antiguo) e hizo con ella la señal de la cruz sobre los muertos. Entonces dijo:

—Descansad en paz, cabrones.

Dio media vuelta y salió de la casa de la cervecera a esperar. El Volvo no tardó en aparecer, procedente de la parte delantera de la oficina del sector.

Se encontraban en la cocina de la rectoría. Chantelle vio cómo Laurent sacaba unas cosas de los profundos bolsillos de su uniforme de combate. Detrás de él se veía bruma por la ventana; empezaba a oscurecer.

—Éstas son las llaves del Volvo, las de la casa y las de la iglesia, creo. —Laurent las puso encima de la mesa de la cocina—. Aquí tiene su pistola. Puedo conseguirle una con el doble de balas. A ésta sólo le quedan dos dentro. —Dejó la Tokarev sobre la mesa—. Si pegó cinco tiros para matar a cuatro hombres es que su amigo el cura sabía lo que se hacía. No podía malgastar balas.

—¿Qué va a poner en el informe?

—Que fue un agresor desconocido.

—¿Nadie hará preguntas?

—Los testigos están muertos, como siempre. —Laurent metió la mano en el bolsillo grande de su guerrera—. Aquí tiene unos billetes de Sabena, Chantelle. El cura me ha pedido que se los dé. Yo le he dicho que hasta el embajador belga haría lo posible por no volar con Sabena. Le he llevado a Goma y le he presentado a un hombre que introduce armas en Zaire y que es amigo de todo el mundo. Él lo llevará a Mombasa. Desde allí podrá volar hasta Nairobi y tomar un avión de la British Airways que lo lleve a casa.

—Habría podido cambiar los billetes —dijo Chantelle.

—Él quiere que se los quede usted y que le devuelvan el dinero o se vaya de vacaciones a Bruselas. ¿No le parece bien?

—Siempre fue muy generoso —comentó Chantelle—. Me daba dinero para que me lo gastase en lo que quisiera.

—Es cura —dijo Laurent—, un hombre que ha hecho

votos para ser sacerdote. Aunque igual a él se le olvidó hacerlos. Siempre he pensado que es diferente a todos los curas que he conocido.

Chantelle hizo ademán de hablar, quizá para darle su opinión y defender al cura. Pero no: lo que hizo fue tirar del cordón para encender la luz del techo, bajar del armario de encima del frigorífico una botella sin abrir de Johnnie Walker etiqueta negra (no roja) y sacar una bandeja de cubitos de hielo. Cuando volvió a hablar no mencionó al cura. Entonces preguntó a Laurent:

—¿Ha cenado ya?

7

—¿Qué? ¿Lo están pasando bien esta noche? ¿Sí? Pues a ver si aplauden un poco más, ¿eh?, que aquí arriba nos estamos dejando la piel. No tenemos ni perros ni ponis: sólo estamos nosotros.

El cómico que hacía las veces de presentador, con la visera de su gorra de béisbol doblada sobre la cara, consiguió una buena reacción del público. Aunque el fondo de la gran sala permanecía a oscuras, estaban ocupadas la mitad de las mesas. No estaba mal para una noche de micrófono abierto.

—Tengo ahora el placer de dar otra vez la bienvenida en el Castillo de la Comedia de Mark Ridley a una mujer que es la bomba. Es tan alucinante que una vez me pregunté: «Rich, ¿cómo es posible que una mujer tan increíble se dedique a trabajar de humorista?» Y, a pesar de lo cansado que tenía el cerebro, di con la respuesta inmediatamente: «Porque es divertida, colega. Porque es una mujer divertidísima y va camino de convertirse en una estrella.» ¿Están de acuerdo conmigo? ¿Sí? Entonces reciban con un aplauso a... ¡la auténtica Debbie Dewey de Detroit!

Debbie apareció por la puerta central del escenario con un uniforme de presidiaria verde y gris de talla extra grande, botas de trabajo y calcetines blancos. Gracias al atuendo, los aplausos se prolongaron. Lo correcto en aquel momento hubiera sido señalar al presentador de la gorra de béisbol y gritar en medio del barullo: «¡Un aplauso para Richie Baron!» Pero no lo hizo. Cuando se acallaron los murmullos, dijo:

—Hola. Sí, soy Debbie Dewey. —Y se puso de perfil—. Mejor dicho: soy la ocho, nueve, cinco, tres, dos, nueve. —Luego, volviéndose otra vez hacia el público, explicó—: Éste fue el número que me asignó la Secretaría de Prisiones durante los tres años que pasé en el talego por agresión con resultado de lesiones. Como lo oyen. Iba un día a Florida a visitar a mi madre cuando me encontré casualmente con mi ex marido y me lancé hacia él... con un Buick Riviera.

Al ver la buena respuesta del público, Debbie hizo una pausa y añadió:

—Era de alquiler, pero sirvió.

El público volvió a reírse; le gustaba su tono distendido, pero Debbie prefería echar el freno y no exagerar.

—Me detuve ante un semáforo en Collins Avenue, Miami Beach, y allí estaba Randy, más chulo que un ocho, con su gorrita de marinero y sus gafas de sol, cruzando la calle delante de mis narices en el preciso momento en que se ponía verde.

Algunas personas se imaginaron lo que venía a continuación y empezaron a reírse.

—Al policía que vino a detenerme se lo expliqué bien claro: «Tenía preferencia.» —Volvieron a oírse unas risas, pero Debbie hizo un gesto de negación—. A Randy había que echarle de comer aparte. Con lo majo y divertido que parecía... Era una persona sin prejuicios. ¿A cuántas personas conocen ustedes que tengan un murciélago suelto en casa?

Debbie se encogió de hombros, bajó la cabeza y levantó una mano. Luego se quedó mirando hacia arriba con expresión de cautela e hizo otro gesto de negación.

—Cuando desapareció el murciélago, yo ya sospechaba que Randy era una víbora. Pistas no me faltaban... Por ejemplo, se dejaba la piel en el suelo del cuarto de baño, así que, cuando dejé de ver al murciélago, me dije: joder, se lo ha zampado.

Arrancó algunas risas, pero esperaba obtener otra respuesta.

—Pero lo de la muda no fue lo peor. Enterarme después de que nos casáramos de que tenía otra mujer no me sentó muy bien que digamos. Ni tampoco que utilizase mis tarjetas de crédito y me dejara sin blanca antes de desaparecer del mapa. Es por eso que el día que lo vi casualmente cruzando una calle exclamé rápido, ¿dónde hay un tráiler? Uno de dieciocho ruedas cargado de chatarra, a ser posible. Las cosas hay que hacerlas bien. O volverlas a hacer, pensé más adelante. En cuanto le quiten a Randy la escayola del cuerpo. Pero para entonces ya me habían juzgado y condenado y era una de las seiscientas reclusas que integraban la población de un centro penitenciario para mujeres rodeado por una valla doble con alambre de espino.

Debbie se agarró el vestido por los lados como para hacer una reverencia.

—Esto es el último grito en moda carcelaria. ¿Se imaginan ustedes a seiscientas mujeres todas vestidas igual? En la cárcel también le dan a una un conjunto vaquero azul: camisa, chaqueta y pantalón con una raya blanca a los lados. Una se puede poner la chaqueta con el vestido si le gusta combinar. También dan ropa interior y dos sujetadores de talla única. Lo digo en serio... Hay que hacerles nudos a los tirantes para que queden bien. No paras de hacer nudos hasta que te sueltan.

Debbie se había metido la mano bajo el vestido para jugar con los tirantes y notaba que el público estaba pendiente de ella. Sobre todo las mujeres.

—Pensé en ponerles relleno, pero sólo dan cuatro pares de calcetines. A todo esto, el vestido lo tienen en cuatro tallas: pequeña, mediana, grande y extra grande. —Volvió a agarrarse la falda por los lados y añadió—: Ésta es la pequeña. Una vez le hice una sugerencia al director, que era un tío muy majo: «¿Por qué no dan tallas más pequeñas, incluso una para mujeres menudas, y mandan a una cárcel para hombres a las chicas que usan la extra grande?» Como podrán imaginarse, las mujeres corpulentas siempre saben sacarle partido a la experiencia de la cárcel. Por ejemplo... —Debbie levantó la cara, cerró los ojos y se pasó las manos por los brazos, los hombros y los senos—. Imagínense que están duchándose tan a gusto, frotándose todo el cuerpo con ese jabón industrial que dan en la cárcel, relajándose bajo el agua, limpiándose la sangre de las rozaduras, cuando de pronto oyen a alguien decir en voz baja: «Hum..., qué buena estás.» Una ha de pensar rápido entonces, porque sabe con qué se va a encontrar cuando abra los ojos.

Debbie volvió la cabeza hacia un lado y miró hacia arriba, como si tuviera ante sí a una persona de más de dos metros de altura.

—«Hola, Rubella, ¿cómo va todo, chica?» A Rubella conviene recordarle constantemente que es una mujer. «Qué, mujer, ¿te apetece un cóctel? Yo pongo la laca si tú pones el Seven-Up.» O bien: «¿Quieres que te arregle el pelo? Si me traes una docena de pares de cordones, te hago unas extensiones preciosas.»

Debbie estaba mirando hacia arriba con una sonrisa esperanzada en los labios. Pero entonces se volvió hacia la sala con expresión solemne.

—Y, si no se te ocurre una buena manera de distraer a una salida que pesa ciento treinta kilos, te joden. Literalmente. La postura la elige Rubella.

La actuación iba bien y Debbie se sentía más segura: el público se reía cuando tenía que hacerlo y esperaba al siguiente chiste.

—Aunque, la verdad sea dicha, que una tía enorme te acose o te viole no es algo tan habitual como imaginan. No tiene nada que ver con las películas ambientadas en cárceles de mujeres como *Tías buenas en la trena*, en las que salen reclusas correteando de un lado a otro con unos uniformes monísimos de Victoria's Secret. Ni mucho menos. En los centros para mujeres las tías se organizan por familias. Las mayores, que suelen cumplir condena por asesinato, son las madres... Lo digo en serio. A veces hace de padre una bollera entradita en años. Luego están las hermanas y las que hacen las veces de hermano. También hay tías que se lían con otras tías, por supuesto. En serio, incluso en el talego se respira amor. Lo que yo hacía siempre que le parecía atractiva a una de esas tías era soltarle: «Mira, guapa, lamento tener que decirte esto, pero soy seropositiva.» El truco funcionó hasta que una me sonrió y me respondió: «Yo también, encanto.» Pero, en realidad, el mayor problema que tuve dentro fue... ¿A que no lo adivinan?

—La comida —respondió una voz masculina.

—La de cosas que podría contarle sobre la comida...

—dijo Debbie—. Pero ése no era mi principal motivo de queja.

—Hacer cola —exclamó otra voz masculina.

Debbie sonrió y, protegiéndose los ojos con una mano, miró hacia el público.

—Usted también ha pasado una temporada a la sombra, ¿verdad? Sabe lo que significa hacer cola y lo que le ocurre a quien intenta adelantarse. Si pagas, puedes pasar. En la cola del comedor puedes darle un par de cigarrillos a otra para que te deje ponerte en su sitio. Eso vale. Pero ¿qué ocurre cuando alguien trata de adelantarse...? Miren, desde que he vuelto a casa, hago siempre la compra a las dos de la noche para evitarme hacer cola. Si por cualquier motivo hago la compra durante el día, nunca me paso del máximo de artículos que aceptan en la caja rápida. Diez como mucho. Miro a la mujer que tengo delante sacar sus cosas del carro y se las cuento. Si veo que lleva once delato a la muy cabrona. Voy con el soplo al encargado y exijo que la pongan en una caja sin límite de compra. Conozco mis derechos. Es que me da igual si quiere comprar una chocolatina o unos zumos de frutas aparte de los diez artículos de rigor. Esa tía se larga de ahí, incluso si tengo que echarla yo con mis propias manos.

Debbie había adoptado una pose desafiante. Empezó a relajarse, pero enseguida volvió a ponerse tensa.

—¿Y si aparece un tío con prisas que pretende adelantárseme? Ya saben a qué clase de tío me refiero. Ese que dice: «¿Le importa si paso yo primero? Sólo llevo una cosita de nada.» Por ejemplo, un paquete de cervezas. ¿Que si me importa? Basta con que el tío dé un paso para que yo agarre una cuchilla de afeitar del expositor y le pegue un tajo... Con lo cual me condenarían otra vez por agresión con resultado de lesiones, y me encerrarían de nuevo con las chicas. En resumidas cuentas: nadie sabe lo que significa hacer cola hasta que hace cola en una cárcel. Pero ni siquiera eso fue lo peor. Al menos para mí.

Debbie hizo una pausa para recorrer la sala con la mirada. El público aguardó.

—Debo decir que varias compañeras de dormitorio estaban en la cárcel por asesinato en primer o segundo grado: Brenda, LaDonna, Laquanda, Tanisha, Rubella, a Rubella ya la conocen, Shanniqua, Tanniqua y Pam, dos chicas que se llamaban Kimberley y que se echaron a perder; y una tal Bobbi Lee Joe, que jugó un par de temporadas con los Delfines de Miami hasta que descubrieron que era tía. Hay mujeres con las que no conviene tener líos a menos que una vaya al volante de un Buick Riviera con el seguro echado. ¿Adivinan quién decide lo que vamos a ver cuando se enciende la tele por la noche? ¿Yo o la mastodóntica Rubella? ¿Yo o el ama de casa de un barrio de las afueras que le pegó siete tiros a su marido y le contó a la policía que pensaba que el hombre que había entrado por la puerta trasera con una bolsa de la compra a las cuatro de la tarde era un ladrón? —Debbie hizo una pausa—. Para mí, lo peor de la cárcel fue una serie de televisión que mis compañeras de dormitorio veían todas las noches. ¿A que no adivinan cuál era?

8

Debbie salió al bar del foyer vestida con unos vaqueros y un impermeable ligero y llevando el uniforme de la cárcel y las botas en una bolsa de lona. Cuando vio que Fran estaba esperándola, se imaginó que le haría algún comentario del tipo «te ha salido redondo» o algo así. Pero no, era su primera actuación desde hacía tres años, y lo único que fue capaz de decir fue:

—Ven, quiero presentarte a mi hermano.

Se refería al hombre que acababa de volverse de la barra con una copa en la mano, el padre Terry Dunn, un irlandés de tez morena que llevaba una parka negra de lana con la capucha baja. Su aspecto le hizo pensar en un fraile; la barba y la cara demacrada le recordaron a san Francisco de Asís. Lo primero que le dijo era justo lo que ella quería oír:

—Has estado magnífica. Divertidísima. —Sonrió amablemente—. Actúas de una forma tan distendida que haces que parezca fácil.

—O te sale o no te sale —sentenció Fran con seriedad—. Para eso hay que tener don y ser gracioso por naturaleza. ¿Sabéis a qué me refiero? No basta con saber contar los chistes. —Entonces dijo—: Debbie, te presento a mi hermano Terry.

Mientras se daban la mano, él siguió sonriendo y la miró fijamente a los ojos. Debbie se volvió un momento hacia Fran y luego se dirigió al sacerdote.

—No hace falta que te llame padre, ¿verdad?

—Yo no lo haría —respondió él.

Debbie no supo qué decir a continuación. ¿Qué tal por África, por ejemplo? Entonces se preguntó si habrían visto la actuación desde el principio.

—No os he visto antes de que me presentaran.

—Acababas de salir —explicó Fran—. Cuando nos hemos sentado al fondo, estabas diciendo tu número de presidiaria.

Terry hizo un gesto de asentimiento.

—Te disponías a atropellar a tu ex con el Buick.

—El Buick Riviera —puntualizó Debbie.

El sacerdote volvió a sonreír.

—¿Has pensado en otras marcas? ¿Qué te parece un Dodge Daytona?

—No es mala idea.

—¿Y un Cadillac El-do-ra-do? —preguntó silabeando la última palabra.

—Ése estaba en la lista. Pero, como no me veía conduciendo un Cadillac, me decidí por el Riviera.

—Pues elegiste bien.

Fran, que parecía incómodo con su jersey y su americana de mezclilla, dijo:

—Vamos a algún sitio a charlar y comer algo.

Debbie encendió un cigarrillo mientras Terry le sostenía la bolsa y Fran les contaba que, cuando Mary Pat y las niñas estaban en Florida, se olvidaba de comer.

—Éste —añadió señalando a Terry— no ha comido

otra cosa que mantequilla de cacahuete desde que ha llegado a casa. Se la come a cucharadas.

Eso era algo que podía preguntarle, se dijo Debbie: ¿Cómo es que no había mantequilla de cacahuete en África? Fran salió del Castillo de la Comedia, tomó la Cuarta por Royal Oak, dobló la esquina y siguió por Main. Mientras tanto le contó a su hermano que había sugerido a Debbie que se hiciese la nerviosa o la asustada cuando saliera al escenario. De ese modo, incluso si no lograba un rotundo éxito con la actuación, el público se pondría en su lugar y admiraría el valor que le había echado.

—Debbie no tiene que echarle valor —respondió el sacerdote—. Está muy bien que se muestre fría en el escenario.

Esto la dejó sorprendidísima. Se encogió de hombros y comentó:

—La verdad es que tengo un frío...

A punto estuvo de añadir: «de cojones». El sacerdote, arrebujado en su parka, dijo que él también, por lo que Fran se vio obligado a decirles que no hacía frío, que estaban en primavera y el termómetro marcaba ocho grados.

—Pues entonces no tengo frío —repuso Terry.

Debbie se sintió en aquel momento más próxima a él y supo que, si hubiera dicho «de cojones», el cura también se habría mostrado de acuerdo con ella y quizás incluso le habría dirigido una sonrisa.

Encontraron una mesa en el Lepanto. Fran, que seguía actuando, preguntó a la camarera si tenían cerveza de plátano, pues era la única que bebía su hermano, que acababa de llegar de África. Debbie se preguntó cuándo iba a bajarse del puto escenario.

—No tenemos ese tipo de cerveza —respondió la camarera, inexpresiva y sin mostrar ningún interés.

Debbie le hubiera dado un beso. Fran miró hacia otro lado mientras ella pedía un Absolut con hielo, pero volvió a prestar atención cuando Terry dijo que sólo quería un whisky, «Johnnie Walker etiqueta roja, si es posible», añadió. Fran le dijo que debía comer algo más aparte de mantequilla de cacahuete. ¿Qué tal un aperitivo y una ensalada? Terry respondió que no tenía hambre. Fran se puso a mirar el menú y el sacerdote siguió sentado con la parka puesta.

Debbie pensó que tenía cara de estar agotado. Igual estaba todavía recuperándose de alguna enfermedad africana, malaria o algo así. Le encantaban sus ojos y su expresión tranquila.

—Estoy intentando recordar dónde está Ruanda exactamente —comentó.

—Justo en el centro de África —respondió Fran sin apartar la vista del menú—, casi en el ecuador. Los misioneros que viven allí vuelven a casa cada cinco años para descansar y recuperar la salud. —Levantó la mirada y añadió—: Si vosotros no vais a comer, yo tampoco.

Pero cuando llegó la camarera con las copas pidió una ensalada César y unos panecillos.

Sin dejar de mirar al sacerdote, Debbie preguntó a Fran:

—¿Tu hermano siempre quiso ser cura?

Terry sonrió mientras Fran respondía:

—De pequeño ya pensaba que tenía vocación. Algo así como si a ti se te hubiera ocurrido hacerte monja cuando ibas a las marianistas.

—Oye, que yo fui al Sagrado Corazón. Era una niña rica.

Debbie se moría por sacar el tema del contrabando de tabaco, pero cuando Terry la miraba no encontraba el valor para hacerlo. Le preguntó a qué orden pertenecía. Él le respondió que a los padres misioneros de San Martín de Porres.

—En Detroit hay una escuela que se llama así —comentó Fran—. Todos los niños son negros, aunque eso no tiene nada que ver.

—Si no fuera porque Martín de Porres era negro por parte de madre —precisó Terry—. Su padre era un noble español. No estaban casados y durante mucho tiempo el padre no quiso saber nada de Martín, porque era mulato. Aunque sería más exacto decir que era suramericano de origen africano. Esto ocurrió en Lima, Perú, en el siglo XVII. Fue canonizado por su dedicación a los enfermos y los pobres. —Como Fran y Debbie no hacían ningún comentario y se mantenían callados, añadió—: Martín de Porres es el patrón de los peluqueros.

—Bueno, de eso hace ya mucho tiempo —dijo Fran.

Debbie prefirió no insistir. Ya le preguntaría por qué en otra ocasión. Lo que quería saber en ese momento era si había visto algún humorista allí.

—¿Hay algún cómico africano?

Terry puso cara de pensar en ello, pero entonces Fran dijo:

—Deb, ¿cómo se le va a ocurrir a nadie algo divertido mientras están asesinando a cientos de miles de personas? Terry estuvo allí durante todo el tiempo que duró el genocidio.

—Me parece algo inconcebible —afirmó Debbie, pese a que no recordaba mucho del asunto del genocidio ese.

—Estaba en el altar, diciendo su primera misa —prosiguió Fran—, cuando de pronto entraron en la iglesia. Es algo que no olvidará en su vida.

Terry se mantuvo imperturbable. Entre la barba, el pelo oscuro y la capucha de su parka, que le recordaba a la cogulla de un monje, a Debbie le pareció que tenía aspecto como de santo. Esperaba que hiciese algún comentario para saber de qué hablaba Fran. Pero Terry había vuelto al tema de antes:

—Has estado muy graciosa. Estarás contenta, me imagino.

—En parte —respondió Debbie.

—¿De dónde has sacado lo del murciélago?

—Me vino como caído del cielo. Quería describir a Randy como una mala persona, pero de forma divertida, ¿sabes lo que quiero decir?, y se me ocurrió la idea de un tío guapo pero siniestro que tiene un murciélago suelto en casa. De todos modos, no he conseguido que se ría mucho el público.

—A mí sí me ha hecho reír —le aseguró Terry—, pero yo estoy acostumbrado a los murciélagos. En Ruanda salían todas las noches y se comían toneladas de bichos. También me ha gustado lo de la piel y el cuarto de baño. Randy, la víbora que muda de piel...

—Es verdad —dijo Fran—, querías probar a ver si esa parte era divertida.

—Pues tampoco ha funcionado —respondió Debbie—. Igual es que sólo lo han pillado unos pocos. O también puede que, si una va a contar chistes raros, lo que tiene que hacer es dejarlo claro desde el principio, no ir metiéndolos de vez en cuando.

—Lo único que no he entendido —dijo Terry— es que lo peor del talego fue la serie de televisión. Pero como no veo la televisión... ¿Cómo se llama la serie? ¿Urkel?

—Ése es el nombre del protagonista —dijo Debbie—. La serie se titula *Cosas de casa*. Urkel es un chico negro con cara de empollón y la voz más desagradable que he oído en mi vida. Las mujeres del dormitorio se morían de risa con él. Pero tienes razón, no funciona. Voy a pasar de Urkel.

—Igual deberías sacar más partido a Randy.

—Tal vez, pero me cabreo pensando en él y entonces ya no resulta tan gracioso. No le hice bastante daño.

—¿Me estás diciendo que Randy existe y que es cierto que lo atropellaste con un coche?

—Con un Ford Escort. Pero, si digo que me lancé sobre mi ex marido, hago una pausa y luego añado que lo hice con un Ford Escort, no resulta. Además no fue casualidad.

—Le tendió una emboscada —explicó Fran, que estaba comiéndose la ensalada—. Estuvo esperándole.

—Hazte cargo —dijo Debbie—: ese tío acabó conmigo, me destrozó el coche, se deshizo de mi perra, me robó un dinero que tenía escondido... Es el único tío que conozco que cuando sale del cuarto de baño no lleva una revista o un periódico debajo del brazo. Se pasaba una eternidad dentro. Al final descubrí que se dedicaba a husmear. Buscaba en el botiquín, en los cajones... Yo escondía dinero allí, porque, si lo metía en el bolso, me lo gastaba. Lo guardaba en el armario del cuarto de baño, en una caja de tampones o dentro de un rollo de papel higiénico, en la parte hueca del centro. El muy víbora encontró mil doscientos dólares y luego me mintió. «No, no he sido yo», me dijo. A veces se me olvidaba dónde lo había escondido. Otra vez llegué a casa y mi perra había desaparecido. «¿Dónde está *Camille*?», le pregunté. Y él me soltó: «Se habrá escapado.» Era una lhasa apso y, joder, vivía en el paraíso de los perros, tenía todo lo que quería: juguetes, comida de primera... Y él va y me dice que se ha escapado. Yo sé lo que ocurrió: Randy sacó a *Camille* a dar una vuelta y la tiró del puto coche. No era más que una perrilla indefensa. —Debbie bebió un trago de vodka, levantó los ojos y vio que Terry la miraba con expresión tranquila—. Este asunto me pone enferma; no suelo hablar así.

—¿Ah, no? —exclamó Fran—. ¿Desde cuándo?

Debbie se fijó en la sonrisa de Terry. Era como si su hermano le pareciera gracioso. Pero entonces dijo algo que la sorprendió:

—¿Cuánto te robó en total?

—Le robó en el mejor momento —explicó Fran—. Yo acababa de pagarle a Deb su comisión por un caso importante que habíamos ganado.

—En total —respondió Debbie—, contando lo que me pidió prestado, sesenta y siete mil dólares. Todo en menos de tres meses, incluido el coche y el dinero en efectivo.

—Y *Camille* —añadió Terry—. Ella también vale algo.

La miró con aquellos ojos inocentes que tenía. ¿Estaba tomándole el pelo? Entonces dijo:

—Ese tío debe de ser todo un conquistador para que acabaras así.

—Lo que hace —explicó ella— es mirarte a los ojos y mentirte, y tú lo único que deseas es creerle. Nos conocimos en Oakland Hills, en un banquete de bodas al que luego descubrí que no estaba invitado. Se enteró por la prensa. Pues bien, estamos bailando y bebiendo champán, y él me pregunta si me gusta navegar. Le digo que sólo lo he hecho en un par de ocasiones, en el lago St. Clair. Seguimos bailando y me dice al oído: «Dentro de poco voy a dar la vuelta al mundo en un velero y quiero que te vengas conmigo.» Hazte cargo: el tío es guapo como una estrella de cine, tiene cuarenta y pocos años y el pelo igual que Michael Landon, está moreno y cachas, y lleva un pendiente de oro en la oreja. Encima tiene una casa en Palm Beach que, según dice, va a poner a la venta por ocho millones de dólares. Yo estaba dispuesta a ir a Hudson's y comprarme un trajecito de marinero. Me hizo un dibujo en una servilleta y me dijo que íbamos a ir de Palm Beach al golfo de México, que luego pasaríamos por el canal de Panamá y que de allí iríamos a Tahití, a Tonga, a Nueva Caledonia...

—El problema —explicó Fran mientras mojaba un panecillo en el aliño de la ensalada— es que el tío no tenía ningún velero.

—Lo que tenía era una gorra de marinero —añadió Debbie— y una fotografía de un barco que, según me dijo, estaba poniendo a punto en Florida para el viaje. Ésta fue la excusa para empezar a pedirme dinero prestado. Primero dos mil, luego cinco, luego diez... Para el equipo de navegación, el radar, en fin: cosas relacionadas con el barco. Tenía todo el dinero metido en inversiones y no quería sacarlo todavía.

—¿Cómo se gana la vida? —preguntó Terry.

—Se aprovecha de mujeres estúpidas —respondió Debbie—. Todavía no sé cómo pude tragarme el anzuelo. Me dijo que había dejado Merrill Lynch, que era uno de sus principales operadores, y yo me lo creí. ¿Que si traté de averiguar si era verdad? Sí, pero ya era demasiado tarde. Pero ¿sabes lo que me hizo sucumbir aparte del pelo que tenía y el bronceado? La codicia. Me preguntó que si tenía alguna cuenta de ahorros que no rindiera mucho y si me gustaría poner el dinero a trabajar... Me enseñó una cartera de acciones falsa por valor de varios millones, y yo, como una tonta, le dije: «Pues tengo cincuenta mil dólares que casi no me dan nada.» Firmé y no volví a ver mi dinero.

—Pero a él volviste a verlo en Collins Avenue, ¿no? —preguntó Terry.

—Tienes buena memoria —comentó Debbie—. Sí, fue un par de meses después. Al principio en el escenario, digo que voy a Florida a visitar a mi madre, lo cual es en parte cierto. Mi madre está en una residencia de West Palm. Tiene Alzheimer y se cree que es Ann Miller. Una vez me dijo que le resultaba difícil bailar con zapatillas, así que le regalé un viejo par de zapatos de claqué que tenía.

—¿Qué tal se le da?

—Nada mal, si tenemos en cuenta que nunca ha ido a clases de baile.

—Lo atropellaste en Royal Poinciana Way —precisó Fran, que había acabado la ensalada y ahora tenía en la boca el medio panecillo con el que había rebañado el plato.

—Ocurrió allí en realidad —dijo Debbie—, pero Collins Avenue resulta más divertido en el escenario.

Fran se levantó de la mesa y le dijo a su hermano:

—Salgo para Florida a primera hora de la mañana. Será mejor que nos vayamos cuando vuelva.

Debbie siguió a Fran con la mirada hasta el servicio de caballeros.

—Estuvo en Florida la semana pasada.

—Las niñas no tienen colegio —le explicó Terry—, así que Mary Pat se ha quedado allí y Fran va a ir a pasar con ellas un fin de semana largo. De todos modos, creo que quiere irse a casa porque todavía tiene hambre. Mary Pat ha llenado el frigorífico de guisos, y no están nada mal. Mary Pat es una verdadera ama de casa.

—No la conozco —comentó Debbie—. Nunca me han invitado a su casa.

—Fran tiene miedo de que Mary Pat te vea como una amenaza.

—¿Eso te ha dicho?

—Conociéndolo, no me extrañaría. Creo que a Fran le gustaría pensar que eres una amenaza.

—Nunca ha dado ningún paso en ese sentido.

—No quiere arriesgarse a que le rechaces.

—¿Me estás diciendo que está colado por mí?

—No sé por qué no iba a estarlo.

El sacerdote la miró fijamente, como dándole a entender que él sentiría lo mismo si fuera Fran. Debbie se quedó desconcertada y exclamó:

—¿Ah, no? —Le pareció que había dicho una estupidez.

Sin dejar de mirarla, Terry dijo:

—Una pregunta. Cuando atropellaste a Randy, ¿estabas todavía casada con él?

—No llegamos a casarnos. En la actuación le llamo mi marido y así consigo que las mujeres divorciadas se pongan de mi parte. Si dijera que atropellé a mi novio, no tendría el mismo impacto, ¿sabes?

—Pero ¿vivías con él?

—Él vivía conmigo, en Somerset, en el mismo sitio donde vivo ahora. El piso me lo consiguió Fran. —Y luego añadió—: Dicho así, parece que soy una mantenida, ¿no?

—Lo parecería si no se tratase de Fran —contestó

Terry—. ¿En serio que Randy acabó con todo el cuerpo escayolado por tu culpa?

El sacerdote seguía insistiendo en el tema de Randy.

—No, pero lo dejé bastante machacado.

—¿Lo has visto desde entonces?

—¿Qué quieres decir? ¿Si él ha ido a visitarme a la cárcel?

—Es verdad, has estado fuera de circulación —dijo Terry—. Se me ocurre que, la próxima vez que lo veas, podrías hacer que te pegue y luego demandarle y pedirle sesenta y siete mil dólares. Lo digo porque, trabajando con Fran, que es un experto en casos de daños y perjuicios, igual sabes organizar un accidente de ese tipo.

Había que ver por dónde le salía el cura. Estaba tomándole el pelo.

—Fran y yo nunca hemos arreglado un accidente de tráfico, nunca. Ni tampoco hemos pagado a nadie para que lo haga. —Debbie se quedó un segundo callada y añadió—: Tampoco he hecho nunca contrabando de cigarrillos.

Terry sonrió al oír aquello, lo cual le indicó a Debbie que podían bromear tranquilamente, que no tenían por qué tomarse muy en serio el uno al otro. Entonces dijo:

—No estamos en un confesionario, padre, así que no voy a contarte mis pecados, ni siquiera los relacionados con los negocios.

—¿Sigues confesándote?

—Hace años que no voy.

—Bueno, si alguna vez sientes la necesidad, nunca pongo más de diez padrenuestros y diez avemarías.

—¿En serio? —exclamó ella—. ¿Te cuentan el mismo tipo de pecados en Ruanda que aquí?

—Uno típico allí es: «Ave María Purísima. He robado una cabra cerca de Nyundo y mi mujer ha preparado brochetas con ella.» Aquí no hay muchos ladrones de cabras.

—¿La has probado?

—¿La carne de cabra? No comíamos otra cosa.

—¿Y el adulterio?

—Nunca me ha tentado.

Por mucha cara de inocente que pusiera, el cura tenía sentido del humor.

—Lo que quiero decir es si iban muchos adúlteros a confesarse contigo.

—De vez en cuando. Pero creo que tenían muchos más líos de los que me contaban.

—¿Cuál es la penitencia por tener un lío con alguien?

—Lo habitual: diez y diez.

—¿Y por un asesinato?

—Sólo conozco a una persona que se haya confesado de un asesinato.

—¿Y qué penitencia le pusiste?

—Con ése me pasé un pelo.

Debbie esperó a ver si el cura le explicaba qué quería decir.

Al ver que se quedaba callado, le preguntó:

—¿Has llamado alguna vez a alguien «hijo mío»?

—Eso sólo ocurre en el cine.

—Me lo figuraba... —Entonces dijo—: Bueno, ahora que has vuelto a casa —y vio que Fran volvía del servicio—, ¿qué vas a hacer? ¿Tomarte las cosas con calma durante una temporada?

—Tengo que reunir algo de dinero.

—¿Para tu misión?

Pero no pudo responder. Fran llegó en aquel momento a la mesa y preguntó:

—¿Listo?

—Lo estoy si tú lo estás, hijo mío —dijo Terry.

—No me vengas con gilipolleces —respondió Fran.

En el aparcamiento el sacerdote tomó la mano de Debbie y volvió a decirle lo mucho que había disfrutado viéndola actuar y charlando con ella. Luego, mientras Fran se dirigía a su Lexus y abría las puertas con el mando a distancia, Terry le dijo:

—Me gustaría volver a verte.

Parecía un tío en busca de que una chica le diera su número de teléfono. Le hizo gracia que un cura dijera semejantes cosas. Se volvió hacia Fran y, sin pensárselo dos veces, le preguntó:

—¿Qué te parece si llevo yo a tu hermano?

—Pero si se queda en mi casa... —respondió Fran sorprendido, pues ya se lo había dicho antes.

—Sé dónde vives —dijo Debbie—. Quiero que me cuente más cosas sobre África.

9

En el coche, Terry le contó a Debbie que Fran había estado a punto de decirle que no se quedara en su casa, pues Mary Pat tenía miedo de que fuera a contagiarles alguna enfermedad africana como el cólera o a dejarles una tenia en la taza del váter. Pero, como Mary Pat y las niñas se encontraban en Florida y él iba a pasar unos días con ellas, al final no había habido ningún problema.

—¿Has tenido alguna enfermedad africana?

—Hervimos el agua y dormimos siempre con mosquitera —respondió Terry, acordándose fugazmente de la esbelta figura de Chantelle—, así que juraría que estoy sano. Los parásitos sí que me preocupan, pero no he llegado a ver ninguno.

Cuando subieron al coche —un Honda de alquiler que le había conseguido Fran— y Debbie arrancó, empezó a sonar la radio. Era Sheryl Crow, y estaba cantando que el sol salía sobre Santa Monica Boulevard. Debbie bajó el volumen y preguntó al sacerdote si escuchaba música en África. Terry le respondió que escuchaba rock congoleño hasta que Fran le envió unos compactos: Joe Cocker, Steely Dan, Ziggy Marley y Melody Makers.

Ella le preguntó si a los indígenas les gustaba el *reggae* y él le contestó que los ruandeses iban vestidos y que nunca le habían parecido indígenas. Entonces le contó que su asistenta, Chantelle, se ceñía a la cadera unas faldas muy bonitas, con muchos dibujos de colores, y que había perdido parte del brazo izquierdo durante el genocidio. Debbie quiso saber cómo podía limpiar la casa y cocinar con una sola mano. Terry le dijo que eso no le suponía ningún problema. Ella le preguntó si había traído algún recuerdo de África y Terry respondió que sólo uno: un machete.

Terry pensó que en el fondo ella no quería hablar de África, sino que estaba utilizando ese tema como excusa para poder hablar de lo que realmente le interesaba. Iban por Woodward Avenue en dirección a Bloomfield Hills, un trecho de ocho kilómetros donde, según Terry, antiguamente era habitual ver a gente en coche buscando plan. Lo llamaban «ir a dar una vuelta a Woodward». Debbie respondió que ella no había llegado a conocer aquello. Terry le contó que su familia siempre había vivido en la zona este, por lo que no conocía muy bien aquella zona. Luego le dijo que él y Fran habían ido al colegio de Nuestra Señora de la Paz y luego al Obispo Gallagher. Siguieron charlando hasta que Debbie comentó:

—Allí fue donde celebraron la misa por tu madre.

—¿Fuiste al entierro?

—Y luego a tu casa, donde pasaste la infancia. Conocí a tu hermana...

—¿Habló contigo?

—No paraba. A ti te llamó mochales, aunque no sé muy bien lo que significa, y dijo que le encantaba cuando te leía. Uno de tus libros favoritos era *Vidas de santos*, sobre todo las historias de los mártires.

—A santa Ágata —dijo Terry— le cortaron los senos y luego la arrojaron a un montón de brasas.

—¡Qué pasada! —exclamó Debbie.

Terry se imaginó en qué estaba pensando.

—Haz un chiste sobre mártires. La cristianita que no para de hablar para evitar que la arrojen a los leones.

Debbie le siguió el juego.

—«Oye, algunos de mis mejores amigos son paganos. Me encantan sus ídolos.» ¿Has visto *La vida de Brian*?

—¿De Monty Python? Sí. «Bienaventurados los queseros.» ¿Qué cantaban al final, cuando los crucificaban?

—Ah, sí, era un final perfecto, pero no me acuerdo.

Pasaron unas filas interminables de coches usados que brillaban bajo la luz de las farolas.

—Tengo entendido que fuiste monaguillo.

—En la misa de las seis, todas las mañanas.

—Tu hermana piensa que ésa es la razón por la que te hiciste cura.

—Eso sería verdad si no fuera porque a los trece años no podía apartar la vista del trasero de Kathy Bednark.

Debbie pareció quedarse un momento desconcertada.

—Pero luego entraste en el seminario.

—En California —respondió Terry.

—Pero no te ordenaste hasta llegar a África, ¿no?

—Pues sí, así fue.

—¿Hiciste los votos allí?

Había llegado el momento de hablar de la pobreza, la castidad y la obediencia.

—Forman parte del sacerdocio —explicó Terry mientras se preguntaba adónde quería ir a parar Debbie.

—Me figuro que viviendo en un poblado africano no te habrá resultado difícil cumplirlos.

—¿Qué te hace pensar eso? —se vio obligado a preguntar.

—No sé, como es un país pobre del tercer mundo. Además estando solo y sin tener que responder ante nadie...

Eso respondía a dos de los votos.

—¿Y...? —Esperó a ver qué decía sobre la castidad, pero Debbie, para su sorpresa, esquivó la cuestión.

—¿Y ahora te propones recaudar dinero para la misión?

—A eso he venido. El sacerdote al que sustituí, el padre Toreki...

—Tu tío. Fran me ha hablado de él.

—Cuando venía de África, recorría las parroquias de la zona de Detroit y hablaba durante la misa del domingo. Yo no me veo capaz de hacer eso. No soy muy buen sacerdote. Cada vez que pronunciaba un sermón había alguien traduciendo y siempre sonaba mejor en kinyaruanda. Tengo muchas fotos de niños, la mayoría de ellos huérfanos; te llegan al corazón, pero no sé qué hacer con ellas. Recuerdo que en el colegio echábamos el cambio de la comida en una hucha con un cartelito que ponía: «Para los niños paganos.»

—¿Cuánto sacarían así? ¿Diez dólares semanales?

—Ni siquiera.

—¿Y cuánto sacaste tú con el contrabando de cigarrillos?

Ya estaba, había llegado al tema del que quería hablar con la excusa de África.

—El dinero que ganamos con los cigarrillos daba para algo más que para tabaco, te lo aseguro —dijo Terry—. Íbamos con un camión de mudanzas a Kentucky, el viaje duraba seis o siete horas, y volvíamos con diez mil cartones cada vez. Sacábamos tres dólares por cartón, lo que hace treinta mil por viaje, y eso en una jornada de trabajo. Te lo ha contado Fran, ¿a que sí?

—Me ha contado que fuiste una víctima inocente.

—Así es, y él se lo explicó al fiscal. Lo único que hice fue conducir.

—¿No sabías que estabas cometiendo fraude fiscal?

—Eso fue todo. ¿Tú nunca haces trampa en la declaración de la renta? ¿No te inventas gastos? Eso también es fraude.

—La verdad es que nunca he hecho trampa en la declaración de la renta —respondió Debbie.

—Y yo nunca he atropellado a nadie con un Buick.

—Riviera.

Terry sonrió.

—Crees que somos un par de presos que se dedican a charlar en el patio, ¿verdad? La diferencia es que yo nunca he estado en la cárcel.

Se detuvieron ante un semáforo en 13 Mile Road y Terry vio que Debbie se volvía a mirarlo, quizá por primera vez.

—¿África no cuenta?

—Fui voluntariamente.

—Con una causa pendiente y, según Fran, remordimientos de conciencia, preocupado porque tu madre podía enterarse de lo que estaba haciendo su pequeño monaguillo.

—¿Eso te ha contado?

—Me ha dicho que te largaste y que a los hermanos Pajonny los mandaron a la cárcel. Es todo lo que sé.

—Fue al revés. Los pillaron antes de que yo me fuera.

—¿Tan rápido haces esa clase de planes?

—Llevaba tiempo pensando en irme allí y echar una mano a mi tío Tibor. Era un santo.

—Lo que usted diga, padre...

Terry se fijó en la confianza con que hablaba la pequeña Debbie. Estaba sentada en medio de la oscuridad, con la mirada clavada en el semáforo, y sabía perfectamente adónde se dirigía. Terry prestó mucha atención. Por eso, cuando ella le contó que en el entierro había conocido a un amigo suyo, supo perfectamente a quién se refería.

—¿Tiene una dentadura horrible y se te acerca mucho cuando habla?

—También debería hacerse mirar lo del aliento —respondió ella—. ¿Cómo lo has adivinado?

—Ya has llegado a donde querías llegar —dijo Terry—. Querías hablar de Johnny Pajonny.

Debbie le lanzó una mirada, esta vez con una sonrisa en los labios.

—Es un adonis.

—Quieres incorporarlo a tu número.

—Me lo estoy pensando. —El semáforo se puso verde y reanudaron la marcha. Debbie siguió por el carril de la derecha, sin prisa. Entonces dijo—: Él esperaba verte en el entierro.

—¿Estaba Dickie también?

—Sigue en la cárcel. Johnny dice que no hace más que joderla y que lo tienen incomunicado la mayor parte del tiempo.

—¿Qué más dijo?

—Comentó que les debes diez mil dólares a cada uno.

—¿Lo dijo así, por las buenas?

—Daba la impresión de que andaba dándole vueltas al asunto.

—¿Piensa que lo dejé colgado?

—Pues sí, no parecía muy contento. Lo que más le interesaba saber era si todavía tenías el dinero.

—De eso hace ya cinco años. ¿Por qué te lo preguntó a ti?

—Me tomó por tu novia.

—Vamos, ¿es que no sabe que soy cura o qué?

—Tu antigua novia.

En aquel preciso momento, Debbie se metió en un callejón lleno de escaparates sin dejar de mirar al frente y aparcó en batería cerca de una tienda.

—Voy por tabaco —dijo y abrió la puerta.

—Un momento. ¿Qué antigua novia?

—La novia con la que vivías en Los Ángeles —respondió Debbie—, cuando tu madre pensaba que estabas en el seminario. Ahora mismo vuelvo.

10

La veía en la tienda, hablando con un joven de rasgos árabes que, detrás del mostrador, se reía de algo que ella le había dicho. Debbie había conseguido un nuevo admirador mientras compraba tabaco: el joven hablaría a sus amigos de una rubia alucinante que había entrado en la tienda y que era divertidísima. Pero no sabía lo alucinante que era en realidad, no sabía cómo se te escurría si no estabas atento, las trampas que te tendía al principio para ver si admitías cosas que ya conocía, cosas que le habrían contado primero Fran y luego Johnny Pajonny, a quien le encantaba hablar y dar a entender que lo sabía todo. Johnny había tomado a Debbie por la chica de Los Ángeles, y por supuesto ella no había intentado sacarle de su error.

No debería haberle hablado a Johnny de la chica de Los Ángeles cuando volvían de Kentucky en el camión de mudanzas.

Debbie se apartó del mostrador y avanzó por el pasillo en dirección al fondo de la tienda hasta perderse de vista. Al cabo de un rato volvió y el joven marcó la cantidad en la caja registradora con una sonrisa de oreja a oreja. Ella seguía con el impermeable puesto. Se puso de nuevo a hablar y abrió un paquete de cigarrillos. El joven dejó lo que estaba haciendo para darle fuego y luego le dio el mechero. Terry no alcanzaba a ver qué había comprado Debbie pero el joven estaba metiendo en la bolsa de papel algo más que tabaco.

Todo el trayecto en coche había sido un interrogatorio. Debbie había mostrado un interés en su vida que iba más allá de la mera curiosidad. Pero ¿qué se proponía? Iba a tener que seguirle el juego para averiguarlo.

Cuando salió y subió al coche, Terry comentó:

—No me extraña que Johnny preguntara por el dinero.

—A mí tampoco —dijo ella—. Son treinta mil en efectivo.

Puso el coche en marcha, pero luego se recostó para fumarse el cigarrillo con la bolsa de la compra a un lado.

—Cree que me lo llevé, ¿no?

—¿No fue así?

—Voy a contarte cómo eran los viajes a Kentucky —dijo Terry—. Volvíamos con un cargamento, lo entregábamos y devolvíamos el camión. Al día siguiente íbamos a una oficina del edificio Penobscot, en el centro, y una mujer que había allí, la señora Moraco, nos pagaba. Contábamos los billetes de cien dólares sin decir esta boca es mía y luego los guardábamos en las bolsas de deporte que llevábamos. Eran casi todos usados.

—¿Sabes quién era el comprador?

—No lo pregunté. El caso es que en los dos primeros viajes no hubo ningún problema —continuó Terry—. En el tercero fuimos Johnny y yo solos. Dickie no se sentía bien y se quedó en casa. Con esto quiero decir que se quedó en Hamtramck, en la casa de Johnny. Dickie vivía con él, la mujer de Johnny, Regina, y sus tres críos: dos chavales que no paraban de soltar tacos y hacían lo que les daba la gana, y una chica de quince años, Piedad, que llevaba camino de convertirse en puta.

—¿Piedad?

—Regina se había convertido al cristianismo.

—No me digas que lo que vas a contarme tiene que ver con Piedad y tío Dickie —dijo Debbie.

—Sí, pero ¿cuál de ellos necesitaba protección? Dickie decía que Piedad se pasaba el día entero luciendo su cuerpo de quinceañera. No le faltaba nada, en serio. Una vez pasé a recoger a Johnny y se me acercó Piedad al coche en traje de baño. Cuando vi cómo se apoyaba en la ventanilla y cómo se exhibía, pensé que iba a preguntarme si me apetecía pasar un buen rato con ella. Lo que Regina quería era que Dickie se largara de casa, pero Johnny no quería ni oír hablar del tema. Según él, si Dickie se iba, no tendría a nadie con quien hablar. Se dedicaban a ver deportes en la tele y a discutir.

—En el velatorio —comentó Debbie mientras se fumaba el cigarrillo— me preguntó si quería ir a tomar una copa con él.

—¿Y qué le respondiste?

—Quedé con él en el Cadieux Café para sacar ideas. Es que ya sólo con ese nombre: Johnny Pajonny... ¿Qué ocurrió entonces?

Se le había vuelto a escurrir. La próxima vez tenía que acordarse de que, además de ser humorista, aquella chica tan mona había pasado una temporada en la cárcel. Además fumaba un montón. Terry apretó el botón para bajar la ventanilla hasta la mitad.

—Regina volvió un día a casa de la tienda de maquinaria agrícola donde trabajaba de cajera y se encontró con que Piedad y Dickie se habían metido juntos en el cuarto de baño. —Terry hizo una pausa y preguntó—: ¿Te tomaste una copa con Johnny en el Cadieux? Es un lugar muy concurrido.

—Él quería ir a un motel.

—¿Ah, sí?

—Le dije que era monja. —Se produjo un silencio. Terry no sabía si Debbie hablaba en serio o bromeaba—. Lo manejé bien, ¿vale, Terry? De modo que Regina se encontró con Piedad y Dickie en la ducha y...

—Estaban en el cuarto de baño con la puerta cerrada.

—¿Con la ducha abierta?

—No sé si estaban haciendo algo o no. No estaba allí, así que no pude oír nada. Bueno, en esto Regina llama a la policía, que llega y se encuentra a Dickie tratando de esconder unos cien cartones de cigarrillos debajo de la cama, los que vendía por su cuenta. Johnny y yo estamos volviendo en ese momento, suena su móvil y es Regina. Nos cuenta que tiene a la policía en casa porque Dickie estaba abusando de Piedad, su propia sobrina, pero no dice que la policía ha encontrado los cigarrillos. No es asunto suyo. Llegamos a Detroit y Johnny quiere ir derecho a casa. Está tan disgustado como Regina, porque teme que Dickie tenga que largarse. Le digo que no pienso acercarme a su casa si está allí la policía. Lo dejo en un bar de su calle, el Lili's, justo al lado de Joseph Campau, y me voy al almacén, entrego el cargamento y devuelvo el camión. Luego les llamo. Regina me cuenta que Johnny y Dickie están en la cárcel del condado de Wayne y que los agentes del Departamento de Alcohol, Tabaco y Armas están registrando su casa en ese preciso instante. En aquel momento nadie sabía si iba a ocuparse del caso el tribunal del Estado o el federal. Así que al día siguiente fui a que me pagara la señora Moraco...

Debbie lo interrumpió.

—¿Se lo contaste?

—Le aconsejé que se tomara unas vacaciones y me largué.

—¿Tenías pasaporte?

—Ya te lo he dicho antes: había hecho planes de marcharme a África. Pero eso no quiere decir que tuviera pensado desaparecer del mapa.

Ella se encogió de hombros. Posiblemente le daba igual.

—Así que los Pajonny fueron declarados culpables y cantaron.

—Lo que hicieron fue delatarme. El fiscal estuvo unos días trabajándoselos y llegó a un trato con ellos. Dijeron que era yo quien les pagaba, quien entregaba siempre el cargamento y quien cobraba. Sabían que no les convenía denunciar a la señora Moraco. Pero, cuando me implicaron a mí, Fran intervino y habló con el fiscal. Le dijo que debía de haberse producido algún error, pues yo era un sacerdote católico y llevaba una misión en Ruanda. Ya habían transcurrido unas semanas. Yo estaba allí y el genocidio ya había comenzado, estaban matando a cientos de miles de personas y yo me hallaba en medio. ¿Que el Estado quiere llevarme a juicio? Fran dice que no corro peligro, pero que tengo pendiente una conversación con el ayudante del fiscal, Gerald Padilla. Debo ir al tribunal del condado, el que está en el centro, en el Frank Murphy, donde llevan todo lo de penal. Tengo que conseguir un traje negro y un alzacuellos, y cepillarme los zapatos.

—¿Cómo es que no tienes traje?

—Cuando me fui, se lo regalé a un hombre con menos suerte que yo. Allí andan siempre escasos de ropa.

—¿Terry...?

—¿Sí?

—Eso no te lo crees ni tú.

Terry vio cómo la punta del cigarrillo se ponía al rojo vivo. Debbie dio una calada y expulsó poco a poco una bocanada de humo directamente sobre la cara de él. Terry cerró los ojos. No apartó el humo con la mano: simplemente cerró los ojos y volvió a abrirlos. Sabía lo que se avecinaba.

—Tú no eres cura, ¿verdad?

Sentado en la oscuridad, Terry se oyó decir:

—No, no lo soy.

—¿Lo has sido alguna vez?

—No.

—¿Y has ido alguna vez a un seminario en California o en algún otro sitio?

Terry se dio cuenta de que el interrogatorio llegaba a su fin.

—No.

—¿A que te sientes mejor ahora? —dijo ella.

Se habían puesto nuevamente en marcha y Debbie iba siguiendo las luces de otros coches. Terry se sentía aliviado; ya en el restaurante había querido contárselo y supo que tarde o temprano lo haría. Pero no delante de Fran. Fran necesitaba creer que era sacerdote. Debbie no, Debbie se negaba a creérselo. Lo había notado, por eso con ella había podido ser él mismo la mayor parte del tiempo, incluso cuando Fran se había levantado de la mesa y habían hablado sobre la confesión. Esa parte le había resultado fácil porque era verdad y estaba cansado de fingir, de ahí que hubiera estado a punto de contárselo entonces. A partir de ese momento se había andado con menos tapujos y le había dado la oportunidad de dudar de él, de sospechar y, si tenía valor, de preguntárselo. Y al final se lo había preguntado.

Sentado a oscuras, Terry se soltó un poco más.

—Eres la única persona que lo sabe.

—¿No se lo has dicho a Fran?

—No pienso contárselo mientras esté en conversaciones con el fiscal.

—¿Y en África tampoco se lo has contado a nadie?

—A nadie.

—¿Ni siquiera a tu asistenta manca?

Fíjate, también ha adivinado lo de Chantelle.

—Ni siquiera a ella.

—¿Vivía contigo?

—Casi desde que llegué.

—¿Es bonita?

—Si organizaran un concurso de belleza, la elegirían Miss Ruanda.

—¿Te acostabas con ella?

Se lo había preguntado sin dejar de mirar al frente.

—Si estás pensando en el sida, nunca ha supuesto una amenaza.

—¿Por qué habría de preocuparme el sida?

—He dicho: «Si estás pensando.»

Debbie tiró el cigarrillo por la ventanilla.

—¿Ella creía que eras cura?

—Le daba igual.

—¿Por qué me lo has contado a mí si no se lo has contado a nadie más?

—Porque me apetecía hacerlo.

—Vale, pero ¿por qué a mí?

—Porque pensamos de la misma manera —respondió Terry.

Debby le lanzó una mirada y dijo:

—Me he dado cuenta enseguida.

—Y cuando te he explicado cómo ocurrió todo —añadió Terry—, te ha parecido divertido y te lo has tomado como una actuación.

Llegaron a un cruce, el semáforo estaba verde, y Debbie se metió por Big Beaver. A su izquierda se extendía un paisaje ondulado de monte bajo y, al otro lado, a lo largo de la calle, una tupida masa de árboles. Terry preguntó:

—¿No deberíamos haber ido en dirección contraria?

—Se me ha ocurrido que podíamos ir a mi casa —respondió Debbie—. ¿Te parece bien?

Terry agarró la bolsa de papel y notó en su interior varios paquetes de cigarrillos y una botella de forma conocida. Era cuadrada y no completamente redonda como la mayoría de las de whisky de tres cuartos.

—¿Etiqueta roja o negra?

—Roja.

—Antes de entrar en la tienda ya sabías que iba a contártelo.

—Sí, pero tenía que montarlo bien.

—Lo que pasa es que tienes un plan entre manos y quieres mi bendición, ¿a que sí?

—Terry, eres demasiado bueno para ser verdad —respondió Debbie.

11

Debbie fue a la cocina a llamar a Fran. Desde allí veía a Terry en el salón, junto a la puerta de cristal del balcón, mirando el césped en la oscuridad. Vio que se volvía para decirle algo.

—Mira que tener tanto terreno y no cosechar nada. Podrías tener media hectárea de maíz ahí fuera.

—Es un campo de golf, nueve hoyos de par tres —explicó Debbie en el momento en que se ponía Fran. Estuvo hablando con él menos de un minuto, sin prisas, pero deseando quitarse la llamada de encima lo antes posible. Cuando colgó, Terry entró en la cocina.

—¿Qué ha dicho?

—Le ha sorprendido. Le he dicho que te llevaré después de tomar una copa, pero que podías quedarte si lo deseabas. Entonces me ha preguntado: «¿Estás segura de que tienes sitio?»

—¿De quién desconfía: de ti o de mí?

—Bueno, como cree que eres célibe y sabe que hace tiempo que no me lío con nadie o que nadie se lía conmigo, supongo que se imaginará que voy a seducirte o que voy a intentarlo.

—O sea, que le gustaría encontrarse en mi lugar.

—No voy a hacer ningún comentario a ese respecto. Fran y yo mantenemos una relación estrictamente profesional. ¿Quieres saber cómo empezamos a trabajar juntos?

—Me contó que te vio en el tribunal del distrito. Estabas declarando para otros abogados.

—Sí, siempre me pareció un buen tío. Lo que ocurrió es que vi que a un mozo del aeropuerto se le caía una maleta sobre el pie de una mujer y la llevé a hablar con él. Fran demandó a Northwest en un momento en que todo Detroit odiaba a la compañía. Ganamos el caso y desde entonces hemos sido amigos.

—¿Qué haces exactamente? —preguntó Terry—. ¿Enseñarle a la gente a cojear?

—A cojear convincentemente —respondió Debbie mientras servía las copas. En la encimera había una bandeja de cubitos de hielo junto al Johnnie Walker y una botella de tres cuartos de Absolut—. Pero aún no hemos acabado de hablar de ti. Cuéntame cómo es que, cuando estabas en California, tu madre pensaba que estabas en un seminario.

—Desde que nací estuvo deseando que me hiciera sacerdote. Lo que yo no comprendía era por qué quería que me hiciera cura yo y no Fran.

—Tienes cara de persona mortificada —comentó Debbie—, igual que san Francisco. Mortificada o quizá poco fiable. Es probable que tu madre también intentara convencer a Fran y que tú no te dieras cuenta.

Habían empezado a beber.

—Mira, si mi madre hubiera rezado por ti, igual ahora serías una monja carmelita, como mi hermana. Lo digo en serio. Mi madre siguió machacando sobre el asunto incluso cuando dejé la Universidad de Detroit y empecé a pintar casas con mi padre. Pero eso también lo dejé y me puse a vender seguros.

—Eso parece idea de Fran.

—Es que se le ocurrió a él. A mí me reventaba ese trabajo.

—Todavía no sabías que tú en realidad tenías vocación para el contrabando.

—Cuando se me acabaron los amigos a los que podía interesarles comprar un seguro, me trasladé a Los Ángeles. Mi madre metía en las cartas estampas de santos y oraciones a san Antonio para que me ayudara a encontrar mi camino. Al final acabé diciéndole: «Tú ganas, me meto en el seminario», y encargué que me imprimieran sobres y papel de carta con un rótulo arriba que decía: «Misioneros del Noviciado de San Dimas.»

—¿Ése no es uno de los que crucificaron con Jesucristo?

—Conocido como el buen ladrón.

—¿Qué pasa? ¿Que eras un listillo o qué?

—Me creía un genio. Lo utilizaba siempre que escribía a mamá. Al acabar las cartas ponía: «Que Dios te bendiga, Terry.»

—¿Y mientras tanto estabas viviendo con esa chica?

—Eso fue durante una temporada. Se llamaba Jill Silver y había nacido aquí, por eso nos presentaron. Creo que estaba trabajando en una producción de *El Violinista en el tejado* que hacían en un instituto y le dio por ser estrella de cine.

—¿Lo consiguió?

Terry se acabó su copa.

—No hasta que se puso silicona en el pecho —respondió mientras se servía otra copa—. Aunque igual fue una coincidencia. Yo le dije que los pechos pequeños tenían más clase. Pero un día volvió a casa de un *casting* y me soltó: «¿Sabes qué, listillo? He conseguido el papel gracias a mi nueva delantera.» Puede que tuviera razón. Al cabo de un mes estaba viviendo con el director.

—Unas tetas pueden cambiar mucho las cosas —explicó Debbie—. Yo estaba pensando en ponerme un implante.

—¿Para qué?

—Para aumentar mi autoestima, ¿para qué va a ser?

—En la película Jill interpretaba a una azafata que estaba colgada de los barbitúricos. Se metía una pastilla en el cuarto de baño y derramaba café encima de todos los pasajeros. La protagonista era la otra azafata, pero no recuerdo cómo se llamaba.

—¿Y tú a qué te dedicabas por entonces?

—A los seguros, que era lo único en lo que tenía experiencia. Pero trabajaba de tasador de siniestros. Allí me ocupaba casi siempre de casos de incendios y desprendimientos de tierra.

—¿Nada de daños personales?

—De vez en cuando.

—¿Sabías cuándo eran unos farsantes?

—Sólo si se ponían nerviosos y me ofrecían una parte del dinero.

—¿Y aceptabas?

—Si me daban lástima.

—De modo que la compasión influía en tu informe —concluyó Debbie—. A pesar de que estabas ayudando a un tío a cometer fraude.

—Puedes considerarlo una propina más que un soborno —explicó Terry—. La demanda sale bien y el tipo te da una propina. Es como cuando ganas un montón al *black-*

jack. Das una propina al que reparte las cartas, pese a que no ha hecho nada para ayudarte.

—Para ti se trata de una especie de terreno indefinido —dijo Debbie.

—Eso es. Una vez llamé a Fran para pedirle su opinión sobre un caso de estas características. No quiso ni hablar del tema. ¿Sabes lo que quiero decir? A Fran no le gusta mojarse.

—Prefiere la indefinición —comentó Debbie—. Si los daños no son totalmente legítimos, es mejor no contarle nada. Además tienes la seguridad de que no hará preguntas. ¿Entonces él sabía que no estabas en el seminario?

—Sólo lo sabía mi madre.

—Pero él cree que eres cura.

—Por el tío Tibor. Le contó a mi madre que me había ordenado sacerdote.

—¿Mintió por ti?

—Ése es un tema delicado.

—Espera. Primero regresaste de Los Ángeles.

—Estaba en horas bajas —explicó Terry—. Había vuelto a trabajar con mi padre. Bebía. Mejor dicho: bebía más de lo habitual. No andaba muy bien de dinero, que digamos. Estaba desorientado. Una noche fui a Lili's a ver un grupo, creo que eran los Zombie Surfers, y aparecieron los hermanos Pajonny.

—Que eran viejos colegas tuyos.

—Yo no diría tanto. Jugábamos juntos al fútbol americano en el instituto. Nos peleamos alguna vez. Solían meterse con Fran porque tenía nombre de chica.

—En el restaurante he pensado que deberías llamarte así —comentó Debbie—. ¿Te he dicho que me recuerdas a san Francisco?

—O sea, que respondo a la imagen que tienes de él,

¿no? Si me hubieran puesto Francisco, me habría metido en tantas peleas que ahora estaría muerto o mal de la cabeza. ¿Sabes qué es lo peor cuando te lías a puñetazos con alguien? El tiempo que tardan en curársete las manos.

—En fin —dijo Debbie—, que te metiste en el negocio de los cigarrillos, hiciste unos cuantos viajes y te largaste a Ruanda con treinta mil dólares. O más.

—¿Quieres saber si me queda algo de dinero?

—Eso es lo que quiere saber Johnny —respondió Debbie—. No me gustaría deberle diez mil dólares si no los tuviera.

—Hablaré con él. No te preocupes por eso.

Debbie se preguntó si sería tan sencillo, pero decidió pasar a otro tema.

—Volvamos al tío Tibor. Él le dijo a tu madre que eras sacerdote.

—¿Sabes por qué me fui allí? Aparte de porque nadie iba a ir a Ruanda a buscarme, porque me caía bien mi tío. Lo conocía de toda la vida, desde cuando venía a nuestra casa, y quería hacer algo por él. Pintarle la casa, cortarle el césped, lo que fuera con tal de hacerle feliz. Cuando llegué, me dijo: «No necesito a un pintor, lo que necesito es que subas al altar y digas misa. Si no, no me sirves para nada.»

—Tu madre le había contado que habías ido al seminario —apuntó Debbie.

—Eso es, y yo no intenté sacarle de su error. En cualquier caso, conocía la liturgia de mi época de monaguillo.

—Sólo tenías alguna laguna en teología.

—¿Para qué quería yo saber teología? La mayoría de la gente sólo hablaba kinyaruanda y francés. Mi tío quería ordenarme inmediatamente. Tenía ochenta años, andaba mal del corazón, y ya le habían puesto un par de *by-*

pass. Estaba en las últimas. Decía que iba a arreglar lo de la ordenación con un obispo amigo suyo. Yo pensé: bueno, el obispo puede conferirme las órdenes, pero en conciencia no seré sacerdote, si no quiero serlo. ¿Sabes lo que quiero decir? Hice comedia. ¿Quién sabe que no soy cura?

—Ya volvemos otra vez a un terreno indefinido.

—Pero, antes de que se resolviera el asunto, mi tío sufrió un ataque al corazón y tuve que llevarlo al hospital de Kigali, la capital. Le dije: «Tío Tibor, por si acaso, ¿por qué no le escribes a Marguerite? (Marguerite es mi madre). ¿Por que no le cuentas que me he hecho cura antes de que sea demasiado tarde? Si le das tú la noticia, se pondrá aún más contenta. Escribe la carta y yo se la mandaré cuando me ordene sacerdote.»

—Y la escribió —dijo Debbie.

—Sí, la escribió.

—¿Y se murió?

—No inmediatamente.

—Pero tú sí mandaste la carta inmediatamente.

—Para no perderla.

—De modo que te fuiste hasta Ruanda y te quedaste allí cinco años para quitarte a tu madre de encima —dijo Debbie.

—No me quedé por ella.

Debbie abrió un armario y sacó una caja de galletas saladas.

—¿Sabes qué conclusión saco de todo eso? Que estabas esperando a que muriera para regresar.

—No se me había ocurrido.

Debie sacó un pedazo de brie del frigorífico.

—Has regresado, pero no has llegado a tiempo para el funeral.

—Tenía algo que hacer antes de irme.

Debbie puso un cuchillo junto al queso y dijo:

—Mira que pasarte cinco años en un poblado africano...

—Fran tenía que trabajarse al fiscal.

—Ya, pero es que Ruanda... ¿No podías ir a otro lado? ¿Por qué no al sur de Francia?

—Es que ya estaba allí —contestó Terry—. A Fran le gustaba la idea de que sustituyera a nuestro tío, por lo del vínculo familiar. Al fiscal también le gustaba.

—Me has dicho que confesabas a gente —dijo Debbie mientras le pasaba una galleta con queso—. ¿Es eso cierto?

—Una vez por semana —respondió Terry con la boca llena.

—Anda ya. ¿En serio?

—Ellos te cuentan sus pecados y tú les dices que amen a Dios y que no vuelvan a hacerlo. Y les pones su penitencia.

—¿Lo del tío que robó la cabra es cierto?

—Sí, la robó cerca de Nyundo.

—¿Y el asesino?

—De ése también me ocupé yo. Le puse penitencia.

—No me digas que también decías misa.

Debbie vio cómo Terry se preparaba otra galleta con queso y se la metía entera en la boca.

—Cuando fui a visitar a mi tío Tibor al hospital —dijo, y se calló para acabar de masticar y tragarlo todo— ya se oían rumores de que estaban organizando el genocidio. Allí nos enteramos por la radio de que había comenzado: la milicia hutu, los malos, estaba matando a todos los tutsis que veían con AK-47, machetes y palos con clavos. Mi tío me dijo que volviera y llevara rápidamente a todo el mundo a la iglesia porque allí estarían a salvo. —Debbie sabía lo que significaba acogerse a sagrado porque había visto *El jorobado de Notre Dame*—. Nos metimos en la iglesia, todo el mundo estaba muerto de miedo, y me pidieron que dijera misa. Yo pensé: bueno, podemos rezar unas oraciones. Pero no, ellos querían que dijera misa y que diera la comunión. «Porque sabemos que vamos a morir.» Eso me dijeron. Ya lo habían aceptado y nada de lo que dijera yo iba a hacerles cambiar de idea. Me puse la estola: tengo aspecto de cura y sé decir misa, así que lo hice. Acabé la primera parte, hasta la consagración, y de pronto entraron, pegando gritos y dando tajos con los machetes... Yo me quedé parado y vi cómo mataban a todo el mundo en la iglesia, incluso a los niños pequeños: los agarraban de los pies y los estampaban contra la pared mientras las madres chillaban...

—¿No se defendieron?

—¿Con qué? Sabían que iban a morir y no hicieron nada para evitarlo.

Debbie se quedó sin abrir la boca. Vio cómo Terry bebía primero un trago y luego otro hasta apurar el vaso. Entonces le ofreció un cigarrillo. Él hizo un gesto de negación. Ella le sirvió más whisky y le echó un cubito, pero Terry dejó el vaso en la encimera. Debbie encendió un cigarrillo. Entonces él sacó otro del paquete y ella le dio fuego con el mechero que le había dado el joven de la tienda. Terry dio una calada y dejó el cigarrillo en el borde del cenicero.

—No hice nada. Me quedé mirando —dijo.

—¿Qué ibas a hacer?

Terry no respondió.

—No te lo puedes quitar de la cabeza, ¿no? —insistió Debbie.

—Bueno, pienso en ello.

—¿Por eso te quedaste? ¿Porque no hiciste nada y te preocupaba? ¿Te sentías culpable?

Oír algo en lo que no había pensado antes le hizo dudar. Quizás incluso le sorprendió.

—¿Por qué te quedaste cinco años allí? —preguntó Debbie.

—Ya te he dicho por qué.

—Creías que si te ibas...

—¿Qué?

—Estarías huyendo.

Terry hizo un gesto de negación.

—No fue por eso. Mentiría si dijera que tenía ganas, no sé..., de vengarme. No podía creerme que hubiera visto cómo toda esa gente era asesinada, la mayoría a machetazos, por conocidos suyos, por sus vecinos y amigos. Algunos de ellos eran incluso parientes políticos. A los hutus les dijeron que mataran a todos los tutsis, y ellos respondieron que sí y lo intentaron por todos los medios. ¿Cómo va uno a encontrarle sentido a eso y tomar partido? Para eso hay que estar con unos o con otros. Ni siquiera cuando me surgió la oportunidad de actuar fue algo que hubiese planeado o en lo que hubiera pensado.

—¿Qué hiciste?

Terry bebió un trago y volvió a dejar el vaso.

—El día en que me fui maté a cuatro jóvenes hutus. Habían participado en lo de la iglesia. Los maté porque uno de ellos había estado fanfarroneando y dijo que iban a hacerlo otra vez. Estaban en la casa de la cervecera, bebiendo cerveza de plátano, y les pegué un tiro con la pistola de mi asistenta.

Se produjo un silencio. Debbie dio una calada al cigarrillo, sin prisas.

—No estás bromeando, ¿verdad?

—No, los maté.

—¿Sirvió de algo?

—No sé a qué te refieres.

—Si tuviste la sensación de que por fin habías hecho algo, de que te habías desquitado.

Terry guardó silencio y luego dijo:

—No me pareció que tuviera nada que ver con lo ocurrido en la iglesia.

—¿No te arrestaron?

—Los militares son tutsis. Uno de ellos me ayudó a huir.

Hablaba con expresión y tono solemnes. Aun así, no parecía arrepentirse de lo que había hecho. Debbie se acercó, le pasó la mano por la cara y notó su barba y su pómulo. Entonces dijo:

—Cuéntalo como lo acabas de hacer. Me refiero a lo sucedido en la iglesia. Ahí tienes tu sermón.

Le dio una palmadita en la mejilla, bajó la mano y tomó su vaso.

—Bueno, sí, ésa es mi intención —le explicó Terry—. Quiero ir por las parroquias y que me den permiso para pedir dinero durante la misa del domingo. Fran me ha conseguido una guía de la archidiócesis y he escrito a varias parroquias a las que quiero ir y los nombres de los pastores. Voy a empezar por la zona este, por las que conozco.

—Vas a darte una paliza —dijo Debbie—. Y no vas a sacar gran cosa.

—Tengo fotos de los niños, de los huérfanos.

—¿Son fotos desgarradoras?

—Están solos en el mundo y tienen hambre. Tengo fotos de ellos rebuscando en vertederos de basura...

—La única forma de sacar una buena cantidad —explicó Debbie— es comprar una lista de direcciones de católicos. Empieza por una zona, con unos cuantos miles. Manda un folleto con tu historia, con la explicación y las fotos de los niños hambrientos, con la carita y la boca cubiertas de moscas...

—No sé si tengo alguna con moscas...

—Da igual siempre y cuando sean desgarradoras. Y no te olvides de adjuntar un sobre con el franqueo pagado.

—Ya sólo eso cuesta un montón... —dijo Terry, pero se calló. Debbie estaba meneando la cabeza.

—Hay unos sobres en los que pone: «Su sello también servirá de ayuda.»

—¿Y eso cuánto costaría?

—Mucho. Demasiado. Además supone mucho trabajo. —Entonces dijo—: Espera. —Y apagó el cigarrillo—. Hazte una página en Internet: *www.niñospaganos.com.*

—Ya no quedan muchos paganos. Todos se han convertido a alguna religión. Ahora ya hay muchos adventistas.

—*Huérfanos.com.* Misiones o *misioneros.com.* —Debbie se quedó un momento callada—. Sigue siendo mucho trabajo. ¿No te parece? Es como trabajar encorvado; no resulta nada divertido. Igual nos ponemos a hacerlo y nos encontramos con que esas direcciones ya existen. —Luego añadió—: Además no me gustan los ordenadores, son tan... No sé, tan mecánicos. —Sacó otra bandeja de cubitos del frigorífico y se volvió con ella hacia la encimera, hacia Terry, cuya cara le había recordado a la de un santo. Entonces exclamó—: Pero ¿en qué estoy pensando? Tú no vas a recaudar dinero para los huérfanos.

—¿Eso creías? —preguntó él.

—Estás utilizándolos.

—No me convence mucho la idea, que digamos, pero ¿crees que a ellos les importa?

Debbie torció la bandeja para sacar los hielos.

—Bueno, si lo único que quieres es dar un buen palo para recuperarte...

—Pensaba que eso también lo habías adivinado.

Debbie echó unos cubitos en los vasos y dijo:

—¿Sabes qué? Eso me sugiere una idea... —Hablaba lentamente, como si todavía tuviera que pensar en ello—. Seguro que si me echaras una mano...

—¿Qué...?

—Podrías ganar más de lo que ganarías nunca con tu sermón a pesar de lo bueno que es...

—¿Te refieres a Randy?

—¿Me ayudarías? —preguntó, y vio cómo él sonreía y movía la cabeza en señal de admiración. El bueno de Terry: a veces parecía un alma cándida.

—¿A qué? ¿A buscar la manera de que te pegue esta vez? Si no recuerdo mal, eso ya lo he sugerido yo antes.

—Cierto, pero no quiero resultar gravemente herida. Imagínate que gano el caso, pero no puedo volver a andar. No quiero que me ocurra nada «por accidente».

—Pero si es tu especialidad —repuso Terry—. Seguro que conoces todo tipo de maneras de fingir una cosa así, diablilla.

Debbie prefirió pasar por alto aquel comentario. Volvió a llenar los vasos y le dio a Terry el suyo.

—Has dicho: «Estaban en la casa de la cervecera, bebiendo cerveza de plátano, y les pegué un tiro con la pistola de mi asistenta.» Ésas han sido tus palabras. Creo que no voy a olvidarlas jamás. —Observó cómo bebía un trago—. ¿Pasaste miedo?

—Mentalmente ya les había disparado antes de entrar.

—¿No... se te echaron encima?

—No les di la oportunidad.

—¿Entraste y les disparaste?

—Cruzamos unas palabras primero. Les pedí que se entregaran. Sabía que no iban a hacerlo, así que podría decir que cuando entré ya sabía que iba a matarlos.

12

Terry se quedó esperando con la parka puesta mientras Debbie se alejaba entre los setos y los árboles. Eran árboles antiguos, plantados para dar sombra. Allí no había ni palmeras ni eucaliptos ni plátanos, ni tampoco colinas envueltas en la neblina matinal, sólo céspedes cuidados como un campo de golf y casas que a él le parecían mansiones. Debbie dio un bocinazo y él hizo un gesto de despedida: levantó el brazo perezosamente y luego lo dejó caer. Se volvió y vio a Fran en la entrada. Una de las puertas de dos hojas estaba abierta, de manera que avanzó por el muro de ladrillo hasta la casa, una gran extensión de bloques de piedra caliza pintada de beige; las ventanas y las columnas gemelas del pórtico tenían adornos de color blanco. «Estilo Regency —le había explicado Fran—, copiado de una foto que Mary Pat recortó del *Architectural Digest*.»

—Cinco minutos más y no me habrías encontrado —dijo Fran—. No habrías podido entrar en la casa.

Llevaba un chándal de popelín blanco con el que parecía que estaba hinchado. Terry pensó en un muñeco de nieve con unas extravagantes zapatillas de tenis.

—Pensaba que te ibas a Florida.

—Y así es. Voy al aeropuerto en taxi.

No parecía muy contento de irse. O quizás estaba molesto por algo.

—¿Eso te pones para ir en avión?

—Así voy más cómodo —explicó Fran—. Son tres horas de vuelo. ¿Has desayunado?

—Me sentaría bien una taza de café. Debbie sólo tiene instantáneo en su casa.

—Es una niña... —dijo Fran—. Cree que sólo es café el capuchino que sirven en los restaurantes.

—¿Cuántos años le echas?

—Sé exactamente cuántos tiene: treinta y tres. Es todavía una niña.

—¿Qué estás tratando de decirme? —preguntó Terry mientras entraba en la casa detrás de él—. ¿Que, incluso si no fuera cura, sería demasiado joven para mí?

Fran cruzó el vestíbulo, pasó por delante de una escalera curva y atravesó un comedor con office para grandes ocasiones. Cuando llegó a la cocina, se detuvo al otro lado de una gran mesa de madera maciza y se volvió hacia él.

—Si alguien te ve salir de su piso a las siete de la mañana, ¿qué va a pensar?

—Nos preparamos unos perritos calientes —explicó Terry—. Luego estuvimos charlando un rato. Se hizo tarde, vi que estaba cansada...

—Se lo dije por teléfono: llámame e iré a buscarlo.

Terry pensó que iba a preguntarle dónde había dormido —el piso sólo tenía un dormitorio—, pero Fran no parecía querer tocar aquel tema, de modo que le preguntó:

—¿Te preocupa que haya podido echar un polvo?

Fran no sonrió y, cuando respondió, empleó un tono casi severo:

—Estoy hablando de las apariencias.

No era cierto, pero Terry prefirió no llevarle la contraria.

—¿Qué apariencia crees que tengo yo a las siete de la mañana o a la hora que sea? ¿Acaso tengo pinta de cura vestido así?

—Me dijiste que te habías comprado un traje.

—Y así es.

Fran le había dado su tarjeta de crédito de Brooks Brothers y se había ido a un centro comercial con el Cadillac de Mary Pat. A Fran le había dado un ataque al enterarse y había tenido que ir a mirar si le había hecho alguna abolladura.

—Voy a recogerlo esta tarde, a partir de las cinco —agregó Terry.

—Mierda... —exclamó Fran con voz cansada—. Tu cita con el fiscal es a la una.

—Allí estaré.

—A la una en punto en el Frank Murphy. Estoy seguro de habértelo dicho.

—Sí, me lo has dicho. Lo que pasa es que no tengo el traje. Tengo un alzacuellos del tío Tibor y una de sus camisas estilo mandarín, con una pequeña abertura aquí arriba para que se vea el alzacuellos. Me he probado su traje, pero brilla tanto que podría servirte de espejo para que te peinaras. —Terry sonrió con la esperanza de que Fran le viera la gracia al comentario, pero no lo hizo—. Da igual cómo vaya vestido, Fran. Sigo siendo sacerdote.

—A veces me das miedo, ¿sabes? Habría que llamarte don Tranquilo...

—El padre Tranquilo. Le hablaré en latín.

—Muy gracioso...

Pensó que Fran iba a decir algo más, pero entonces miró el reloj y salió corriendo de la cocina. Terry había visto ya la cafetera. Encontró una lata de Folgers en el primer armario que abrió y, cuando estaba dejando correr el agua del grifo para que se enfriara, apareció otra vez Fran.

—Ya está el coche aquí.

—¿Cómo lo sabes?

—Tenía que estar aquí a las siete y cuarto y ya son. Mira, Terry. No la jodas, ¿vale?

—Descuida.

—Basta con que muestres la actitud equivocada para que el proceso siga adelante. —Hizo una pausa—. Me la he jugado por ti, tío. Dije que los Pajonny te pagaron diez dólares la hora para que condujeras el camión, que te marchabas a África y te hacía falta algo de dinero para los gastos. Yo me ofrecí a darte lo que necesitaras, pero preferiste ganarlo haciendo algo porque eres una persona trabajadora. Cierto, sabías que estabas transportando cigarrillos, pero, si hubieras sabido que constituía un fraude fiscal, no habrías aceptado. No sabes quién compró los cigarrillos ni qué hicieron con ellos. Ésta es tu versión. Cíñete a ella. ¿Estás nervioso?

—¿Por qué habría de estarlo? No tengo nada que ocultar.

—Mejor —dijo Fran—. Ésa es la actitud que has de mostrar. ¿Alguna pregunta?

—No se me ocurre ninguna.

—¿Me acompañas?

—Cómo no —dijo, y cerró el grifo.

Fran no se movió de su sitio.

—Se me olvidaba decírtelo: ha llamado Johnny. Su número está junto al teléfono de la biblioteca. Llámale.

No conviene que se cabree contigo. Pero no cedas terreno. Lo que quiero decir es que no le debes nada, ni un centavo. No le digas a nadie que cobraste nada. Si Johnny se pone violento, que no se te acerque: no sois un par de críos en el patio del colegio. Si te amenaza, cuéntaselo a Padilla, el fiscal. Que no se te suba a la parra ese cabrón.

—¿Johnny o el fiscal?

—No puedes remediarlo, ¿verdad? —dijo Fran—. Tienes que hacerte el gracioso. Pensaba que después de África, con todo lo que has pasado allí, habrías cambiado, que te habrías vuelto más serio... Que mostrarías más sentido de la responsabilidad y serías más agradecido. ¿Sabes cuánto te he mandado en total, contando lo que pagué por las camisetas? Más de veinte mil dólares. Y tú en las cartas me hablas del tiempo y luego pones: «A todo esto, gracias por el dinero.»

—¿No lo dedujiste como donativo? —le preguntó Terry.

—No se trata de eso. ¿Qué pasa con el dinero de los cigarrillos? Con los tres viajes que hiciste debiste de sacarte cincuenta mil dólares, contando la parte de los Pajonny correspondiente al último. ¿Te lo has gastado todo?

Estaba intentando averiguar si tenía algo de dinero.

—Fran, me he pasado allí cinco años —respondió Terry. Era todo lo que estaba dispuesto a decir al respecto.

—Leí una de las cartas que le mandaste a Mary Pat, la carta en la que te mostrabas más comunicativo, la de los olores. Le comenté que parecías otra vez el mismo de siempre. ¿Sabes qué me respondió?: «¿Y eso es bueno o malo?» ¿Comprendes lo que te digo?

Terry no estaba muy seguro, pero volvió a asentir y

entornó un poco los ojos para darle a entender que estaba pensando seriamente en ello. Fran se lo quedó mirando fijamente, pero al final volvió a mirar el reloj.

—Tengo que irme.

Terry esperó en los escalones del portal hasta que el taxi se perdió de vista. Fue a la biblioteca, vio apuntados en un papel dos números de teléfono junto al nombre de Johnny —el de su casa y otro que debía de ser el de su móvil— y marcó el de Debbie. En cuanto contestó, dijo:

—Ya se ha ido.

Menuda noche, pensó Terry. Había determinado su futuro. Iba a tener que hacer las cosas paso a paso, pero el viaje parecía prometedor de principio a fin.

Habían estado simplemente hablando del tema. Debbie estaba contándole historias suyas y le había preguntado si le apetecía un porro. «¿Un *yobi*? Cómo no...» A ella le había gustado cómo los llamaba y le dijo que a partir de entonces ella también iba a llamarlos así: *yobi*. Habían empezado a hacer planes juntos. Estaban sentados en un sofá de segunda mano que había sacado de la tienda benéfica de San Vicente de Paúl. Fumaban, bebían, sonreían y se ponían ciegos mientras buscaban la manera de darle un palo a Randy. Estaba forrado, un dato que ella no había mencionado antes. Se había casado con una mujer rica y luego se había divorciado, pero le había salido bien la jugada: se había sacado varios millones y un restaurante en el centro.

—Luego hablamos de eso —dijo Debbie—. Creo que ya te he contado que la primera vez que me pidió dinero me enseñó una foto de su barco.

—El que no tenía —añadió Terry.

—Eso es. Lo que no te he dicho es que tenía mi nombre escrito en la popa, DEBBIE, y debajo PALM BEACH. El tío me dice que le ha cambiado el nombre porque está loco por mí y luego va y me suelta: «A todo esto, ¿podrías prestarme dos mil dólares?»

—¿Cómo lo hizo?

—Espera. Esto ocurrió más tarde, cuando ya se había largado. Han pasado dos meses y estoy en Florida, visitando a mi madre. Me detengo en el puerto deportivo del que Randy se pasa el día hablando, echo un vistazo y ahí está: un cúter de catorce metros llamado *Debbie*. Debajo del nombre pone PALM BEACH. Pregunto en el bar del puerto si alguien conoce a un tío llamado Randy Agley. El camarero me dice: «¿Se refiere a un tal Aglioni?» Un viejo con pinta de lobo de mar que hay junto a la barra me suelta: «Randy. Ése es el tío raro que andaba haciendo fotos de los barcos. Lo echamos.» Les pregunto si saben por dónde suele andar. El camarero me sugiere que pruebe en Breakers, que es donde los tíos como Randy suelen ir a pescar ricachonas. El viejo dice que pruebe en Au Bar, que lo ha visto allí en un par de ocasiones. Pues bien, en Breakers me entero de que el señor Agley tiene prohibida la entrada en el establecimiento y de que Au Bar ya no existe, que ahora se llama de otra manera. Pensé que le había perdido la pista. Pero poco después llevo a mi madre a cenar al Chuck and Harold's y, cuando estamos a punto de acabar, aparece de pronto don Maravilloso. Tiene una copa en la mano y la mirada puesta en dos mujeres que hay en una mesa. Van vestidas informalmente, pero salta a la vista que son de Palm Beach. Basta fijarse en el pelo y en las joyas: sencillas pero buenas. Randy, el muy cabrón, espera a que pidan las copas para acercarse. Yo sigo mirando. Evidentemente no lo conocen. Él les suelta el típico rollo: «¿No serán ustedes las encantadoras seño-ritas que vi la semana pasada en el Donald's? ¿No? En-tonces sería en...» Y se sienta con ellas. Enseguida les hace reír, y eso que no es nada gracioso, no tiene sentido del humor. Yo le daba ideas, le soltaba cualquier cosa, lo pri-mero que me venía a la cabeza, por ejemplo: «Mi chico está tan bueno que para salir a la calle tiene que vestirse de mujer.» Hacía una pausa y añadía: «Porque si no las tías se le echan encima.» Randy se quedaba pensando en lo que le había dicho con cara inexpresiva y luego soltaba una risa falsa. No era nada divertido.

—Se sienta con ellas y... —dijo Terry.

—Estaba con mi madre. ¿Qué podía hacer? ¿Avisar a las mujeres? ¿Echarle una copa por encima de la cabeza y montar un numerito? Imposible con mi madre allí. ¿Te he contado ya que ella se cree que es Ann Miller? Mien-tras observo a Randy, mamá me cuenta lo bien que se lo pasó haciendo *Un día en Nueva York* con Gene y Frank, pero que Vera-Ellen, con lo mona que era, estuvo inso-portable de principio a fin.

—Me gustaría conocerla.

—Todavía no está grave. Lo que hice al final fue acer-carme con ella a la mesa y decir: «Mamá, te presento a Randy, el farsante que me robó todo mi dinero.» Mi ma-dre le dijo: «Hola, Andy, encantada de conocerte.» Se pensó que era Andy García. Me la llevé del restaurante, crucé el puente a todo correr —la clínica está en Flagler—, la dejé allí y volví volando al Chuck and Harold's. Estaba segura de que Randy seguía allí porque tenía que inven-tarse una historia larga y complicada para salvar la cara. ¿Has visto *Mi cena con André*, el esnob que se pasa hora y media dando el coñazo a Wallace Shawn? Pues bien, Randy es igualito a él.

—De modo que seguía allí...

—Eché un vistazo. Me asomé para asegurarme. Luego le comí el coco al mozo del aparcamiento para que me dejara esperar allí en doble fila. Por fin sale Randy con las dos mujeres y se queda allí hablándoles mientras esperan a que les traigan el coche. Yo estoy segura de que él ha aparcado en la calle; nunca se gasta su propio dinero si puede evitarlo. Pues bien, ayuda a las mujeres a subir al coche sin dejar de largarles el rollo. Ellas se marchan y él echa a andar por la calzada, sin apartarse de los coches que hay aparcados junto al bordillo. Me acerco sigilosamente con las ventanillas bajadas y le suelto: «Oye, cabrón» para que se vuelva. Le digo que voy seguirlo hasta el fin del mundo y que no voy a dejar de amargarle la farsa de vida que lleva mientras no me devuelva hasta el último centavo que me robó, pese a que no tengo ni idea de cómo voy a hacerlo. Él se me acerca al coche, al Ford Escort, mete la cara en el hueco de la ventanilla y me dice: «Vete a joder a otro, niña. No tengo ni para empezar contigo.»

—Lo de llamarte niña fue la gota que colmó el vaso, ¿verdad? —preguntó Terry.

—Eso y el tono de voz, sus putos aires de superioridad. Le vi alejarse y cruzar la calle en dirección a su coche, que había aparcado en batería en la mediana de Royal Poinciana Way, que está flanqueada de árboles. No podía dejarlo escapar. Pisé el acelerador a fondo. Pude verle la cara cuando miró hacia atrás y me vio venir. Le di de lleno, rebotó en un par de coches y me largué.

—¿Te diste a la fuga?

—Ése fue mi error. Le atropellé premeditadamente y me largué. Me vieron todas las personas que había delante del restaurante.

Terry se mostró comprensivo.

—Fue mala pata que te viera tanta gente. ¿Le hiciste mucho daño?

—Tuvieron que ponerle una prótesis en la cadera.

—Tengo entendido que eso es habitual hoy en día.

—Le rompí la otra pierna y se le perforó un pulmón. También le pusieron treinta y cinco puntos en la cabeza. El fiscal quería acusarme de asesinato frustrado. Me asignaron un abogado de oficio que hizo lo que buenamente pudo. Al final quedamos en agresión con resultado de lesiones, que son entre tres y cinco años.

—Pobre... —dijo Terry mientras le rodeaba los hombros con el brazo—. Mira que encerrarte con todas esas delincuentes. Debió de ser horrible.

Debbie alzó la vista y lo miró con ojos tristes, sosteniendo el *yobi* a cierta distancia, y Terry la besó por primera vez. Le dio un beso tierno, a ver qué tal, y luego probó a echarle un poco más de pasión y se alegró de ver que Debbie también se animaba. Cuando se separaron, dejó el *yobi* en el cenicero de la mesa de centro. Sin embargo, cuando se volvió de nuevo hacia ella, Debbie había cambiado de cara. No estaba muy segura de lo que estaban haciendo.

—No tengo sida, de veras —le dijo.

—¿Me lo juras?

Terry alzó la mano derecha.

—Palabra de honor.

—¿No tienes..., no sé, ninguna enfermedad africana rara que puedas contagiarme?

—No tengo ni siquiera malaria.

Ella seguía con los ojos clavados en él, pero enseguida se le suavizó la mirada. Sonrió y Terry tuvo la sensación de encontrarse en casa.

Lo estaba.

Fueron al dormitorio y siguieron besándose. Empezaron a tocarse y se quitaron la ropa. Terry la agarró por detrás mientras ella quitaba el cubrecama. No encendieron la lámpara, pero podían verse gracias a la luz del cuarto de baño, que entraba desde el pasillo.

—Hace tanto tiempo que no lo hago —dijo ella. Y luego añadió—: Ya sé que es como andar en bicicleta.

Sólo que mucho mejor, pensó Terry. Pero no se lo dijo. No era de los que hablaban en la cama.

Más tarde, cuando se quedaron abrazados, comentó:

—Ya me acuerdo de lo que cantaban los crucificados.

—¿En *La vida de Brian*? —preguntó Debbie—. ¿Cómo era?

—«Mira siempre el lado bueno de la vida.»

—Es verdad —le dijo ella—. Y a continuación todos los crucificados silbaban el estribillo. Ya me acuerdo. —Se quedó callada, pensando quizás en algo divertido que decir.

Terry esperó, luego volvió la cabeza y la vio con la barbilla apretada contra el pecho, mirándose.

—No se nota mucho cuando estoy tumbada —comentó entonces Debbie—, pero salta a la vista que empiezo a tenerlas caídas.

—A mí me gusta como las tienes.

—Si te las has puesto se nota cuando te tumbas.

—¿En serio?

—A veces haces teatro, ¿verdad?

—¿Qué quieres decir?

—Que te haces el alma cándida.

—Es que lo soy.

—Ya... —dijo ella—. ¿Tienes hambre?

—Pensaba que íbamos a liarnos otro y repetir.

—Joder, ¿lo dices en serio? —exclamó ella.

No empezaron a hablar de Randy y de lo forrado que estaba hasta después de repetir. Debbie le contó su visita a Mary Lou Martz, la ex de Randy.

—Cuando se casó con él no tomó su apellido. En la sociedad de Detroit ella siempre ha sido la señora de William Martz, patrocinador de cualquier cosa relacionada con la cultura: la sinfónica, la ópera, el instituto de arte... Ella lleva una vida muy ajetreada y es una persona muy conocida. Sus amigos la llaman Lulu.

—¿Tú también?

—Yo no la llamé de ninguna manera. Le hablé por teléfono de mi experiencia con Randy y me dijo que fuera a verla a su casa de Grosse Pointe Park. Se encuentra en el lago St. Clair y es una preciosidad: parece una mansión francesa. Me sorprendió que tuviera tantas ganas de hablar sobre él. Hace unos treinta años quedó en segundo lugar en el concurso de Miss Michigan, tiene buen aspecto, se mantiene en forma, se ha hecho un par de *liftings*...

—¿Eso te contó?

—Saltaba a la vista. Le pregunté si Randy quería dar la vuelta al mundo en barco con ella. Me dijo que fue prácticamente lo primero que salió de su boca. Debieron de conocerse en algún acto al que había que ir de tiros largos.

—Ese tío no para, ¿eh?

—Pues no, pero ¿sabes qué le respondió ella?: «¿En mi yate o en el tuyo?» Alucinante, ¿verdad? Ella iba con la guardia alta y aun así sucumbió. Él le contó que estaba escribiendo un libro sobre el conflicto en Oriente Próximo, que lo había cubierto durante los últimos diez años para el *Herald Tribune* y que vivía en París la mayor parte del tiempo. Sin embargo, el barco lo tenía en Haifa, Israel. A los cuatro meses de conocerse, durante los cuales Randy anduvo supuestamente yendo y viniendo de Oriente Próximo, se casaron.

—¿Cómo lo pilló?

—Por nimiedades. Había vivido varios años en París y no hablaba nada de francés. Le contó que no hacía falta, que todo el mundo hablaba inglés allí. Lulu había estado en París las suficientes veces como para saber que eso era una gilipollez. Luego quería ir a Israel con él y hacer un crucero por las islas griegas. Randy le dijo: vale, vamos. Y desapareció durante una semana. Cuando volvió a aparecer, le dijo que la OLP había hecho saltar su barco por los aires, que iban tras él y lo habían puesto en la lista negra. Si uno cuenta una mentira lo suficientemente grande, es posible que cuele durante una temporada. Pero entonces Randy empezó a acumular gastos y se compró un Jaguar... Lulu le preguntó qué había pasado con su dinero. Él le había dicho que un editor le había pagado un anticipo de doscientos mil dólares, y le respondió que se le había acabado mientras preparaba el libro. Lulu le soltó: «¿Qué libro? Yo no te he visto escribir ni una puta línea.»

—¿Eso le dijo?

—O algo por el estilo. Randy le dijo que llevaba un año bloqueado, pero que creía que se le pasaría pronto y entonces se pondría a trabajar. Pero entonces Lulu llamó a un detective y ahí acabó el asunto. El problema es que tardó demasiado: el matrimonio había durado más de un año, así que el acuerdo prematrimonial ya era válido y Randy pudo quedarse con su parte: varios millones y el restaurante.

—¿Lo has visto?

—Por dentro no. No quiero que se entere todavía de que he salido de la cárcel. Lulu no quiere ni acercarse por allí. Me dijo que, si supiera cómo preparar una bomba, haría saltar el establecimiento por los aires. Con Randy dentro.

—Quería echar un polvo y le ha salido caro —afirmó Terry.

—No, simplemente quería conocer a un buen tío y pasar un buen rato.

—¿Cuál era la empresa de su marido?

—Timco Industries. Productos de automoción. Fabrican accesorios.

—¿Ah, sí...?

—No sabes de qué estoy hablando, ¿verdad?

—De tuercas y tornillos.

—No, estoy hablando de accesorios de montaje. Los utilizan en la cinta transportadora, en el premontaje. Los motores, las transmisiones, los depósitos de combustible se montan en una cinta que saca un coche por minuto, pero no se puede utilizar una llave inglesa, porque frenaría la cinta. Pues bien, Bill, el marido de Lulu, inventó una manera de unir las piezas con un empalme de plástico y una junta de sellado. Me acuerdo por si acaso algún día me hace falta.

—¿Y se hizo rico con eso? ¿Con un empalme de plástico?

—No, con la junta. Terry, cada año se fabrican diez millones de coches que llevan la patente de su marido. Vendió la empresa para poder retirarse y jugar al golf.

—¿Y nada más hacerlo se murió?

—En el 12 de Oakland Hills, un par cinco largo.

—¿Y la empresa se llama Timco?

—Productos de automoción —respondió Debbie—. Estas empresas suelen tener ese tipo de nombres: Timco, Ranco, etc. Nunca se sabe qué fabrican. He actuado en cenas organizadas por fabricantes de los que nunca había oído hablar y eran todos millonarios.

—Dan ganas de trabajar para ganarse la vida, ¿verdad?

Se levantaron para preparar unos perritos calientes y al cabo de una hora estaban de nuevo en la cama con todas las luces del piso apagadas.

Terry dijo en medio de la oscuridad:

—¿Qué vas a hacer? ¿Tropezarte en el restaurante de Randy?

—Yo no —respondió Debbie—, tú. El padre Terry Dunn, héroe de las misiones ruandesas y único protector de centenares de niños hambrientos.

13

Aquella noche no hablaron del tema en la cama, aunque él preguntó:

—Entro en el restaurante y me tropiezo, de acuerdo. Pero ¿con qué?

—Ya lo pensaremos. —Fue todo lo que dijo Debbie.

Por la mañana, mientras se tomaba su café instantáneo, Terry preguntó:

—¿Pensamos con qué?

Y ella exclamó:

—¿Cómo?

Debbie acababa de llegar y estaba contemplando el vestíbulo abovedado. Terry la miraba desde lo alto de la escalera curva. Vestida con una falda oscura, un jersey de cuello vuelto y un impermeable abierto, hizo un resonante taconeo de claqué en el suelo de mármol.

—¿Sabes qué me hubiera gustado ser? Corista.

—¿Qué te lo impidió?

—Descubrí que para ser buena y que me aceptaran en un espectáculo había que trabajar. Una vez trabajé de gogó, pero sólo durante unas semanas, cuando iba a la Universidad de Michigan.

—Me habría gustado verte.

—Ya me has visto. No tenía las tetas lo suficientemente grandes para ser una estrella. Además, si una aspira a ganarse la vida de esa manera, tiene que meterse *crack*.

—Sube.

—Espera —dijo ella. Y fue haciendo claqué hasta el salón para echar una ojeada. Mientras subía por la escalera enmoquetada, comentó—: No está mal... Es lo que yo llamo decoración hotel cuatro estrellas. Mary Pat va a lo seguro.

—Nada de Taiwan —señaló Terry—. Ni de la India.

—No te rías de la decoración de mi casa. Muebles usados de San Vicente de Paúl y *kitsch* de Pier One. —Cuando llegó arriba, lo besó en la boca—. ¿Qué planes tienes? ¿Llevarme a la cama?

—Pensaba que querrías ver la casa.

—Y así es. Prometo que no volveré a hacer más comentarios de mal gusto.

Llegaron al dormitorio principal. Había una cama de matrimonio muy grande con colgaduras doradas y una colcha guateada del mismo color. Debbie se asomó.

—De modo que aquí es donde lo hacen.

—Sabemos que lo han hecho al menos dos veces —dijo Terry, pero antes de acabar la frase ya se había arrepentido. ¿A qué venía hacerse el gracioso? Llevó a Debbie a las habitaciones de las niñas. Ella se asomó a las dos y dijo:

—Qué monada. —Pero no hizo ningún comentario sobre las muñecas y los peluches.

—¿No te recuerdan a tu infancia?

—A mí me iba más bailar y jugar a médicos.

—Pero la casa está bien, ¿no te parece? —dijo Terry al cabo de un rato, pensando en su hermano, que estaba encantado con el lugar donde vivía y se sentía orgulloso de él.

—¿La casa? Sí, está muy bien. ¿Qué más hay aquí arriba?

—La habitación de invitados, donde yo duermo.

Se la enseñó. Debbie se asomó y vio dos camas gemelas con unas colchas blancas, una silla de aspecto cómodo, y una bolsa de deporte sobre el escritorio. No había ropa tirada.

—Tienes la habitación muy recogida. Qué buen chico eres.

—No tengo suficientes cosas para desordenarla.

—Terry, ¿qué es eso?

Su machete se encontraba encima del escritorio, junto al bolso.

—Lo utilizo para abrir cocos.

Debbie entró en la habitación, agarró el machete y lo sopesó. Luego lo dejó en su sitio sin decir palabra y se dirigió a la ventana.

—Tengo aquí las fotos de Ruanda —dijo Terry. Agarró la bolsa de deporte y se volvió hacia las camas, pero al final se acercó a Debbie. Miraron el plástico de color verde oscuro que cubría la piscina, y el resto del jardín, los árboles sin hojas y los arbustos desnudos. Todo tenía un aspecto apagado, como si estuvieran en invierno. Terry comentó—: En verano Fran cuelga un columpio de ese arce.

Dio media vuelta y se puso entre las dos camas con la bolsa de deporte. Debbie se quedó junto a la ventana y dijo:

—Debería hacer en mis actuaciones algún chiste sobre el invierno en Detroit. Joder, si esto es la primavera, podría pasarme toda la actuación hablando del mismo tema.

Terry estaba sacando del bolso las fotos en color.

—Ojalá Randy viviera en Florida —continuó Debbie—. Creo que me iré a vivir allí cuando demos el palo. ¿Te gustaría?

Terry no respondió. Estaba ocupado colocando las fotos sobre la colcha. No sabía qué le había preguntado exactamente. ¿Si quería irse a vivir a Florida cuando terminara aquel asunto? ¿Con ella? Debbie se había acercado a su lado y estaba observando las fotos. Le preguntó cuántas tenía y él respondió que doscientas.

—Éstas son las mejores.

—¿Son todos chicos?

—No, pero a esta edad resulta difícil distinguirlos. Algunos viven en orfanatos, pero no están mucho mejor que los que viven en la calle. Forman familias: la niña de más edad, que puede tener quince años, se ocupa de los más pequeños. Están solos, tienen que mendigar la comida y la ropa... Este niño está rebuscando en una mina de carbón. Eligen los pedazos que no están quemados y los venden.

Terry le pasó la foto a Debbie.

—Niños buscando algo que comer en un vertedero.

—Dios mío, Terry... —exclamó ella, y se sentó con la foto en la cama que tenía detrás—. ¿Cómo es posible? Con lo verde y exuberante que está el campo en algunas de estas fotos. Es todo terreno cultivado...

—Son niños —explicó Terry—, no granjeros con tierras. Son pequeños tutsis a los que nadie quiere. Mira, dos niños de diez años fumando. Se lían sus propios cigarrillos. Éste, que ahora tiene trece años, mató a un amigo suyo durante el genocidio. Con un machete. Tenían ocho años entonces. ¿Qué hace uno con un chico así? —Terry levantó la mirada.

Debbie hizo lo mismo y dijo:

—¿Has oído eso? Alguien está llamándote.

Terry agarró el machete antes de salir de la habitación. Debbie fue detrás de él.

—Has dejado la puerta abierta.

—Estaba abierta cuando he llegado.

—Terry, cabrón, ¿dónde te has metido? —se oyó otra vez.

La voz venía de abajo. Ya sabía quién era. Se asomaron a la barandilla de la escalera que descendía hasta el vestíbulo y vieron a Johnny Pajonny mirando hacia arriba.

—Pero si es mi colega Johnny... —exclamó Terry.

Y Johnny respondió.

—¿Dónde está mi puto dinero?

A Debbie le había sorprendido que se detuviera a agarrar el machete del escritorio. Estaba siguiéndole con la mano levantada y poco le faltó para chocar con él. Se preguntó si su reacción tendría algo que ver con África: igual allí, cuando oían un ruido extraño, agarraban automáticamente un machete.

Le vio bajar por la escalera con el arma en la mano. La hoja medía apenas medio metro, y el mango estaba tallado y era de color madera. Terry lo llevaba con la punta hacia abajo, pegado a la pierna. Cuando Johnny lo vio, Debbie le oyó decir:

—¿Qué coño es eso? ¿Una espada?

—Un machete —oyó que decía Terry en los escalones. Cuando llegó al suelo de mármol, añadió—: Lo encontré en la iglesia después de que mataran a machetazos a setenta personas mientras yo decía misa en el altar. Aún tiene restos de sangre.

—Rediós... —exclamó Johnny.

Debbie vio que Terry levantaba el machete, lo agarraba por la hoja y se lo daba a Johnny. Johnny lo asió por el mango y dijo.

—¿Matan gente con esto? Rediós...

—Les cortan la cabeza —explicó Terry—. Y los pies.

Debbie empezó a bajar por la escalera deslizando la mano por la barandilla dorada. Vio que Johnny alzaba la vista, pero apenas se fijó en ella. Estaba sopesando el machete:

—Pesa más de lo que parece —comentó. Hizo ademán de dar un tajo con él—. Así que mataron gente con esto, ¿eh?

Y Terry dijo:

—Delante de mis narices.

Debbie se detuvo a unos escalones del suelo y se quedó allí a mirar.

Vaya espectáculo, pensó. Johnny entra en la casa pidiendo su dinero a voz en grito y Terry sale a su encuentro con un machete y le cuenta cómo se cargan a la gente en África. Seguían siendo los colegas que habían hecho contrabando de tabaco juntos. Terry iba con unos Levi's y una camisa amplia y almidonada de color blanco que debía de ser de Fran. Johnny vestía una chaqueta de cuero negro con el cuello levantado. Tenía el pelo castaño y, aunque no le quedaba mucho, lo llevaba recogido en una coleta desaliñada. No estaba mal. Mediría un metro setenta y cinco, algo menos que Terry. Era el típico machito flaco, cargado de espaldas y con los hombros huesudos.

—De modo que eres cura, ¿eh? —dijo—. No me lo puedo creer, cojones.

Lo cual, pensó Debbie, podía también significar que

sí se lo creía. Vio a Terry hacer el signo de la cruz delante de Johnny y decir:

—*In nomine Patris, et Filii, et Spiritus Sancti...*

Johnny le amenazó con el machete y exclamó:

—No me vengas con chorradas, rediós. Quiero que me digas qué hiciste con mis diez mil dólares y con los de Dickie.

—Dickie donó su dinero a un orfanato.

Johnny se quedó parado y, cuando reaccionó, dijo:

—Mira tú... ¿Y yo a quién le he dado mi dinero?

—A unos leprosos.

—Ya, a unos leprosos...

—Compraron alcohol con él —añadió Terry— para aliviar su sufrimiento. Les dije que no se preocuparan, que a ti te parecería bien. Pero luego, cuando empezó a escasearles el dinero, se pasaron a la cerveza de plátano.

—La cerveza de plátano... —repitió Johnny.

—¿Sabes cuando cambias el aceite y vacías el cárter del coche? Pues esa pinta tiene.

—¿La has probado?

—Nunca me ha tentado.

—Pero los leprosos sí la bebían.

—Se ponían tibios. Así se olvidaban de que tenían lepra.

—Terry, los leprosos me importan una mierda. Te has gastado mi dinero, ¿verdad?

Debbie vio que Terry levantaba los hombros en señal de impotencia y mostraba las manos vacías.

—Me he pasado allí cinco años, Johnny. ¿De qué te crees que he vivido?

—¿De qué viven otros misioneros?

—De donativos. ¿Te acuerdas de los que hacíamos en Nuestra Señora de la Paz para las misiones? Pues tú has hecho uno para la misión de San Martín de Porres de Ruanda. Puedes deducirlo en la declaración de la renta.

—¿Te crees que yo hago la declaración de la renta?

—Lo digo por si alguna vez la haces. Pon «diez mil para los leprosos». Johnny, si he conseguido mantenerme vivo durante estos cinco largos años ha sido gracias a ti. De vez en cuando podía comprar boniatos y carne. De cabra, sobre todo. Pero el dinero no me daba para más. Si te lo tomas como un obsequio para la misión, Johnny, yo te perdono por lo que hiciste.

Debbie estaba disfrutando. Era alucinante cómo manejaba Terry la situación. Johnny no le llegaba a la suela del zapato.

—¿Perdonarme? ¿Por qué? —preguntó éste con el ceño fruncido.

—Por acusarme, por decir que fue todo idea mía.

—Tío, te habías pirado. Dickie y yo estábamos en la cárcel del condado de Wayne, rediós. Ese sitio es tan jodido que uno sólo piensa en que lo manden a la puta penitenciaría. Lo digo en serio, tío, tardaron casi seis meses en decidir si se ocupaba del caso el tribunal del Estado o el federal.

—De acuerdo, Johnny, pero sigo metido en un lío. Esta tarde tengo que ir a ver a Gerald Padilla, el fiscal, por mi procesamiento.

—Es el mismo cabrón que nos metió a nosotros en el talego.

—Pues, gracias a lo que le contaste, ahora tiene la oportunidad de meterme a mí.

—Pero si eres cura, rediós.

—Da igual —repuso Terry—. Voy a tener que contarle al señor Padilla que mentiste, que lo único que hice yo fue conducir el camión.

—Adelante, hazlo.

—¿No te importa?

—Cuéntale lo que te dé la gana. Yo ya he cumplido, tío.

—¿Fue duro? —preguntó Terry.

—¿Qué, Jackson? ¿Vivir con cinco mil gilipollas que se pasan el día chillando y follando unos con otros? ¿No dar nunca la espalda a nadie cuando sales de la celda? ¿Y me preguntas si fue duro, cabrón? Mira, yo llevaba unas apuestas en el Cuatro Este y pagaba a los negratas más cachas del bloque para que no me robaran, y aun así me rajaron la tripa. Tuve que cosérmela yo mismo.

—¿A Dickie qué tal le va?

—Prácticamente vive en el Cinco, en la celda de los incomunicados. Lo meten o sacan según la actitud que tenga. Sigue vendiendo radios a los novatos. Les cobra cincuenta dólares, pero nunca les da la radio. Yo ya le avisé: «Algún día vas a venderle una radio al tío equivocado.» Pero me respondió que le importaba una mierda.

—¿Va a salir algún día?

—Buena pregunta.

—¿Cómo está Regina?

—Ya sabes que se convirtió. Tiene una pegatina en el parachoques que dice: «Mi jefe es un carpintero judío.» Deberíais quedar algún día para cantar unos himnos.

—¿Y Piedad?

—Está en Wayne State, en el último curso. Quiere ser programadora de ordenadores.

—Quién sabe, ¿no? —dijo Terry.

Y Johnny respondió:

—¿Quién sabe qué?

Camino del centro, Debbie, que iba al volante, dijo:

—Anoche, cuando estábamos hablando sobre Johnny, te dije que no me gustaría deberle diez mil dólares y tú me respondiste que no me preocupara. Está claro que sabías que podías ocuparte de él.

—Si consigues liarlo lo suficiente, se cree cualquier cosa que le cuentes —explicó Terry.

—Como que eres cura.

—Ya has visto que se negaba a creérselo, pero ahora ni lo duda.

—¿Piensas contarle alguna vez que no lo eres?

—No lo sé. Algún día quizá —respondió Terry—. Mientras tanto no nos olvidemos de él. Puede que nos haga falta.

Comieron en el Hellas Café, en Greektown: calamares en aceite de oliva y pierna de cordero, que, según Terry, sabía muy parecido a la carne de cabra. Los clientes del restaurante que iban con tarjetas de identidad eran miembros de los jurados del Frank Murphy y parecían turistas primerizos: cuando oían a alguien decir «¡Opa!», se les ponían los ojos como platos y, si aparecía un camarero con un queso flambeado, se quedaban mirando.

Recorrieron a pie las dos manzanas que había desde el restaurante hasta el edificio Frank Murphy. Pasaron por la parte de atrás de Beaubien 1300, la comisaría de policía, y por delante de los nuevos edificios de la cárcel del condado. Terry entró en el Tribunal de Justicia y preguntó por Gerald Padilla. Luego salió y le dijo a Debbie:

—Una de dos: o ha salido a comer o se encuentra en una sala en el cuarto piso. Está en un juicio. —Subieron por la escalera hasta el cuarto piso y pasaron por delante de varios grupos de personas que esperaban en el pasillo—. Por lo visto, va a hacerme un hueco durante la hora de la comida, así que no creo que se alargue mucho. Resolverá mi asunto y volverá a la sala a mandar a la cárcel a algún desgraciado.

—¿Estás nervioso?

—¿Por qué habría de estarlo? Fran dice que Padilla suele echar una mano en las bodas que celebran en Reina de los Mártires.

—Eres alucinante. ¿Te importa si entro contigo?

—No veo por qué no.

—Bien —dijo Debbie—. Me gusta observarte.

Fue otro espectáculo.

Entre la parka negra, la cara demacrada y la barba, Terry daba el pego con el traje azul marino. Cuando se presentó, el fiscal, un caballero de aspecto elegante, se ajustó las gafas sobre la nariz y se volvió:

—¿Señor Padilla? Soy el padre Dunn, de Ruanda. Tengo entendido que quiere hablar conmigo.

De Ruanda. Ni que hubiera venido expresamente desde África para esta conversación, pensó Debbie. Terry hablaba con voz queda y desapasionada, un punto humilde, como si estuviera completamente al servicio de aquel individuo.

Debbie se mantuvo en un segundo plano. Vio que el fiscal dejaba unos papeles sobre la mesa que tenía delante y salía por una puerta de la balaustrada en dirección a las filas de bancos, que recordaban a los de una iglesia.

—Padre, cómo me alegro de que haya podido venir. No le entretendré mucho. —Le indicó un banco y añadió—: Sentémonos aquí mismo y resolvamos este asunto de una vez.

Terry se acercó a la balaustrada, se metió a la segunda fila y, volviéndose un poco, extendió un brazo para señalar a Debbie.

—Señor Padilla, le presento a una colaboradora de mi hermano Francis, la señorita Dewey, que ha venido para representarme legalmente.

Acababa de convertirla en abogada.

Padilla saludó con la cabeza mientras la miraba detenidamente y sonreía con amabilidad.

—Soy Gerry Padilla, señorita Dewey. Encantado. Siéntese, si lo desea, aunque no creo que el padre Dunn necesite representación legal.

Debbie sonrió y respondió:

—Me alegro de oír eso, pero en realidad hago las veces de chófer. El padre Dunn ha estado tan ocupado recaudando dinero para su misión que no ha tenido tiempo para renovarse el permiso de conducir.

—Le aseguro, Gerry —dijo Terry—, que con esta señorita estoy en buenas manos. —No dudó en llamar al fiscal por su nombre de pila. Pero entonces añadió—: Ojalá pudiera llevármela a Ruanda.

—Padre, por favor —atajó Debbie en tono de ligera sorpresa, pero con una sonrisa que daba a entender que el sacerdote estaba bromeando y ella le seguía el juego.

—Le comprendo perfectamente, padre —afirmó Padilla.

A Debbie no le quedó más remedio que sonreír nuevamente, esta vez mientras Padilla le guiñaba un ojo. Picarón, pensó.

Se sentó en la misma fila pero dejando un espacio para que quedara claro que no era su intención intervenir.

Terry se había puesto de lado, casi dándole la espalda, mientras que Padilla podía verla sin ningún problema por encima del hombro del sacerdote. Debbie mantuvo los ojos clavados en el estrado, sin apartar la vista de allí, para que el fiscal pudiera verla de perfil y fijarse en su naricilla, en la ligera separación de sus labios y en el descaro con que ladeaba la cabeza cuando miraba alrededor. Podía oírles sin dificultad.

Hablaron de Ruanda desde el primer momento.

Padilla comentó que había leído un testimonio del genocidio, un libro fascinante con un título estremecedor, *Deseamos informarles que mañana seremos asesinados con nuestras familias*, y preguntó a Terry si lo conocía. Éste respondió que no, que con estar allí bastaba, que él había visto desde el altar cómo mataban a machetazos a decenas de feligreses.

Padilla asimiló lo que acababa de oír y quiso saber por qué las víctimas habían aceptado la muerte de una manera tan fatalista. Terry le confió que se trataba de un pueblo muy serio, un pueblo que cedía ante la autoridad y siempre aceptaba lo que le sucedía, fuera lo que fuese. No obstante, él sabía en su fuero interno que eran mártires y que Nuestro Señor los había acogido en su seno aquel mismo día.

¿No obstante?

Padilla levantó la cabeza para lanzar una mirada a Debbie y ella puso una expresión solemne y casi triste. A continuación el fiscal preguntó por la capacidad del sistema legal ruandés para ocuparse de los más de cien mil presuntos asesinos encarcelados, comentó que había leído algo acerca de un sistema de tribunales que iban a probar en los poblados con el propósito de acelerar el proceso y añadió que creía que se llamaba *gacaca*. Terry le respondió que, en efecto, se trataba de una idea que estaban estudiando.

—Pero, si no le importa que le corrija, Gerry, en su idioma, el kinyaruanda, no se pronuncia «ca-ca», sino «cha-cha», como el baile. De modo que se dice *gachacha*.

Gerry sonrió y meneó levemente la cabeza. Debbie le sonrió y dijo para sus adentros: tengo que salir de aquí.

Bajó en el ascensor a la planta baja y salió a fumarse un cigarrillo. En la puerta hacía frío, el día era gris y había algunas personas más fumando. Al ver a los miembros del jurado que volvían de comer por St. Antoine, se le ocurrió que podía utilizar ese tema en su número y se puso a improvisar para sus adentros:

«Una vez formé parte de un jurado. Se trataba de un caso de asesinato, como *Doce hombres sin piedad*, sólo que en esta ocasión se trataba de once tíos cabreados y yo. Todos querían condenarles menos yo. Ellos decían: "A ese tío lo pillaron con la puta arma en la mano. ¿Es que no lo ves?" Y yo les respondía: "Pero no puede haberlo hecho él. —Hizo una pausa y añadió—: Es tan guapo..."»

A ver, continúa —se dijo—. Tú no puedes declarar a nadie culpable con tu voto. No eres capaz ni de matar una mosca. ¿Por qué? Porque eres una mosca. Una mosca detrás de la oreja. Zumba que zumba de aquí para allá... ¿Qué ves con esos ojazos de mosca que tienes? «He estado paseándome por una mierda de perro en el patio. Mmm..., ¿y si me doy una vuelta por ese estupendo merengue de limón que hay ahí? Mi meta en la vida es ser una pesada, joder a la gente, conseguir que me den un manotazo y me insulten. Mira, una pareja enrollándose. ¿Y si voy y aterrizo sobre... —En aquel momento sonó su teléfono— ese enorme culo blanco?»

Dentro de su bolso se oía un sonido casi imperceptible. Era su móvil. Lo sacó y durante los siguientes minutos estuvo hablando con un abogado. Era un buen amigo suyo, que llamaba para responder a una pregunta que le había hecho ella a su ayudante dos días antes. Mientras escuchaba dijo «¿Sí?» en varias ocasiones. También exclamó «¡Oh!» cuando en realidad estaba pensando: ¡Oh, no! Siguió escuchando y dijo «¡Oh!» varias veces más. Volvió a escuchar y respondió: «No, estoy fuera, en las escaleras del Frank Murphy», tras lo cual levantó la mirada y vio el edificio recortado sobre un cielo completamente gris. «Estoy con un amigo, un contrabandista.» Le explicó de qué se trataba, se pasó un minuto largo escuchando, y luego exclamó: «Anda ya. ¿En serio? ¿Crees que podrían citarle?» Entonces añadió: «Ed, no sé cómo darte las gracias por todo esto. Te prometo que voy a pensar en lo que me acabas de contar.» Y se despidió diciendo: «Cuando quieras. Llámame.»

Al cabo de pocos minutos Terry salió del edificio con su parka y su barba cual feliz san Francisco y sonrió.

—Me he librado.

—¿Habéis llegado a hablar del procesamiento?

Terry le dio un abrazo.

—No nos ha dado tiempo. Me ha dicho que no me preocupe, que ya tengo bastante con salvar almas.

—Qué almas ni que leches... —exclamó Debbie—. ¿Qué has hecho? ¿Llamarle «hijo mío» unas cuantas veces?

Debbie siguió hablando y haciendo preguntas, pero no podía dejar de pensar en Ed Bernacki. Esta vez el abogado que siempre le daba información confidencial no las tenía todas consigo. Debbie quería contarle a Terry lo que había averiguado, a ver cómo reaccionaba. Pero no podía hablar allí de aquel tema.

Terry estaba contándole que su queridísimo amigo Gerry Padilla había resultado ser un buen tío.

—Incluso me ha dado cien dólares para los huérfanos. Un cheque.

—¿A tu nombre?

—No, le he pedido que lo ponga a nombre del Fondo para los Huérfanos de Ruanda. Ya he abierto una cuenta. Me llevó Fran.

—¿Quieres ingresar ahí el dinero?

—Sí. Y también quiero tomar una copa.

Debbie vio que Terry miraba hacia St. Antoine, en dirección a Greektown, y dijo:

—Aquí no hay mucho donde elegir. ¿Por qué no volvemos a casa de tu hermano? Podemos ponernos cómodos... Tú ya me entiendes.

A Terry se le dibujó una sonrisa en la barba al oír aquello.

—Lo que tú digas.

Era justo lo que Debbie deseaba oír.

14

Al ver los paneles envejecidos artificialmente y las colecciones de libros encuadernados en cuero que nadie había leído nunca, Debbie pensó que la biblioteca de Fran le recordaba a la casa donde había pasado la infancia. Se lo dijo a Terry, lo cual dio pie a que le hiciera un breve resumen de su vida.

En serio, le dijo, se parecía muchísimo a la casa en la que había vivido hasta que se había ido a Ann Arbor. Sólo había vuelto a ella en época de vacaciones y el verano en que se separaron sus padres y decidió abandonar derecho y la idea de dedicarse a lo mismo que su padre. Posiblemente se trataba de la profesión más coñazo del mundo. Ella nunca había querido ser abogada. Lo dejó por psicología, pero le pareció insoportable y se cambió a literatura inglesa, ya que, como iba a leer de todos modos, por lo menos le resultaría de provecho. Le gustó el teatro del siglo XVII, chaladuras como *Amor en una barrica*, y le dio por la interpretación. Mejor dicho, por el baile. Quería trabajar en un coro y hacer numeritos marchosos con un bombín, al estilo Bob Fosse. Pero luego se decantó por el humor, porque sus amigos la consideraban muy graciosa. Goldie Hawn fue su ídolo hasta que decidió especializarse y hacer numeritos de claqué en clave de humor: contaría chistes mientras bailaba de un lado a otro del escenario. Pero eso era vodevil, mierda. ¿Y contar chistes desnuda? Eso era revista. Las gogós ganaban mucho dinero, porque los tíos salidos les llenaban el tanga de billetes. Pero suponía mucho riesgo y le daba miedo. Después del entierro de su padre —donde conoció a su segunda mujer, una pasante con la que congenió y quedó en mantener el contacto— y de que su madre se mudara con síntomas de Alzheimer a un piso en Florida, dejó el trabajo de gogó, guardó los zapatos de baile que más adelante regalaría a su madre, siguió el consejo de la segunda mujer de su padre y se puso a trabajar de investigadora en los resbaladizos márgenes de la ley y a actuar de humorista en los ratos libres.

—Viví de lo más tranquila hasta que esa víbora se coló en mi vida y perdí tres años y todo mi dinero.

—Has hecho de todo, pero nada que merezca realmente la pena, ¿no?

—Lo único que deseo ahora —respondió Debbie— es llevar una vida normal.

Terry fue a la cocina y volvió a la biblioteca con una bandeja en la que llevaba una botella de cerveza, un whisky doble solo y el vodka de Debbie. Se sentaron en el sofá a hablar y ella dijo:

—Tengo que contarte algo.

—Estás casada —dijo Terry.

—No, no estoy casada.

—Bueno, ya que estás contándome toda tu vida, ¿lo has estado alguna vez?

—Estuve a punto, pero me di cuenta a tiempo de que al tío le gustaba controlarlo todo. Pretendía decirme la ropa que tenía que ponerme, cómo había de peinarme, cuánto maquillaje debía llevar. Me compraba conjuntos entallados y esos abrigos de pelo de camello con el cinturoncito en la parte de atrás, ¿sabes? Parecía salida de Grosse Pointe. Era médico, así que mi madre estaba encantada con él. Durante todo el tiempo que estuve con Michael creo que se rió dos veces y vimos una sola película.

—¿Cuál?

—*Rain Man...* —dijo Debbie—. Como te has librado del procesamiento, ahora tienes ganas de bromear. ¿Te importaría callarte un momento y tomarte esa copa?

—Esta vez Terry no le interrumpió—. He hablado con un amigo mío, Ed Bernacki, un abogado para el que he hecho alguna que otra investigación. Le he preguntado si sabía algo de Randy.

—¿Por qué habría de saber nada él?

—Ed es alucinante. Sabe qué se cuece en el centro de la ciudad y le gusta el chismorreo, siempre y cuando no sea sobre sus clientes. Su bufete representa a dos peces gordos de la mafia de Detroit. O quizá debería decir la presunta mafia de Detroit. Cuando Ed Bernacki utiliza esa palabra, siempre matiza: «Si es que realmente existe tal organización.» Me ha llamado mientras te esperaba en la puerta del Frank Murphy.

—¿Por qué no me lo has contado entonces?

—No quería hablar de eso en la calle, ni tampoco en un bar o conduciendo. Es algo de lo que tenemos que discutir. Luego me dices si quieres seguir ayudándome.

—¿Randy está metido en la mafia? —quiso saber Terry—. Si es que a alguien ha podido pasársele por la cabeza que pueda existir semejante organización...

—En África lograste salir del paso gracias al whisky y a tu actitud de listillo inocente, ¿verdad? Haciendo como si nada te importara en realidad... —dijo Debbie—. No, Randy no está en la mafia. Pero tiene un socio capitalista, un tío que sí está metido en ella, y además de verdad. Es un pez gordo. Randy sólo hace como si perteneciera. Ahora le ha dado por ahí. Incluso tiene a un guardaespaldas de la mafia, un tío que, según Ed, se llama Chucho o El Chucho. ¿Y sabes quién se lo ha conseguido? Vincent Moraco.

—Vaya... —exclamó Terry.

—Eso digo yo, vaya. Cuando estabas metido en el negocio de los cigarrillos, ¿no te pagaba una tal señora Moraco?

—Sí, pero nunca me creí que fuera la mujer de Vincent Moraco. Él tiene bastantes años y ella era muy joven.

—¿Conociste a Vincent?

—Me habló de él Johnny, que era quien tenía el contacto.

—Bueno, mira —dijo Debbie—. Cuando me llevaron a juicio por lo de la agresión intenté que me representara Bernacki. Él habría conseguido que saliera con la condena cumplida: tres meses en la preciosa prisión militar del condado de Palm Beach por no pagar la fianza. Pero Ed estaba ocupado con unos procesamientos relacionados con el crimen organizado. De eso hace ya tres años y por fin los han llevado a juicio aquí, en el tribunal federal: los gemelos Tony, Anthony Amilia y el segundo de a bordo, Anthony Verona. Si los declaran culpables, pueden caerles entre veinticinco años y cadena perpetua.

—Esa gente lleva una eternidad en activo.

—Andan por la setentena. En el juicio hay seis acusados: los gemelos y otros tíos de los que nunca he oído hablar. Pero Verona tiene problemas de corazón y es posible que no aguante el proceso.

—Empiezo a ver adónde quieres ir a parar —comentó Terry.

—Contaba con ello —dijo Debbie—. Pues bien, resulta que entre los cargos hay un delito de fraude fiscal por tráfico de cigarrillos cometido hace cinco años. —Bebió un trago de vodka y esperó unos segundos a rematar la jugada—. De ahí que me preguntara si podían citarte.

—Para declarar en el tribunal federal en contra de la mafia —dijo Terry con esa cara de tranquilidad que solía poner. A Debbie le entraron ganas de besarle.

—Eres un tío alucinante, Terry, incluso si te imaginabas de qué iba el asunto.

—*Testigo de cargo...* —dijo él—. No era una mala película. Charles Laughton, Marlene Dietrich... Pero esto no parece exactamente lo mismo. ¿Le has contado a Bernacki lo de los cigarrillos?

—Me ha preguntado qué hacía en el Frank Murphy y se lo he explicado. Ha sido entonces cuando me ha contado que entre los cargos hay un delito de fraude fiscal por tráfico de cigarrillos que data de la época en que tú estuviste metido en el asunto.

—¿Y te ha dicho que pueden citarme?

—Bueno, en realidad he sido yo quien lo ha dicho —respondió Debbie—. Le he preguntado a Ed si existía la posibilidad y me ha contestado que, si no te han citado ya, lo más probable es que no lo hagan. Ed dice que el fiscal del Estado se niega a darle la lista de testigos por miedo a que sus clientes les hagan algo. Si quieres, puede averiguar si figuras en ella.

—Le has dado mi nombre.

—No, quería contártelo antes.

—¿Para ver si me entraba pánico?

—Te conozco lo suficientemente bien para saber que eso no va a ocurrir.

—Pero no estás segura. ¿Qué crees que haría si me citaran? ¿Crees que me marcharía de la ciudad?

—No lo sé. ¿Lo harías?

Él siguió mirándola con cara de tranquilidad, pero no dijo nada. Debbie no tenía ni la menor idea de lo que estaba pensando.

—Te lo he contado para que lo sepas, eso es todo, por si acaso te llaman. Pero lo más probable es que no lo hagan, de modo que será mejor que dejemos el tema, ¿vale? De lo que tenemos que hablar es de lo de Randy. Si está muy metido en la mafia (y Ed dice que empieza a comportarse como si lo estuviera), igual prefieres olvidarte de todo este asunto. Lo comprendería si lo hicieras.

—¿Le has contado a Bernacki lo que te traes entre manos?

—Sólo que quiero recuperar mi dinero.

—¿Y qué te ha dicho?

—Que me olvide del asunto. Que me lo tome como una experiencia más.

—¿Y qué vas a hacer?

—Ya sabes que no me voy a echar atrás —respondió ella—, tanto si sigues conmigo como si no.

Debbie vio cómo Terry se acababa la copa y se limpiaba la boca con el dorso de la mano.

—Si decido dejarlo, ¿vas a tropezarte tú sola en el restaurante?

—Aún no sé muy bien lo que voy a hacer.

—¿Cenarás allí y sufrirás una intoxicación alimentaria?

—No es mala idea.

—¿Y si vomitas sobre la mesa?

Estaban bromeando otra vez. No había pasado nada.

—Puedo ir todos los días y vomitar hasta que la gente deje de ir y empiece a flojearle el negocio —dijo Debbie.

—¿Por qué no pruebas el método directo? —sugirió Terry—. Pídele a Randy que te pague lo que te debe.

—¿Cómo es posible que no se me haya ocurrido esa idea? —exclamó Debbie.

—¿Cuánto ganas al año?

—¿A qué viene esa pregunta?

—Anda, dímelo.

—Nunca menos de cincuenta mil.

—No está mal, pero pongamos que son sesenta y un mil. Multiplicado por tres, son ciento ochenta y tres mil los dólares que perdiste mientras estabas en el talego. Si sumas a eso los sesenta y siete que te robó, te debe doscientos cincuenta mil dólares. ¿Puedes sacarle todo este dinero si te tropiezas en su restaurante?

—¿Has calculado todo eso mentalmente?

—No cambies de tema. ¿Puedes ganar todo ese dinero en un juicio?

—No a menos que me rompa la espalda y me quede medio paralítica. Entonces podría ganar más incluso.

—Pero ¿te parece bien doscientos cincuenta mil? ¿Te parece una cifra realista? ¿Podría Randy pagar una cantidad así sin problemas? Incluso si lo dividiéramos, seguirías recuperando casi el doble de lo que te robó.

—Pero, si probamos el método directo y nos pone de patitas en la calle... —dijo Debbie.

—De acuerdo, pongamos que soy yo quien sufre el accidente en el restaurante, que me lesiono yo la espalda. Podemos amenazarle con llevarlo a juicio. Si dice que no va a pagar los doscientos cincuenta mil dólares, le explicamos cómo puede deducir toda la cantidad en la declaración de la renta.

—Un momento. ¿Cómo va a hacer eso?

—Extendiendo un cheque a nombre del Fondo para los Huérfanos de Ruanda, como donativo a una organización benéfica.

Debbie vio cómo él bebía un trago de cerveza de la botella.

—Has estado pensando en este tema, ¿verdad?

—Es lo que suelen hacer los curas: buscar formas de recaudar dinero. Para comprar un órgano nuevo, para reparar el tejado de la iglesia...

—Aun así no pagará.

—Puede...

—Ya te digo yo que no.

—Hablemos con él, a ver qué ocurre.

—Nos soltará al Chucho, el matón que trabaja para él.

—Éste es un tema del que yo sé un par de cosas —aseguró Terry.

A Debbie le dio un poco de miedo la manera en que lo dijo.

Terry fue a recoger su traje en el coche de Fran. Debbie se ofreció a llevarle, pero él le respondió que quería probar el Lexus. Ya había dado un paseo con el Cadillac de Mary Pat y se le había ocurrido que podían usarlo para ir a ver a Randy al día siguiente. Decía que le gustaba conducir. El hecho de no tener permiso o de no saber exactamente cómo se llegaba no parecía importarle. Decía que no le preocupaba, que ya encontraría el camino. ¿No era un gran centro comercial que se extendía a ambos lados de Big Beaver?, le preguntó. Debbie le explicó que se llamaba Somerset Collection y que era un sitio de mucho nivel: Tiffany, Saks, Neiman Circus... Nada de Sears o JC Penney. Terry dijo que muy bien y apretó el acelerador. Con confianza.

Ya no parecía un alma cándida. Transmitía confianza, pero de una manera muy discreta. No intentaba impresionar, aunque era ése el efecto que producía.

Debbie fue a la cocina y sacó del frigorífico uno de los platos que Mary Pat había dejado preparados. Estaba en una bolsa de plástico, dura como una piedra, en la que había escrito pulcramente DELICIAS DE POLLO con un rotulador verde. Bueno, vale, eso habrá que verlo, pensó Debbie.

Se dio media vuelta para dejar la bolsa en la encimera y vio el machete. Aquella mañana habían llevado a Johnny a la cocina a tomar una taza de café. Él seguía con el machete, iba jugando con él, dando golpes al aire. Terry le había avisado que iba a cortarse y lo había dejado. Habían estado tomando café y charlando, y Terry les había hablado de la cantidad de machetes que tenían en Ruanda, de los cientos que habían confiscado. Habían hablado sobre el genocidio en la cocina de Mary Pat de la misma manera que la anoche anterior habían hablado ellos en la suya. Terry había hecho referencia a esos tíos, los matones hutus, los que se encontraban en la casa de la cervecera. No, a ver si lo digo bien, pensó Debbie. Quería emplear las mismas palabras, las que le había dicho que jamás olvidaría.

«Estaban en la casa de la cervecera, bebiendo cerveza de plátano, y les pegué un tiro con la pistola de mi asistenta.»

Allí estaban: sentados. Terry decía que no les había dado la oportunidad de moverse. ¿Entonces simplemente había entrado y disparado? Según contaba, no. Habían cruzado unas palabras antes.

Pero él sabía que iba a matarlos.

Y se lo había contado con la misma tranquilidad que había mostrado poco antes al decirle: «Éste es un tema del que yo sé un par de cosas.»

Mientras caía agua caliente del grifo sobre la bolsa de congelados, Debbie pensó en servirse una copa.

Le daba miedo, pese a que no tenía motivos para sospechar que quisiera hacerlo otra vez. O que le gustase hacerlo. O que llegara el momento en que tuviese que hacerlo. Lo que le inquietaba era el hecho de que hubiera vivido varios años entre personas que habían matado a sus vecinos porque les habían dicho que lo hicieran y que las víctimas hubieran aceptado. Terry le había dicho: «¿Cómo va uno a encontrarle sentido a eso...?» Como si no tuviera nada que ver con la razón. ¿Por qué había vuelto con el machete? Según él, se trataba de un recuerdo. Debbie se dijo a sí misma que no diera nada por sentado. Ni siquiera sabía con seguridad qué significaba: «Éste es un tema del que yo sé un par de cosas.» Podía ser una manera de salir de un apuro, como había hecho con Johnny Pajonny, una forma de darle la vuelta a la tortilla. Si Randy se pone gallito, Terry le convencerá para que no tome ninguna medida drástica.

El problema era que Randy no era como Johnny.

Y Terry...

Debbie oyó que la puerta del garaje se abría, se elevaba automáticamente por sus rieles y luego se cerraba. Entonces se abrió la puerta de la cocina y Terry entró, sacó su nuevo traje negro de una bolsa de Brooks Brothers, lo levantó orgulloso —saltaba a la vista— para que ella lo viera y le preguntó qué le parecía.

...Terry no se parecía a nadie que ella hubiera conocido en su vida.

—Reconócelo: Mary Pat sabe cocinar.

—Los guisos son fáciles —dijo ella—. Pones un montón de cosas juntas en la cazuela y la pones al fuego.

—¿Cómo era la comida en el talego?

—Para comer nos daban macarrones con queso, ensalada de repollo con mahonesa, arroz con leche y tres rebanadas de pan blanco. Todo tenía el mismo aspecto. —Entonces preguntó—: No comerías insectos ni nada por el estilo, ¿verdad?

—Sólo los que me entraban en la boca —respondió Terry—. Oye, voy a llamar a Johnny, a ver si quiere venir con nosotros mañana.

—¿Por qué? —preguntó Debbie. No había ningún motivo evidente para que fuera con ellos.

—Creo que se lo pasará bien —fue todo lo que dijo Terry.

15

Randy se había metido en la mafia a los dos meses de abrir el restaurante y seguía todavía en la fase Pierce Brosnan: vestía trajes a medida y hablaba con un tonillo que recordaba la flema británica. Su forma de reaccionar ante un problema —un pequeño incendio en la cocina, por ejemplo—, era: «¿En serio? ¿Por qué no le dices a Carlo que se ocupe del tema?» Carlo, su *maître* y encargado, llevaba treinta años en el gremio y cobraba como incentivo un pequeño porcentaje de los beneficios del restaurante. A Randy le encantaba ser el dueño de su propio establecimiento y no le costaba nada ir de mesa en mesa hablando de coches. De las tendencias en el sector se enteraba leyendo *Automotive News* y de la demultiplicación y las maneras de divertirse al volante, leyendo *Automobile*. Para un intrigante de primera clase como él esto no presentaba el menor problema. Lo que llevaba mal era pasarse el día entero de pie, aunque merecía la pena. Randy's había gozado de un enorme éxito desde el día de su apertura y en aquel momento era el restaurante de moda.

En la revista *Hour Detroit* habían publicado lo siguiente: «Ocupando el hueco dejado por el antiguo London Chop House (todavía añorado por quienes consideran que un establecimiento que se precie ha de ofrecer a sus buenos clientes un entorno digno), Randy's presenta un refinado ambiente de club y dispone de una planta que fomenta el elitismo en la distribución de los comensales. Si buscan un reservado de primera, lo encontrarán de nuevo en el centro de la ciudad y, como no podía ser de otra manera, en un establecimiento incomparable por su fabulosa comida, una barra tirando a cara y una carta de vinos como las páginas amarillas.»

Randy había enmarcado el artículo y lo había colgado cerca de la entrada. El resto de las paredes estaba ocupado por caricaturas de gente famosa de Detroit: Joe Louis, Gordie Howe, Lily Tomlin, Tom Selleck, Henry Ford II, Jeff Daniels, Iggy Pop... Carlo se encargaba de los detalles: la sala de fumadores y su barra correspondiente; los armarios personales con placa de identificación donde se guardaban las botellas de brandy y whisky caro que compraban los clientes; la bandeja con chocolatinas Godiva de la entrada; el hielo de los urinarios de caballeros; y las páginas de deportes y economía que pegaban a la pared encima de cada uno de ellos.

—Es para que puedan leer algo mientras mean —dijo Carlo—. Aquí vienen a cenar hombres ocupados.

—¿Y por qué no pones también en el servicio de mujeres? —preguntó Randy.

—Las mujeres no leen en el cuarto de baño —le explicó Carlo—. Tienen laca en el lavabo y una mujer de color para ayudarles a sujetarse lo que se les suelte.

El cambio de británico sofisticado a mafioso impasible se produjo un lunes en torno a las diez de la noche. (Los domingos cerraban.) Randy se encontraba al fondo del bar, cerca de la entrada, hablando con su pequeño *maître*. Carlo alzó la vista y de repente puso cara de alarma. Luego miró a un lado y le dijo a Randy:

—Tenga cuidado con ese individuo. Sea amable con él. —A continuación enarcó las cejas como si se tratara de una agradable sorpresa, pasó al lado de Randy y exclamó—: Señor Moraco, es un honor verle aquí. Ésta es la primera vez que viene, si no me equivoco. Debería darle vergüenza...

Eran dos. A Randy no le llamaron especialmente la atención, pero, puesto que debía andarse con cuidado —las advertencias de Carlo tenían siempre fundamento—, trató de adivinar qué podían ser. ¿Un par de mafiosos? Probablemente.

El mayor, el de ojos soñolientos, vestía traje y camisa —sin corbata, pero abotonada hasta el cuello—, y tenía el pelo gris acero y muy corto, debía de ser el señor Moraco. Le recordaba a un mafiosillo entregado a su trabajo pero sin el refinamiento de un jefe importante, más bien un segundón joven, aunque tampoco un cualquiera. Debía de ser por lo menos un capo. Seguro. El otro sí que tenía pinta de mandado. De metro ochenta de estatura y unos treinta años de edad, parecía el típico machito, con cazadora de cuero y camisa abierta. Podía ser boxeador, algún profesional que se habría traído Moraco al restaurante. Ahora bien, no tenía pinta de italiano.

Moraco pasó al lado de Carlo y dijo algo sin dejar de mirar al frente.

Tenía la nariz fina, no estaba mal físicamente y debía de andar por los cincuenta y tantos... Randy le tendió la mano.

—Señor Moraco.

Éste le apretó por los dedos y lo soltó. Entonces dijo:

—Mucho gusto, señor Agley. Soy Vincent Moraco.

—Y punto. Se volvió y echó un vistazo al comedor—. No está mal para ser lunes. Pensaba que tenía un trío.

—De jueves a sábado —respondió Randy.

Vincent Moraco hizo un gesto de asentimiento.

—La barra funciona. ¿Suele tener chicas?

—¿Señoritas? Sí, por supuesto. Pero esto no es un bar de alterne, si se refiere a eso. Tenemos todas las noches una buena clientela. Es una suerte que la General Motors se encuentre a un par de manzanas, en el RenCen.

—Lo que voy a hacer —anunció Vincent Moraco— es traerle unas chicas de primera, bien vestidas. Vendrán a partir de las diez, todas las noches. Como los sábados los clientes suelen traer a las mujeres o las amigas, quizá baste con que venga sólo una a alegrarle la velada a los de fuera. Las chicas toman una copa en la barra, se dejan ver y se van. Pero solas. Si se les acerca alguno, están esperando a alguien, a su marido, por ejemplo. Si el tío insiste y empieza a molestar... —Moraco se volvió un poco y miró al mandado con sus ojos soñolientos—, el Chucho le dice amablemente al tío que se largue. Si el tío se pone chulito, el Chucho lo pone de patitas en la calle.

—El Chucho... —dijo Randy—. ¿Y a usted cómo le llaman: Vincent o Vinnie?

—Usted llámeme Vincent y punto. El Chucho será también su guardaespaldas, así que tendrá que pagarle.

—¿Cuánto?

—Quinientos por semana, en efectivo.

—No sé si me hace falta un guardaespaldas.

—No lo sabe porque uno nunca sabe, por eso le hace falta uno. Lo que ha de hacer es informar a los buenos clientes con cuenta en el restaurante de que tiene chicas en el local. Vendrán tres o cuatro, pero no a la vez, para que no parezca un burdel.

Randy se volvió rápidamente hacia Carlo, que estaba observándolos. El *maître* señaló con la cabeza el reservado número uno, en el que había un sillón tapizado, y Randy sugirió:

—¿Por qué no nos sentamos y tomamos una copa? —Fue su primer paso hacia su transformación en mafioso.

Mientras se dirigía al reservado, Vincent Moraco hizo una señal al Chucho para que los acompañara. La camarera, vestida con un esmoquin, llegó antes de que estuvieran todos sentados.

—Todos los camareros de mi establecimiento están a su disposición —dijo Randy—. Cindy es la estrella del restaurante. Se ocupa exclusivamente de este reservado: el número uno. Si necesita ayuda, ya tiene quien le eche una mano.

Cindy les preguntó qué querían y se fue.

El Chucho pronunció sus primeras palabras mientras miraba a la camarera. Tenía un acento de pueblo que hizo que Randy se volviera para mirarlo muy detenidamente:

—Joder, ésa serviría de puta igual que las otras.

Randy no pudo contenerse y le preguntó.

—¿De dónde eres?

—De Indiana —respondió el Chucho—. ¿Sabe dónde queda Bedford? ¿Junto a la Cincuenta?

Randy no lo dudó más y dijo:

—Chucho, no voy a permitir que ningún espabilado de Indiana se folle a mis empleadas. ¿Entendido?

El mafioso puso cara de sorpresa. Vincent Moraco terció:

—El Chucho sabe cuál es su lugar.

De este modo Randy dejó sentado quién era. Aceptaría el trato porque no le quedaba otra alternativa, pero allí seguía siendo él el jefe. Fue su segundo paso hacia el mundo del crimen organizado.

—Esto funciona de la siguiente manera —explicó Vincent—: los buenos clientes de General Motors, Ford o Compuware te llaman desde su mesa y te preguntan: «Oye, Randy, ¿no conocerás por casualidad a la pelirroja de la barra?» Tú miras y respondes: «¿Ah, se refiere usted a Ginger? ¿Desea conocerla? Se aloja en el hotel de al lado.» Luego dices: «Ginger y yo tenemos un trato. Si desea usted continuar la fiesta con ella, se lo pongo en su cuenta.» Así los clientes saben que no tienen que llevar más dinero encima, que la puta va incluida en la cuenta del restaurante. Su mujer verá la factura y le dirá: «¿Invitas a copas a toda la puta clientela o qué?» Pero no le acusará de follar con otra.

—¿A cuánto el polvo?

—A quinientos.

—¿Todas lo mismo?

—Si las pones cabeza abajo... No, en serio, son todas a quinientos.

—¿Y si es toda la noche?

—Entonces mil. Más de una hora cuesta siempre mil. Las que tienen canguro cobran dos billetes más, propina aparte.

—¿Y si el cliente le echa uno y luego...?

—¿Quiere echarle otro? La chica te llama y tú se lo cargas en su cuenta.

—¿Y ella cuánto se saca?

—Tres billetes. Pongamos que hay unos tíos en una mesa, todos venidos de fuera para una conferencia en Cobo de, por ejemplo, la Sociedad de Ingenieros de Automoción. Pongamos que todos quieren hacérselo con la misma. La chica se queda en el hotel. Si lo haces por tandas, resulta más fácil.

—¿Y si le piden que haga de todo?

—De acuerdo, siempre y cuando no le dejen marcas. ¿Que el tío quiere que se le mee encima o que le plante un pino sobre una mesa de centro de cristal mientras él mira desde abajo? —Moraco se encogió de hombros—. Si ella tiene ganas, estupendo. Si no, no sé. Que el tío le pida un zumo de ciruelas.

Randy echó una mirada al esmoquin de Cindy para borrarse aquella imagen de la cabeza. Entonces le dijo a Vincent.

—¿Tú qué parte te llevas?

—Para que no tengas que llevar la contabilidad, ocho mil por semana, fijos.

—¿En qué te basas para pedir esa cantidad?

—En una noche normal. Pongamos que cuatro chicas echan dos polvos cada una, multiplica eso por cinco, de lunes a viernes, ¿cuánto sale?

—Veinte mil.

—Ellas se llevan doce, nosotros ocho. Tú pagas todos los sábados; todo lo que pase de ocho, para ti.

—¿Y las noches flojas?

—Traer clientes es cosa tuya.

—¿Y si no aparece ninguna de las chicas?

—Es una posibilidad. Puede ponerse enfermo algún familiar.

—Pero vosotros cobráis vuestros ocho mil incluso si las chicas no cubren gastos.

—¿Te parece mal? —respondió Vincent.

—Quiero asegurarme de que lo entiendo todo bien —dijo Randy, mientras sus ojos adquirían una expresión soñolienta y la imagen de Pierce Brosnan era sustituida por otra de Lucky Luciano sin marcas de viruela—. Lo que me estás diciendo —añadió— es que las chicas podrían largarse todas y dedicarse a invertir en bolsa, y vosotros seguiríais cobrando vuestros ocho mil.

—En calidad de socios.

A finales de abril, nueve meses después de cerrar el trato, la relación con la mafia había obligado a Randy a pagar 116.200 dólares de su propio bolsillo. Todavía se consideraba un tío listo, pero no del nivel de Lucky Luciano. Joder, a esas alturas Luciano ya le habría dado una paliza a Moraco y se habría quedado con las chicas.

Carlo amenazaba con irse, pues había una parte de la clientela que no le hacía mucha gracia: mafiosos que se presentaban sin previo aviso y se sentaban en el reservado número uno sin preguntar. El servicio de lavandería lo llevaba el jefe de Moraco y costaba el doble de lo normal. Y luego estaba el Chucho, que era una sangría. Cobraba cinco por semana y, total, ¿para qué? Las chicas, las que aparecían, no necesitaban protección.

Randy nunca había sentido curiosidad por el Chucho hasta que un sábado, justo antes de que Vincent Moraco apareciera por el restaurante a comer gratis y embolsarse sus ocho mil dólares, tuvo una charla con él al final de la barra.

—Dime una cosa, ¿tú qué haces exactamente? —le preguntó.

El Chucho arrugó el entrecejo.

—¿Que cuál es mi trabajo? No perderle a usted de vista.

—¿Porque te lo ha pedido Vincent?

—Él tampoco me dice qué tengo que hacer. Estoy

pendiente de usted porque soy su guardaespaldas. Aunque, como usted no me manda que haga ningún trabajo, se podría decir que me dedico a tocarme las narices.

—¿A qué trabajos te refieres? —preguntó Randy.

—A echar borrachos, a los que arman jaleo y montan bronca.

—La mayoría son amigos. ¿Qué más?

—Lo que suelen hacer los guardaespaldas. Si un tío le molesta, voy y le doy un escarmiento.

—Pues resulta que hay una persona que me molesta.

—Dígame quién es y le diré que le deje en paz.

—Vincent Moraco.

Posiblemente la respuesta fue tan brusca o imprevista que al principio el Chucho no supo qué pensar. Hizo un gesto de asentimiento, miró hacia otro lado y, al cabo de unos segundos, dijo:

—Conque el señor Moraco...

—Quiero que estés presente en la reunión —añadió Randy—. Que escuches lo que le cuento y que te acuerdes de quién te paga.

Unas fotografías firmadas por famosos —no caricaturas— cubrían las paredes del despacho de Randy. La habitación estaba decorada en tonos marrones, con luces empotradas y cromo abundante. Vincent Moraco se había sentado delante de él, al otro lado del escritorio; el Chucho se encontraba a un lado, bajo una fotografía en blanco y negro de Soupy Sales.

—En primer lugar —dijo Randy—, ¿te das cuenta de que lo que mis clientes pagan por echar un polvo aparece en los libros como beneficios, como ingresos del restaurante?

—¿Y qué?

—Pues que estoy pagando impuestos por unos ingresos inexistentes. Son más de tres mil dólares en puterío que no puedo deducir.

—Lo planteas como si se tratara de blanqueo de dinero —comentó Vincent.

—Pues sí, con la diferencia de que la gente que blanquea recibe una parte, cobra por el servicio, por el riesgo que corre.

—Lo que necesitas es un contable que sepa lo que se hace.

—Eso es sólo una parte del problema.

—¿Ah, sí?

—Para calcular tu parte, te basas en que vienen cuatro chicas por noche, pero sólo aparecen dos y, de vez en cuando, tres. Y no hay muchas que hagan tandas o que se queden toda la noche.

—Pero has de tener en cuenta que a esta clase de chicas no se las encuentra uno en la calle. ¿Sabes cuáles son muy buenas? Las universitarias. Trabajan a destajo para pagarse la carrera y de paso hacen algo de provecho.

—Da igual: aunque tengan un doctorado y se maten a trabajar, dos chicas no cubren gastos ni de lejos —replicó Randy—. Y tres tampoco.

—Pues ya me dirás por qué. ¿No consigues que vengan clientes? ¿Te va mal el negocio?

—Está estabilizándose. Carlo dice que se veía venir. Por muy bien que empiece uno, al cabo de un tiempo el asunto acaba calmándose. Los días laborables nos arreglamos y aún tenemos fines de semana muy movidos.

—¿Entonces qué me quieres decir?

—Te lo acabo de explicar: así no funciona. O pones más chicas y convertimos esto en un burdel donde además se sirven comidas o reduces tu parte. Si cerramos, no vas a ver ni un centavo.

—¿Reducirla a cuánto?

—A cuatro como mucho. Estoy dispuesto a hacer negocios contigo, Vincent, pero no puedo pagarte con los ingresos del restaurante y mantener el establecimiento abierto. Tu parte sale de mi cuenta personal.

—¿Te refieres a la pasta que sacaste por echarle un polvo a esa viuda? Sé cuánto ganaste, Randy. Lo sabe todo el mundo.

Randy no tuvo más remedio que pasar aquello por alto. Era mejor no insistir en el tema.

—Por el momento, hasta el día de hoy, he perdido unos ciento cincuenta mil dólares. ¿Y sabes lo único que he sacado a cambio, Vincent? —Randy hizo una pausa, interpretando su papel—: Verte comer.

Era la primera vez desde hacía nueve meses que Randy veía a Vincent sonreír. Moraco miró al Chucho y éste sonrió.

—¿Has oído lo que ha dicho?

—¿Que lo único que ha sacado es verle comer?

—Chucho, ¿eres gilipollas o qué? —exclamó Vincent. Apartó la silla de golpe y, sin dejar de sonreír, le dijo a Randy—: Dame el sobre y me largo.

—Chucho, ¿qué has sacado en limpio de la reunión?

El Chucho necesitó tiempo para responder. Entornó los ojos y arrugó la cicatriz de la frente. Sin perder la paciencia, Randy añadió:

—Chucho, estoy pagándole de mi propio bolsillo. ¿Conoces algún negocio que funcione así?

—A él usted le da igual.

—¿Que ocurrirá si dejo de pagar?

—¿La primera vez que se retrase? Alguien le destrozará las ventanas a tiros. Es lo que les hacen a los corredores de apuestas que no pagan el impuesto de calle.

—¿Y si digo que se acabó el puterío a cuenta de la casa y dejo de pagar del todo?

—Me imagino que sufrirá un incendio. Tendrá que cerrar el negocio.

—¿A mí qué me haría?

—Como está pagándole con el dinero que guarda en la hucha, supongo que seguirá viniendo a cobrar.

—¿Tú qué harías? ¿Volver a trabajar para él?

El Chucho sonrió.

—Me ha hecho gracia cuando le ha dicho que lo único que ha sacado es verle comer. No me he reído porque estuviera riéndose él. No le tengo respeto al señor Moraco y él lo sabe. Si me ha puesto aquí es porque no soy uno de ellos.

—¿Por qué te pusiste a trabajar para él?

—Yo estaba en el correccional del sur de Ohio, en la cárcel, ¿sabe? Cuidaba de un viejo mafioso y me ocupaba de que no le hicieran daño. Cuando me soltaron, el señor Rossi lo arregló todo para que viniera a trabajar aquí, a Detroit.

—¿Así que Moraco te dio trabajo por respeto al señor Rossi?

—Sí, pero nunca le he lamido el culo como él quiere, de modo que no nos llevamos muy bien. Al principio trabajé de chófer para el señor Amilia. Fue la primera vez que tuve que ponerme un traje.

—Con el mismísimo jefe, ¿eh?

—Pues sí, pero dijo que conducía muy deprisa y me pusieron a trabajar en la calle. Ya sabe: tenía que presionar a los corredores de apuestas para que pagaran el impuesto. Si el tío se retrasaba, le subía el interés.

Fascinante, pensó Randy. Se inclinó hacia delante y apoyó los brazos sobre el escritorio.

—¿Cómo?

—¿Que cómo le obligaba a pagar? Me pasaba por su casa, conocía a su mujer y hablaba con él. Si se repetía la situación, lo buscaba cuando salía a la calle, le daba una buena paliza y le rompía un par de costillas.

—¿Y si el tío estaba cachas, si pesaba cien kilos?

—Sé pegar —respondió el Chucho—. Hago pesas y en el correccional hice boxeo. Se me da bien.

—¿Por qué te metieron en la cárcel?

—Me peleé en un bar y le pegué un tiro a un tío en Bellefontaine, Ohio. Trabajaba en una estación de esquí. Hacía nieve artificial.

—¿Esquían en Ohio? —preguntó Randy.

—Tienen un monte allí. Un tío que había en el bar me dio un puñetazo en la boca. Él se lo buscó. Yo le pegué con un botellín de Budweiser Light. Entonces sacó una pistola, pero yo se la quité y se pegó un tiro mientras forcejeábamos.

—¿Lo mataste?

—Sí, pero los testigos, los tíos que trabajaban en la estación de esquí, ¿sabe?, dijeron que había empezado él, así que no fue asesinato. Cumplí cuarenta meses. El señor Rossi me dijo que podría haberlos pasado haciendo el pino. Ah, y también maté a otro tío en el talego, lo rajé en el patio, pero no me vio nadie. Había doscientos presos y nadie me vio.

—¿Por qué lo mataste?

—Le di una lección. Era uno de los tíos que estaba presionando a mi amigo, al señor Rossi.

—¿Has hecho alguna vez algo así por Moraco?

—Sí, una vez. Era un corredor de apuestas caldeo que vivía en Dearborn, ¿sabe? Yo sólo era el conductor, pero el negrata que tenía que hacer el trabajito debió de ponerse nervioso o algo así. No sé, el caso es que le quité la pistola y le pegué un tiro al caldeo en el corazón. Pero sólo me pagaron lo que habíamos acordado.

—¿No te ganaste el respeto de Moraco por eso?

—Ya se lo he dicho: yo no lo respeto, y él lo sabe.

—Chucho —dijo Randy—, llevas aquí nueve meses y, ¿sabes qué?, nunca me has dicho tu verdadero nombre.

—Nunca me lo ha preguntado. Me llamo Searcy J. Bragg, hijo.

—¿No te importa que te llamen el Chucho?

—No, no me parece mal.

Randy se recostó sobre la butaca, se puso cómodo y entrelazó los dedos detrás de la cabeza.

—Bien, Searcy...

El Chucho le interrumpió.

—Me gusta Chucho mucho más que Searcy. ¿A usted le haría gracia llamarse Searcy?

—Creo que preferiría que me llamaran de otro modo.

—Cuando boxeaba me llamaban Bragg *el Bomba*, pero tampoco me hacía gracia. —Levantó el puño derecho y le enseñó los dedos, donde se había tatuado las letras B-O-M-B-A—. Mi gancho de derecha era una bomba.

Randy decidió empezar otra vez desde el principio.

—Bien, Chucho, creo que tenemos un problemilla, ¿no te parece? —De pronto hablaba con un acento diferente, como si fuera del sur—. ¿Qué hacer con el señor Moraco? ¿Quieres que te diga una cosa? Yo creo que está quedándose con una parte de los ocho mil, la mitad tal vez. Claro, como su jefe tiene un asunto pendiente en el tribunal federal. ¿Estás al tanto de eso, verdad? ¿Sabes lo del juicio?

—Sí, señor. Ha salido en la prensa.

—Pero a Moraco no lo van a procesar. ¿Por qué crees que no han presentado cargos contra él?

—Pues porque es listo, supongo —respondió el Chucho—. Nunca habla de negocios donde puede haber un micrófono. Ni siquiera en su coche. Dicen que el Gobierno todavía está buscando la manera de acusarle de algo.

—Pues bien, mientras siga libre —continuó Randy— no creo que el señor Amilia le preste mucha atención. Ya tiene bastante el bueno de Tony con evitar que le metan en la cárcel. —Hizo una pausa antes de añadir—: Una pregunta por curiosidad, ¿cuánto sueles cobrar por darle a alguien el pasaporte?

—¿Por matarlo? No tengo un precio fijo —respondió el Chucho—. ¿Para usted esa persona cuánto vale?

A Randy no le sorprendió la pregunta. Se inclinó suavemente hacia delante y apoyó los brazos sobre el escritorio para clavar la mirada en el Chucho.

—Estoy dispuesto a pagarte veinticinco.

—¿Veinticinco qué?

—Tanto como lo que ganas en un año: veinticinco mil dólares. Cheque o efectivo.

—De acuerdo.

—¿En serio?

—Sí, me lo cargo.

Randy se recostó y luego volvió a inclinarse.

—¿Cómo?

—Yo, por mí, le pegaría un tiro.

—¿Tienes un arma?

—Puedo agenciarme una. Luego tendré que pirarme. Podrían enterarse de que he sido yo.

—Sí, yo también me piraría —dijo Randy. Esperó unos segundos y añadió—: Bien... —Y volvió a esperar.

—Una vez probé a dar un palo —comentó entonces el Chucho—, a ver si se me daba bien, ¿sabe? Así que entré en una tienda, me acerqué a la dependienta y le solté: «¿Ves esto?», y abrí la chaqueta.

—¿Te exhibiste?

—Le enseñé la pistola que llevaba metida en el pantalón. Ella le echó una ojeada, me miró a la cara y me respondió: «¿Y qué?» Conque dije: «A la mierda», y me largué. Era demasiado tonta para que le robara. —Se calló un momento y luego añadió—: Vale pues. —Se levantó y se fue.

Randy se quedó mirándolo, fascinado.

16

Carlo vio a un individuo con una chaqueta de cuero negro meterse en el reservado número uno, miró hacia el atril de las reservas, donde solía estar Heidi y, al ver que no había nadie, se acercó al reservado pasando entre las mesas.

—Caballero, lamento decirle que esta mesa está reservada.

El hombre de la chaqueta de cuero llevaba el pelo recogido en una austera coleta.

—No te preocupes, Garson. La he reservado yo.

—Caballero, conozco a los clientes...

—¿Cómo se llaman?

—Los conozco personalmente, vienen...

—Ya han dado las diez. No parece que vayan a venir.

—Lo lamento, caballero, pero es necesario tener reserva. Por suerte dispongo de una mesa para usted. Si me permite acompañarle...

—No, aquí estoy a gusto —respondió el hombre de la chaqueta de cuero—. No se preocupe. —Entonces levantó la mirada y puso un gesto más amable—. Aquí están las personas que vienen conmigo.

Carlo se volvió y vio a una mujer joven con una gabardina barata y a un cura. ¿Un cura? Sí, y estaba ayudando a la joven a quitarse la gabardina. Carlo se quedó desconcertado. Le extrañaba que aquel individuo fuera a cenar en el reservado en compañía de un cura.

—Buenas noches, padre. Me temo que se ha producido un error con la mesa.

—Descuide, no hay ningún problema —contestó el cura al tiempo que le daba la gabardina—. ¿Podría llevarnos esto al guardarropa, por favor?

Y se volvió hacia el reservado, donde ya estaba metiéndose la joven, que iba con una falda y un jersey sencillos de color negro.

—Espere, por favor... —exclamó Carlo. Quería preguntarles quiénes eran, pero ella ya se había sentado, de modo que se volvió hacia el cura, que parecía una persona paciente y sensata, y le dijo en tono de disgusto—: Padre, lamento tener que informarle de que esta mesa está reservada para otro grupo. Desearía poder decirles que se queden, pero me es imposible. Tengo una mesa allí, ¿ve?, y otra más cerca de la música. Si cenan allí, pasarán un buen rato.

Oyó que el de la chaqueta de cuero decía que era «música ambiente» y que la joven echaba una mirada y comentaba: «Está mejor de lo que me imaginaba. Fran es un mentiroso de mierda, no parece un club de hombres.» El de la chaqueta de cuero dijo que un amigo suyo le había contado que tenían cubitos de hielo en los urinarios, a lo que la joven respondió: «Pues las copas sabrán raro.» Entonces el cura preguntó: «¿Seguro que os queréis quedar aquí?» El de la chaqueta de cuero contestó: «Ya estamos aquí, ¿no? Pues nos quedamos, joder.» A continuación se dirigió a la joven y le soltó: «Tú lo que quieres es que el gerente se cabree.» Luego levantó la mirada y pidió: «Garson, ¿nos traes unas copas?» Carlo se dijo: No, lo que voy a hacer es a llamar al Chucho. Pero entonces oyó que la joven decía: «Sólo quiero ver cómo lo lleva Randy», y empezó a sospechar que estaban allí por un motivo, por lo que dijo:

—Disculpen, por favor. —Y se marchó.

Debbie le preguntó a Johnny Pajonny:

—¿Cómo sabes que se llama Garson?

Y Terry le explicó:

—Lo que quiere decir es *garçon*.

Carlo avanzó por el pasillo del fondo, pasó por delante de los servicios y se acercó por detrás a Heidi, que se encontraba junto a la puerta del despacho de Randy.

—Querida, ¿te importaría volver al trabajo? —le dijo.

—¿Te importa si voy al servicio de señoras de vez en cuando? —le contestó ella mientras se volvía y pasaba por delante de él.

La rubiaza se acostaba con Randy cuando a él le apetecía, de ahí que pisara tan fuerte y le respondiese de aquella manera.

Randy estaba leyendo un periódico que tenía abierto sobre el escritorio. Alzó la vista y miró a Carlo.

—El juicio ha sido suspendido hasta la semana que viene por la próstata de Amilia. Pero aquí pone que parece estar bien de salud. —Randy volvió a mirar el periódico—. Y que es «el acusado que mejor viste. Va siempre trajeado y con corbata. Los demás van con chándal y zapatillas de deporte». Debe de ser el típico viejo elegante que se pone trajes pasados de moda —añadió mientras volvía a levantar la mirada—. No pienso preocuparme más por esos vándalos. Son una pandilla de fracasados. ¿Qué ocurre?

—Se han sentado unos clientes en el número uno y se niegan a levantarse. Les he dicho que la mesa está reservada, pero ni por ésas.

—¿A nombre de quién está?

—Del señor Moraco, para cuatro.

—¿A qué hora?

—A las diez.

—Dile a Moraco que se ha quedado sin mesa por llegar tarde. Si se queja, dile que se joda.

—¿Puedo repetirle lo que me acaba de decir?

—Dile lo que te dé la gana.

—Creo que los que se han sentado en el reservado le conocen a usted. Uno es cura.

—Yo no conozco a ningún cura.

—El otro ha dicho que la joven que está con ellos quiere que el gerente se cabree. Pero ella le ha respondido que no, que sólo quiere ver cómo lo lleva Randy.

—Eso no significa nada. ¿Qué tal está?

Carlo se encogió de hombros.

—Es mona, pero nada del otro mundo. Parece una señorita muy simpática.

—¿Entonces por qué habría de conocerla?

—¿Qué hago, por favor, cuando llegue el señor Moraco?

—Que decida él.

—¿Le he dicho que uno es cura?

—Carlo, si no eres capaz de hacer tu trabajo...

—¿Qué?

—Mira, si Moraco quiere que se vayan a otra mesa, se irán a otra mesa. ¿Qué problema hay?

Cindy, que se ocupaba del primer reservado y le daba igual quién se sentara en él, llevó las cartas y les sirvió lo que habían pedido para beber. Johnny se bebió su cerveza a morro mientras se fijaban en las caricaturas de famosos nacidos en Detroit que había en la pared. Debbie los identificaba, Johnny ponía en duda lo que decía y Terry se mantenía a la espera.

—Sonny Bono.

—¿Estás segura?

—¿Quién más tiene esa pinta? Ésa es Lily Tomlin, y el de la gorra de béisbol de los Tigers es Tom Selleck. La chica de al lado es... Pam Dawber.

—Es Marlo Thomas. Sé que es de Detroit.

—Que no, que es Pam Dawber de *Mork y Mindy*. No me la perdía nunca. Quería ser igualita que ella.

—Pues no os parecéis nada —comentó Johnny—. Ése es... Rediós, ¿Ed McMahon? ¿Es de aquí?

—Ésa es Diana Ross —dijo Debbie—. Y ése Smokey Robinson... Michael Moriarty. En *Ley y Orden* estaba fenomenal. Y allí está..., joder, Wally Cox.

—¿Sabéis quién es el de al lado? —preguntó Terry, animándose—. Seymour Cassel.

—¿Quién leches es Seymour Cassel?

—Es muy bueno. Trabajó en una cosa sobre un corredor de apuestas chino. Bueno, vale... Al de al lado deberíais conocerlo. Es David Patrick Kelly.

—La primera vez que oigo ese nombre.

—Pat Kelly. Iba tres cursos por delante de nosotros en el Obispo Gallagher. Trabajó con Nick Nolte y Eddie Murphy en aquella película que se titulaba *Límite 48 horas*.

—¿Quién era Kelly?

—¿Os acordáis de la escena en que un tío iba corriendo por la calle, Eddie Murphy abría la puerta del coche y lo tumbaba de culo? Pues ése.

—Mirad quién está en la barra —dijo Debbie—: Bill Bonds.

—¿El presentador? —exclamó Johnny—. Pero ése no es su pelo.

—Eso lo sabe todo el mundo que ve la tele.

—Lo que quiero decir es que ése no es el tupé que se pone siempre.

Debbie llamó al *maître* y se lo preguntó. Carlo miró hacia la barra y dijo:

—Sí, es el señor Bonds y su esposa. Son clientes habituales.

—¿Está bebiendo?

—Perrier, nada más.

Poco después Johnny vio en la pared una caricatura de Ted Nugent.

—Sé que es él porque hay un vigilante en el Cuatro Este que es clavadito a él.

—¿Eran estúpidos los vigilantes de Jackson? —preguntó Debbie.

—Hay que serlo para acabar ahí, ¿no te parece?

—Donde estaba yo eran incapaces de contar bien la primera vez. Incapaces.

—Sé a qué te refieres. Podías pasarte el día esperando a que terminaran de hacer el recuento.

—¿No es ése Alice Cooper? —preguntó Terry.

Ellos siguieron hablando.

—Vuestros vigilantes serían mujeres, ¿no?

—Había algunas, pero creo que la mayoría eran hombres.

—¿Trataban de hacérselo contigo?

—No tuve ningún problema. Pero, sí, había rollos.

Algunas chicas se lo hacían para conseguir favores, para que les dieran trato preferente.

—¿Ves esa de la barra, la pelirroja? —preguntó Johnny—. No me importaría que me hiciera a mí un favor.

—Ya veo que te gustan las putas... —comentó Debbie.

—Anda ya...

—Ve y pregúntaselo.

Johnny miró primero a Debbie y luego a Terry.

—¿Tú crees que es un putón?

—¿Qué haces preguntándole a un cura? —exclamó Debbie—. ¿Qué va a saber él?

—¿Y tú cómo lo sabes?

—Tengo entendido que aquí hay chicas de alterne y esa pelirroja responde a la idea que yo tengo de una tía que se lo hace por dinero.

—Voy a ver —dijo Johnny.

Debbie y Terry se fijaron en cómo se acercaba a la barra, se abrochaba la chaqueta y se tocaba el cuello para asegurarse de que lo llevaba levantado y con la coleta por fuera. Cuando llegó, vieron a la mujer volverse y ladear la cabeza para ponerse bien un pendiente. Johnny hizo ademán de sentarse en el taburete libre que había al lado. La mujer le dijo algo y él se puso a hablar y hacer gestos y le puso una mano en el hombro.

Entonces vieron aparecer junto a la barra al individuo del pelo rapado. Se acercó a Johnny —tenía la misma estatura que éste, pero era de complexión robusta— y le dijo algo. Johnny se encogió de hombros, gesticuló con las manos, miró hacia el reservado y señaló con la cabeza.

—¿Qué está haciendo? ¿Invitándoles a sentarse con nosotros? —preguntó Debbie.

Pero Johnny volvió solo. Se metió en el reservado y dijo:

—Ese gorila se acerca y suelta: «Angie, ¿está molestándote este tío?» Y entonces ella va y me dice que el puto gorila es su marido... ¿A quién pretende engañar?

Debbie seguía mirando a la pelirroja y al tío del pelo rapado.

—Es su chulo, imbécil.

Johnny miró hacia la barra.

—¿Su chulo? ¿Has visto alguna vez a un chulo vestido así?

—¿Qué le has dicho?

—Para evitar malentendidos le he dicho que estaba con un cura. El tío tiene una cicatriz en la frente, encima de los ojos.

—Deben de haberle zurrado a base de bien —comentó Terry.

Debbie le preguntó a Johnny por el vestido verde que llevaba la chica de la barra y cómo eran sus pendientes. Terry desvió la mirada...

Y se fijó en un hombre que le recordaba a su tío Tibor. Se lo imaginó sentado allí con su americana a cuadros, acompañado por una señorita. Un camarero estaba sirviéndoles vino. Pero no, no era él. Su tío bebía bourbon de Kentucky, marca Early Times. No sabía cómo lo compraba; igual se lo mandaban a Ruanda. El caso es que nunca le faltaba. Lo tomaba en un vaso lleno de hielo picado con un poco de azúcar por encima. Era un goloso y no encontraba el dulce de chocolate que le gustaba. A su muerte había dejado media docena de botellas de Early Times en una caja de madera que tenía unas palabras en kinyaruanda escritas con una plantilla a un lado. Él se había bebido tres botellas durante el primer año. Lo tomaba cuando se le acababa el Johnnie Walker y no le apetecía ir en coche hasta Kigali. El bourbon no estaba mal, para él era suficiente. Pero su favorito era el Johnnie Walker etiqueta roja, y es que le gustaba la botella cuadrada con sus bordes suaves y redondeados y su bonita etiqueta; le parecía una obra de arte cuando la veía sobre la vieja mesa de madera a la caída de la tarde, con su cálido resplandor ámbar.

El etiqueta negra, que era más caro, casi tenía el mismo aspecto. En el armario de la cocina tenía una botella, que guardaba para una ocasión especial que no había llegado a darse. Estaba convencido de que Chantelle ya habría vendido las botellas de Early Times que quedaban. A menos que lo hubiera probado y le hubiese gustado. Cuando se emborrachaba y echaba a andar en dirección a la casa, hacía eses, pero seguía andando con garbo y moviendo las caderas con el *pagne* hasta los tobillos. También le cambiaba la voz, se le ponía más aguda e inquisitiva, y, cuando le pedía que le explicara algo que no había entendido, hablaba con un deje de irritación. Luego, a oscuras, bajo la mosquitera, apoyaba el muñón sobre su pecho y él lo cubría con su mano.

Johnny levantó la mano para llamar al *maître*.

—¿Sí?

—¿Ve qué hora es? Van a dar las once. —Carlo esperó—. ¿Dónde andan las personas que tenían la reserva?

—Cuando lleguen —respondió Carlo—, será usted el primero en enterarse.

—Queremos otra ronda y pedir —dijo Debbie.

—Cómo no.

—Un momento. ¿Está Randy?

Carlo se volvió, recorrió el restaurante con la mirada y se dirigió nuevamente a ellos.

—Creo que no. ¿Quiere hablar con él?

—No sé —respondió Debbie—. No estoy segura.

—¿Puedo decirle al señor Agley cómo se llama?

—Pero si acaba de decirme que no está.

—Cuando llegue.

—Dígale que el padre Dunn quiere confesarle —dijo Johnny.

Debbie meneó la cabeza.

—Le avisaré cuando venga.

Carlo se marchó y Debbie apoyó una mano sobre el brazo de Terry.

—Estoy pensando en hablar con él antes de que empiece el lío. Ya sabes, para ver cómo es ahora.

—¿Qué fue lo último que te dijo? ¿«Vete a joder a otro»?

—«Vete a joder a otro, niña.» Ésa fue la penúltima cosa que me dijo. Lo último fue: «No tengo ni para empezar contigo.» Pero a lo mejor ha cambiado —añadió Debbie—. Como ha conseguido lo que quería, ¿sabes?

—¿No me dijiste que ahora es un mafioso? —preguntó Terry.

—Mierda. Se me había olvidado. Pero yo le gustaba, de eso estoy segura. Lo pasamos muy bien, por lo menos al principio.

—Seguro que está aquí —comentó Terry—. Si te apetece verlo, adelante.

—Sí, voy a hacerlo —respondió ella, y entonces le dio un codazo a Johnny—. Aparta, que quiero salir. —Y a Terry le dijo—: Si vuelve la camarera, yo quiero ostras, una ensalada de la casa, y otro vodka. Hasta luego.

Johnny volvió a sentarse, tomó la carta y dijo:

—Yo voy a pedir de primero un cóctel de langostinos gigante. Me gusta la cola de langosta con solomillo de ternera, pero no veo que tengan.

Cindy volvió para tomar nota de lo que querían y él le preguntó por qué no tenían cola de langosta con solomillo de ternera. Ella le respondió:

—Puede usted pedir lo que desee, caballero.

—Y luego me cobraréis lo que os dé la gana, ¿a que sí?

Terry esperó a que Johnny decidiera de una vez qué quería exactamente. Cuando le tocó a él, repitió lo que había dicho Debbie y pidió lo mismo para no complicar más las cosas.

—Pero en vez de un Johnnie Walker, tráigame un bourbon doble con hielo picado. Early Times, si tienen.

17

Debbie permaneció junto a la puerta del despacho mientras Randy hacía teatro: primero levantó la mirada, luego sus ojos mostraron la expresión apropiada, alegría en uno y sorpresa en el otro (Debbie ya se imaginaba diciendo la frase en el escenario), y por último enarcó la ceja con socarronería. Ésta era la palabra que le venía a ella a la cabeza cada vez que le veía hacerlo. Primero, «debo de estar viendo visiones» y luego «no doy crédito a mis ojos». Ahora se reirá entre dientes y moverá la cabeza en señal de incredulidad.

Así lo hizo, y acompañó el gesto de la ceja con la frase:

—No me lo puedo creer. —Luego, más serio, exclamó de forma improvisada—: Dios mío, cómo me alegro de verte.

Fue esto lo que le llegó. No le creía, pero ¿qué más daba? Le hacía sentirse bien. Era una inyección de confianza.

Debbie vio que Randy se levantaba, rodeaba el escritorio y extendía los brazos hacia ella. Se suponía que debía arrojarse en ellos, pero lo que hizo fue pasar a su lado y sentarse en la silla que tenía delante. Él retrocedió, se apoyó contra el escritorio, levantó la pierna derecha y puso el muslo sobre la superficie de forma que ella pudiera verle la entrepierna. El paquete le indicó que seguía poniéndose relleno en los calzoncillos. Cuando vivían juntos lo había pillado en una ocasión sacándose un par de calcetines de la ropa interior antes de acostarse, pero, como en aquella época era una estúpida, le había dicho: «Menudo estás hecho», y él había ladeado la cabeza y le había guiñado un ojo. Esta vez lo llevaba claro el muy farsante. Aun así, no pudo evitar decirle:

—¿Sigues creyendo que eso funciona?

Se hubiera dado con la cabeza contra la pared por demostrarle que se había fijado. Randy sonrió socarronamente con expresión soñolienta y dijo:

—Me has echado de menos, ¿verdad?

Debbie decidió en aquel momento dejar de hacer el payaso y le soltó:

—No, Randy, no. Te tumbé de culo con un Buick Riviera.

Era lo que estaba acostumbrada a decir. Y el cabrón, que no tenía un pelo de tonto, respondió:

—¿Ah, sí? No recuerdo que fueras en un Buick. Hubiera dicho que era un Ford Escort.

Esto le reventó, y tuvo que hacer un esfuerzo para controlarse. Entonces dijo:

—A ver cuándo dejas de ir de puto enterado. ¿Qué eres ahora? ¿Un mafioso? ¿Has dejado de dar vueltas al mundo en yate? Siempre has sido un farsante. Querías hacerme creer que llevabas una vida secreta. Era verdad, pero ya sabes a qué me refiero... Desaparecías unos días, te preguntaba dónde habías estado y tú me soltabas: «Lo siento, encanto.» No sabes qué mal me sentaba que me llamaras encanto. No soy un encanto, Randy.

—¿Por qué no me lo dijiste? Me refiero a lo de que te sentaba mal.

—Porque era una estúpida. Llegué a pensar que estaba enamorada de ti.

—Igual en el fondo aún lo estás.

—Basta, ¿me oyes? Venías y me decías: «Lo siento, encanto, pero hay un motivo que en este momento no puedo explicarte.» Como aquel día en que me contaste que habías estado con la CIA. ¿Por qué no intentas ser tú mismo?

—Soy quien soy —respondió él, como si hubiera sido objeto de la revelación de la montaña.

Es capaz de acabar con la paciencia de cualquiera, pensó Debbie.

—Pero ¿qué chorradas dices, Randy? «Soy quien soy.» Pretendes ir de profundo, pero más te valdría mantener la boca callada. Lo digo en serio. No tienes por qué basar toda tu vida en un montón de gilipolleces.

Ahora estaba mirándola con cara de sinceridad y los dedos cruzados sobre el muslo:

—¿Y a ti qué más te da?

Parecía que hablaba en serio, de modo que decidió seguirle el juego, pero sin bajar la guardia.

—¿Te gusta ser un cabrón? —le preguntó, a ver si se picaba.

Randy dejó escapar un largo suspiro como sólo él sabía hacerlo, pero sin cambiar de expresión.

—Siento haberte tratado como te traté. De veras. Ya me sentí mal entonces, cuando me confiaste tu dinero para que lo invirtiera. Fue la primera vez que sentí remordimientos de conciencia.

—Pero lo aceptaste.

—Sí, lo acepté —respondió, con la mirada ausente y gesto contrito.

—Bien, ¿te importaría devolvérmelo?

—No creas que no lo he pensado —dijo él—. Pero no cuando estaba en el hospital sufriendo, sino luego.

—Cuando yo estaba en la cárcel —puntualizó Debbie.

—El caso es que quiero resarcirte.

—¿Qué significa eso? —preguntó ella.

Pero en aquel preciso momento entró en el despacho el puto *maître* y anunció:

—Acaba de llegar el señor Moraco.

Habían empezado los entrantes sin Debbie. Johnny estaba mojando un langostino gigante en la salsa rosa y Terry, lidiando con las ostras. De pronto le oyó decir a Johnny:

—Rediós, Vincent Moraco...

Y Terry levantó la mirada.

—¿Cuál de ellos es?

—El pequeño. Está con su mujer.

—Ésa no es la que nos pagaba.

—La que nos pagaba era su amante. Decía que era la señora Moraco para que nadie discutiera con ella o le echase los tejos. ¿Entiendes? Si no uno podía acabar teniendo un lío con el mismísimo Vincent Moraco. He oído decir que los federales andan buscándola, pero ha desaparecido del mapa.

—¿Te han citado?

—No, pero tengo entendido que han llamado a unos tíos que hacían el mismo trayecto.

—¿Y el otro quién es?

—Vito Genoa. Es el matón. El que se encarga de los trabajos sucios del señor Amilia.

—Están observándonos —dijo Terry.

—Lo sé. No los mires.

Demasiado tarde. Estaban con la camarera. Terry saludó con la cabeza y sonrió. Los Moraco y Vito Genoa siguieron mirando mientras la camarera les hablaba, pero no sonrieron. Entonces se acercó Carlo, se hizo cargo de la situación, les habló como suelen hacerlo los *maîtres* y los llevó a la barra.

—¿Te acuerdas de cuando íbamos a Balduck Park con el trineo? —preguntó Johnny—. Genoa era el tío que aparecía por allí y se comportaba como si fuera el rey de la colina.

—¿Fue también a Nuestra Señora de la Paz?

—No, vivía en Grosse Pointe Woods. Un día fue a limpiarme la cara con nieve y tú te echaste encima de él. Nosotros teníamos unos diez años, y él doce o trece, y estaba fuerte para su edad.

—Me dio una paliza —recordó Terry.

—Y yo sufrí una conmoción cerebral, pero ya no volvió a molestarnos, ¿no?

—¿Cómo sabes que es el mismo tío?

—Por el nombre: Ge-no-a. En el instituto fue dos años el mejor jugador de fútbol americano de la ciudad. Salió su foto en el periódico. Habrá echado sus buenos veinticinco kilos desde entonces —explicó Johnny, pero entonces volvió Debbie y tuvo que levantarse.

Ella se sentó en el banco y dijo:

—Casi lo consigo. He logrado que diga que tiene que resarcirme, pero entonces ha entrado el puto *maître*. —Luego añadió—: Ése es Randy, el que está junto a la barra. ¿Lo ves? ¿Cuál es tu primera impresión?

—Tiene pinta de gerente de restaurante —respondió Terry—. Y come mucho. El traje le queda justo.

—Ha engordado un poco —explicó Debbie—, pero mantiene el estilo, la pose.

Vieron que se dirigía hacia los Moraco y Vito Genoa y que empezaba a decirles algo antes de llegar a donde estaban. Entonces tomó la mano de la señora Moraco sin dejar de hablar y le hizo sonreír, pero los dos hombres le miraron con cara de pocos amigos, y él empezó a hacer gestos y a menear la cabeza con expresión de impotencia.

—Estamos en su reservado —dijo Debbie— y les está diciendo que él no puede hacer nada.

—Igual lo era hace una hora —comentó Johnny—, pero ya no. En todos los restaurantes te mantienen la reserva un cuarto de hora las noches de mucho ajetreo. Ni un minuto más. Si llegas tarde, te pones a la cola, tío, así son las cosas.

Vieron que Moraco apartaba la mirada de Randy y le decía un par de palabras a Vito Genoa. El mafioso echó a andar hacia ellos, mirándolos fijamente.

Debbie dio un codazo a Johnny.

—Repítele a este capullo lo que acabas de decir.

Pero lo único que fue capaz de decir Johnny fue:

—Mierda. —Y punto.

Genoa se detuvo delante de Johnny, se apoyó con las manos abiertas sobre la mesa para inclinarse y acercarse a él. Se metió un lagostino en la boca. Johnny no dijo ni pío.

—¿Vito? Soy el padre Dunn —dijo Terry.

Genoa volvió la cabeza y levantó las manos de la mesa para ponerse recto.

—¿De qué parroquia eres, Vito?

Genoa guardó silencio. Le había pillado por sorpresa o quizás estaba pensando en la respuesta.

—Si no recuerdo mal —continuó Terry—, cuando éramos chicos ibas a la de Estrella de Mar, ¿no?

Genoa seguía sin contestar. Probablemente estaba preguntándose qué sucedía. ¿Quién era aquel cura?

—¿Te acuerdas del padre Sobieski, de tu sacerdote? —decía Terry—. Lleva mucho tiempo allí, ¿verdad? Yo he estado trabajando en una misión africana, Vito. En Ruanda. Estuve allí durante los tres meses en que asesinaron a más de medio millón de personas. A algunas les dispararon, pero a la mayoría las mataron a machetazos. —Hizo una pausa.

Genoa se le quedó mirando.

—Dentro de dos domingos —prosiguió Terry— iré a la parroquia de Estrella de Mar y pediré un donativo para la misión, a ver si puedo reunir dinero suficiente para alimentar a mis pequeños huérfanos. Son cientos, Vito; a sus papás los mataron durante el genocidio. Si vieras qué caritas tienen... Se te parte el corazón.

Por fin habló Vito Genoa. Y lo que dijo fue:

—Como no se levante ahora mismo, padre, voy a sacarlo por encima de la puta mesa.

Terry pensó que, si aquel tipo lo sacaba por encima de la mesa, el traje nuevo se le pondría perdido, y tendría que llevarlo a la tintorería. Por otro lado, si el tío cumplía lo que había dicho delante de todos los testigos que había en el restaurante, no le haría falta sufrir ningún accidente para amenazar a Randy con llevarlo a juicio. Era una oportunidad de oro. Tendría que aguantarse las ganas de levantarse y darle un puñetazo en la boca. Le tocaba a él ser la víctima.

—Vito, ¿serías capaz de ponerle la mano encima a un sacerdote de tu Iglesia?

—Dejé de ir a misa por Cuaresma —respondió Vito—. No pienso volver hasta que me parezca que voy a morir. Entonces iré y lo haré todo de golpe: confesaré todos mis pecados y pediré que me los perdonen.

—Eso es arrogancia, hijo mío. Y la arrogancia es un pecado. No vas a salirte con la tuya, Vito.

—Usted tampoco. Muévase.

—Yo me quedo donde estoy —dijo Terry, y esperó a que lo sacara por encima de la mesa.

Pero lo que hizo Vito fue acercarse a su lado, ponerle una mano en el hombro, pellizcarle el músculo entre el cuello y el omoplato y apretárselo... El repentino dolor le quitó las fuerzas del brazo. Trató de zafarse, pero aquel gorila le había metido bien los dedos.

—Déjalo en paz —gritó Debbie, e intentó sujetarle el brazo, pero el tipo agarró a Terry por la parte delantera de la chaqueta y lo sacó del reservado tirándole de las solapas. Luego le dio una palmada en el hombro y le arregló la parte delantera de la chaqueta mientras decía:

—No ha sido para tanto.

Estaba en lo cierto, pensó Terry: no lo había sido. Tenía que ser mucho más aparatoso y además necesitaba testigos. Así que acercó la cara a la suya, lo miró fijamente a los ojos y le dijo en voz baja:

—Así que pellizcos, ¿eh? ¿Y se puede saber por qué, Vito? ¿No será porque tienes menos huevos que un mariquita?

Dicho y hecho: Terry recibió un puñetazo. Vito le metió un gancho con todas las de la ley, un golpe que lo dejó sin aire. Terry se llevó las manos al estómago —Debbie ya se había puesto a chillar— y se quedó encorvado, incapaz de recuperar el aliento y ponerse derecho hasta que el mafioso le dio un rodillazo en el pecho y le planchó la cara con el muslo. Terry se desplomó, cayó de espaldas y se quedó en el suelo jadeando, tratando de meter aire en los pulmones.

Vio que Debbie aparecía a su lado y le quitaba el alzacuellos. No sirvió de nada. Luego vio que Randy lo miraba, se volvía hacia otro lado y decía:

—Tony se va a enterar. Sacadlo de aquí.

Un individuo con el pelo rapado —probablemente el gorila que le había dicho a Johnny que era el marido de la prostituta— le desabrochó la chaqueta, le aflojó el cinturón y le agarró de la cintura del pantalón para levantarlo del suelo y volverlo a bajar varias veces, mientras le indicaba que respirara rápido —dentro, fuera, dentro, fuera— y le decía:

—Le han sacudido bien, ¿eh?

Estaban en el despacho de Randy, a la luz de la lámpara. Debbie ayudó a Terry a sentarse en la silla de cuero que había delante del escritorio mientras Randy miraba.

—Quiero saber qué le ha dicho a Vito Genoa.

Debbie se encontraba de espaldas a él. Estaba encorvada sobre Terry, tocándole el pelo, la cara, hablándole en voz baja. Éste preguntó si Johnny había intervenido en la pelea. Debbie le dijo que no, que seguía sentado a la mesa. Terry dijo: «Menos mal» y se recostó para apoyar la cabeza sobre el cojín. Debbie se irguió, se sentó en la silla que había debajo de la foto de Soupy Sales y sacó el tabaco. Randy permaneció de pie, intranquilo, y se volvió hacia ella:

—Le ha dicho algo que le ha cabreado.

—¿Estás diciéndome que está bien dar una paliza a un cura, a un sacerdote...? —preguntó Debbie.

—Ya basta. Sólo quiero saber qué le ha dicho.

—Pregúntaselo a él.

—¿Quién es? ¿Qué haces tú con un sacerdote?

—Es un buen amigo mío.

—Nunca me dijiste que conocías sacerdotes.

—Pero ¿de qué estás hablando? Ya sabes que fui a colegios católicos. Ya te lo he dicho: es el padre Terry Dunn, un misionero que ha venido de África. —Se volvió hacia Terry y le preguntó—. Padre, ¿cómo tiene la barriga? ¿Le duele?

Terry ladeó la cabeza sobre el cojín.

—No mucho. Pero cuando me muevo, caramba, es como si me clavaran un cuchillo en la espalda. Debe de ser a causa de la caída. No creo que pueda decir misa mañana.

Magnífico. Era justo lo que tenía que decir. Debbie le hubiera dado un beso, pero siguió poniendo cara de angustia.

—Creo que convendría que lo llevaran al hospital.

Esto hizo reaccionar a Randy. Se volvió hacia ella, exclamó: «Mierda», y empezó a andar de un lado a otro. Daba la impresión de que estaba pensando, de que estaba tramando algo. Entonces dijo:

—¿Quién es el hombre que ha venido con vosotros?

—Johnny, un amigo del padre Dunn. Fueron monaguillos en Nuestra Señora de la Paz. —Volvió a mirar a Terry—. Randy quiere saber qué le ha dicho a ese hombre.

Terry volvió la cabeza sobre el cojín.

—Le he preguntado de qué parroquia es. No me ha contestado, pero he pensado que sería de Nuestra Señora de la Estrella de Mar. —Entonces gimió y cerró los ojos—. Caramba, nunca me había dolido tanto.

—Hay que sacarlo de aquí —le dijo Randy a Debbie—. ¿Dónde se aloja?

—En casa de su hermano, en Bloomfield Hills.

—¿Ah, sí? Debe de estar forrado.

—Pues sí. Es un abogado especialista en casos de daños y perjuicios.

—¡Mierda! —exclamó Randy, y volvió a apartar la mirada.

—Aunque podemos arreglarlo aquí mismo.

Debbie vio que Randy entornaba los ojos y trataba de poner cara de saber qué se traían entre manos.

—Por eso os habéis sentado en el reservado, ¿verdad? Ha sido todo un montaje.

—Claro —respondió Debbie—. Me he enterado de que un par de mafiosos habían reservado la mesa y se nos ha ocurrido que podíamos cabrearles para que hirieran al padre Dunn. —Hizo una pausa—. Espero que no sea grave.

—Dios... —exclamó Randy—. Pero ¿desde cuándo te relacionas tú con curas?

—Cuando estaba en la cárcel vi la luz y encontré la salvación. ¿Sabes quién es mi jefe? Un carpintero judío.

—Dios... —repitió Randy.

Y Debbie remató:

—Mi Señor y Salvador. —Luego añadió—: Randy, ¿sabes que en la barra había un conocido presentador de televisión? Carlo nos lo ha señalado. Era Bill Bonds con su mujer. Seguro que lo conoces. Carlo nos ha dicho que estaba tomando Perrier y que ha visto todo lo ocurrido. Lo han visto todos los clientes, a menos que hubiera algún ciego. ¿Quieres llegar a un acuerdo o prefieres ir a juicio?

Randy se lo tomó con calma. Debbie pensó que por fin se había dado cuenta de lo que sucedía: un sacerdote había sido atacado en su restaurante. Cuando habló, supo que estaba en lo cierto:

—¿De qué cantidad estamos hablando?

—De doscientos cincuenta mil —respondió ella.

—Y pretendes que me crea que no es un montaje.

—Te juro, Randy, que ha sido nuestro Salvador, que vela por nosotros.

—De acuerdo, si quieres que te defienda un carpintero, llévalo al tribunal. —Randy hizo una pausa y volvió a entornar los ojos—: Has dicho: «Vela por nosotros», ¿verdad? ¿Qué tiene que ver contigo el hecho de que el sacerdote se haya caído, quizá borracho, no lo sé?

—El padre Dunn y yo estamos juntos en esto —respondió Debbie—. En el acuerdo van incluidos los sesenta y siete mil que me robaste y me has dicho que ibas a devolverme.

—¿Cuándo te he dicho yo que te debía nada?

—Randy, a ver si consigues mantener la boca cerrada un segundo. Voy a explicarte cómo puedes darnos doscientos cincuenta mil dólares, quedarte con la conciencia tranquila, y deducirlo todo en la declaración de la renta.

Johnny se quedó en la mesa tratando de poner cara de inocente. Era idea de Debbie. Joder, él no había hecho nada, así que era inocente. Aun así, los dos mafiosos lo miraron con cara de pocos amigos antes de marcharse. A continuación llamó a la camarera y le preguntó cuándo iban a traerle la cena. Ella lo miró extrañada y le dijo que pensaba que quería esperar a las personas que le acompañaban. A Johnny no le gustaba estar sentado allí solo, con la gente observándolo y hablando de lo que acababa de ocurrir, de modo que se fue al bar, donde estaba el gorila con el brazo apoyado sobre la barra, vigilando el comedor. Johnny se sentó en el taburete de al lado.

—¿Has visto lo que ha ocurrido?

—Pues claro.

—¿Por qué le has dejado que tumbe al cura? ¿No eres tú el gorila o qué?

—Soy el guardaespaldas del señor Agley. ¿Te acuerdas de los dos tíos que estaban aquí? Uno de ellos decidió que trabajara para el señor Agley.

—Así que eres de la mafia, ¿eh?

—Ya te he dicho a qué me dedico.

El Chucho levantó la mano para mirar la hora y Johnny vio el tatuaje que llevaba en los nudillos: B-O-M-B-A.

—¿Te hiciste tú mismo ese tatuaje?

El Chucho volvió a levantar la mano.

—¿Éste? No, me lo hicieron. Cuando era boxeador.

El tatuaje era tan chapucero y feo que Johnny preguntó:

—¿Te lo hizo tu compañero de celda?

—No, un tío, en el patio. ¿Cómo lo has adivinado?

—Porque tengo uno igual. Yo me lo hice en la puta Jackson, la cárcel con muros más grande de Estados Unidos. ¿Dónde estuviste tú?

—En la del sur de Ohio.

—¿Por qué?

—Maté a un tío. Le pegué un tiro.

—¿Eso es lo que eres? ¿Un asesino a sueldo?

—Más o menos. En los ratos libres.

—¿Ah, sí? ¿Te has cargado a gente?

—A tres tíos hasta el momento. A un camionero, a un preso y a un caldeo.

—Tú no eres italiano, ¿verdad?

—No jodas...

—Ni de por allí cerca. ¿Cómo lograste ponerte en contacto con esa gente?

—Conseguí una carta de una persona importante.

—¿En el talego?

—Sí, para trabajar para ellos.

—¿Cómo te llaman?

—El Chucho.

Johnny se lo creyó. Aquel tipo era tonto del culo.

—Yo me llamo Johnny —dijo él—. Trabajé para ellos hace cinco años. Les llevaba cigarrillos desde Kentucky.

—¿Y así se saca dinero?

—Entonces sí. ¿Conoces al jefazo, al viejo Tony?

—Fui su chófer durante una temporada, pero no viene por aquí.

—Pero se saca una parte, ¿no?

El Chucho se encogió de hombros.

—En Jackson conocí a un tío que era asesino a sueldo. Le pagaban diez mil el fiambre.

—Joder, yo gano más.

—Será que se te da bien. ¿Qué pipa te gusta llevar?

—Distintas.

—¿Y dices que te has cargado a un camionero, a un preso y a otro tío más?

—A un caldeo. No quería pagar el impuesto de calle.

—Al preso no le pegarías un tiro, ¿verdad?

—No, a ése lo rajé.

—Entonces sólo has disparado a dos tíos.

—Sí, pero ahora me han pedido que me cargue a otro.

—¿Ah, sí? ¿Necesitas un conductor?

—No creo.

—El tío que conocí en Jackson siempre iba con un conductor. —Johnny hizo una señal al barman y dijo—: ¿Me dejas un boli?

—Pensaba ir a casa del tío —explicó el Chucho.

Johnny escribió su número de teléfono en una servilleta de cóctel y le dijo:

—Yo no lo haría. ¿Y si hay más gente? ¿Qué vas a hacer si está su esposa? ¿Vas a cargártela también? Y luego están los vecinos, que se asomarán a la ventana. —Le dio la servilleta y añadió—: Toma. Por si acaso algún día quieres ponerte en contacto conmigo.

El Chucho miró el número de teléfono y preguntó:

—¿Para qué?

—Para quedar y charlar un rato —respondió Johnny—. ¿Tú no hablabas con los talegueros en el patio? ¿No escuchabas sus historias, lo que habían hecho, cómo la habían jodido? En Jackson había un preso que había dado cien palos a mano armada. Solía contarnos dónde los daba, cuánto sacaba, las veces que la había jodido, cuándo se había salvado por los pelos, las movidas que había tenido... Nosotros escuchábamos porque el tío era gracioso, sabía contar las cosas y acabábamos todos riéndonos con él. La gente se le acercaba y decía: «Oye, Roger, cuéntanos cuando fuiste a robar aquel supermercado.» Ya habían oído la historia varias veces, pero daba igual, seguía siendo divertida. —Johnny sonreía y eso le arrancó al Chucho otra sonrisa. Johnny añadió—: Como si estuviéramos en el puto patio, ¿vale?

—Cuando me cargue a ese tío, podrás leer la historia en el periódico.

—¿Y eso cuándo será?

—Dentro de un par de días o así.

—Oye, una pregunta... —dijo Johnny—. ¿Te lo haces alguna vez con esos putones que vienen por aquí?

18

—Tony Amilia tiene cáncer de próstata —dijo Terry con el periódico abierto ante sí—, pero se lo han encontrado a tiempo. Aunque lo más probable es que no le operen a causa de su edad.

»Antes de que le mate el cáncer ya habrá muerto por otro motivo. De modo que, si lo declaran culpable, eso no le evitará ir a la cárcel.

—Seguro que se libra —comentó Debbie— o que sale en libertad condicional y tiene que pagar una multa. Hace diez años le acusaron prácticamente de lo mismo y quedó libre.

Se hallaban en la biblioteca de Fran, leyendo la edición conjunta del domingo del *News* y el *Free Press*. Una sección especial resumía el juicio e incluía columnas con las biografías de los acusados y una breve historia del crimen organizado en Detroit que se remontaba a los años veinte, la época de la Banda Morada.

—¿Sabías que eran judíos? —preguntó Debbie.

—Sabía que no eran de la mafia —respondió Terry, y levantó la vista del periódico para mirar a Debbie, que se encontraba en la otra punta del sofá; sobre el cojín de en medio había varias secciones del periódico—. ¿De dónde sacaron ese nombre: la Banda Morada?

—Se comentaba que entre ellos había gente de todos los colores, y un tío al que estaban presionando dijo: «No, son todos de color morado, como la carne podrida», y el nombre acabó imponiéndose. —Lo miró y preguntó—: ¿Cómo tienes la espalda?

—Pues la verdad es que me duele un poco.

—Me encantó cuando le dijiste a Randy eso de que te sentías como si te estuvieran clavando un cuchillo en la espalda.

—Le pusimos nervioso, ¿eh?

—Pero no soltará los doscientos cincuenta mil y sabe que nunca lograremos sacar tanto en un juicio.

—Él cree que deberíamos demandar a Vito Genoa.

—Sí, a un asesino de la mafia.

—Si es que realmente lo es —puntualizó Terry—. En el cine siempre van a buscar al asesino a Detroit, como si estuvieran esperando tranquilamente aquí a que los llamasen. El tío levanta el teléfono y dice: «Soy un asesino a sueldo, ¿en qué puedo ayudarle?» Acabo de leer algo sobre el tema. —Recorrió con la mirada las páginas por las que tenía abierto el periódico—. Aquí está: han aparecido tres personas asesinadas y decapitadas. Los dos asesinos acusados vinieron de San Diego. Si tantos asesinos a sueldo tenemos aquí, ¿qué necesidad hay de ir a buscarlos a otra parte? —Dejó el periódico sobre las piernas y añadió—: ¿Te acuerdas del tío con el que estaba hablando Johnny, el que creía él que era gorila? Pues es el guardaespaldas de Randy, el que decías que se llama el Chucho. Le contó a Johnny que es una especie de asesino a sueldo, que se dedica a ello en sus ratos libres. Dice que ha matado a tres personas y que le han encargado que mate a otra.

—¿Y por qué le ha contado a Johnny todo eso?

—Es lo que me ha dicho él. Uno puede contárselo a un preso en el talego, pero no a un tío que se le acerca en un bar. Según Johnny, el tío es demasiado estúpido como para que le encarguen matar a alguien. Lo único que quería él era el número de teléfono de la pelirroja con la que estaba hablando en la barra. Se llama Angie.

—¿Y lo consiguió?

—Sí, pero no me lo ha dado.

Debbie no picó y siguió ojeando su sección de periódico. Habían pasado la noche en la cama extra grande de Fran y Mary Pat y habían acabado tomándoselo más en serio y sudando más que en cualquiera de las ocasiones anteriores, allí o en cualquier otro sitio. Pero él le había dicho: «Encanto, podrías ser una profesional», y ella, ofendida, se había apartado de él diciendo: «Muchas gracias.» Terry había intentado hacer las paces explicándole que se había expresado mal, que era un cumplido. Pero ella le había soltado: «Lo hago mejor que cualquier profesional, Terry. Para mí esto es una relación sentimental.» Acostarse con Debbie era una experiencia que se le iba a quedar grabada en la memoria para el resto de la vida. Al ver su cara a la tenue luz de la ventana, se había enternecido y a punto había estado de decirle que estaba enamorado de ella.

—Estaba pensando que, si el Chucho es tan estúpido como dice Johnny y luego lees las conversaciones interceptadas que mantuvieron los dos mafiosos en el coche...

—Aún no he llegado a eso.

—Incluso su abogado dice que son bobos. Ante el jurado declaró que aprendieron a hablar como un macarra viendo películas como *El padrino* y *Malas calles*.

—Pero si son unos tíos majísimos.

—Sí, pero ¿qué le van a hacer si han sacado esa imagen del cine y la gente se siente intimidada por ella? Desde luego, tras escuchar las cintas, uno se siente tentado de creerlo. El FBI les instaló micrófonos ocultos en el coche y se les oye a los dos. Aparcan en Michigan Avenue, en la acera de enfrente de una tienda de vinos y licores. Al dueño lo llaman el camellero, así que debe de ser de Oriente Próximo, quizá caldeo. Van a pegarle un tiro al escaparate, probablemente porque el tío les debe dinero. Pero llueve y a ninguno de los dos le apetece salir del coche. Uno pregunta: «¿No puedes darle desde aquí?» Y el otro le contesta: «Joder, hay demasiada gente en la calle. Fíjate: están todos andando. ¿Quién cojones ha dicho que las calles de Detroit no son seguras?» Vuelven a la zona este de la ciudad y se extravían: «¿Dónde cojones está la Noventa y seis. Ya deberíamos haber llegado.» En la cinta se oyen más cosas: los mismos tíos hablan de lo que ocurriría si eliminaran a Tony Amilia. Parecen niños haciéndose los macarras.

—¿Pegaron el tiro al escaparate?

—Aquella vez no. Uno de los corredores de apuestas que ha declarado como testigo en el juicio ha dicho que sí, que los amenazan, pero que ellos no suelen darle mucha importancia, que no es como lo de Gotti y la mafia de Nueva York que se leía antes en la prensa.

—Los llaman la «mafia tranquila» —comentó Debbie—. A Tony Amilia nunca lo han declarado culpable de ningún delito. Es un padre de familia y tiene quince nietos; hace donativos a organizaciones benéficas y es una de las personas que más dinero da a La Ciudad de los Muchachos; se ocupa de sus negocios (Lavanderías Mayflower) y vive tranquilamente en Grosse Pointe Park. Acabo de ver una foto de su casa.

Debbie ojeó la sección hasta que dio con ella y le pasó el periódico a Terry.

—Windmill Point Drive... —dijo Terry mientras la miraba—. Las casas a la orilla del lago solían costar de un millón para arriba. Ahora seguro que cuestan más. Allí están Grosse Pointe Park, Grosse Pointe, Grosse Pointe Farms y Grosse Pointe Woods, a poca distancia del lago, cruzando la autopista por Harper Woods, que fue donde pasé yo la infancia. Justo debajo de Harper Woods (algún día te enseñaré la zona este) está el País de la Pasma, donde viven muchos de los policías blancos de Detroit. Fran dice que se está hablando de cambiar la norma para que no tengan que seguir viviendo dentro de los límites de la ciudad. Aparte de Amilia, la mayoría de los mafiosos viven al norte de Pointes, pasando St. Clair Shores, en Clinton Township.

—Los federales estarían encantados de poder confiscarles todas sus propiedades —afirmó Debbie—: los coches y todo lo que hayan adquirido con el dinero ganado ilegalmente durante los últimos diez años o más. Veinte millones... No me parece que se obtengan muchos beneficios con el crimen organizado.

—¿Un par de millones al año? No está mal —comentó Terry.

—Si Tony da un palo, se lleva una parte de los beneficios brutos —explicó Debbie—. Pero ¿cuánto se sacan todos los tíos que están por debajo de él? Incluso suponiendo que miembros reales de la organización sean sólo diez o doce. Acabo de leer que nunca, en ningún momento desde que empezaron en los años treinta, han pasado de los veintitrés miembros.

—Lo que mucha gente no entiende —dijo Terry— es por qué son tan severos con el juego ilegal en una ciudad donde siempre ha sido aceptado. Recuerdo que cuando era pequeño, uno de los bedeles de Nuestra Señora de la Paz se dedicaba a la lotería clandestina. Siempre hemos tenido carreras de caballos, durante años hubo una lotería administrada por el Estado y ahora tenemos casinos. ¿Qué más da?

—Pero en la mafia hay gente poco recomendable —advirtió Debbie—. No hace falta que te lo diga.

—Sí, y también hay trabajadores de correos y chicos en el colegio que pegan tiros a sus amigos. No defiendo lo que hace la mafia, pero son tan discretos que uno casi ni se entera de que están ahí. —Entonces comentó—: Antes has dicho algo sobre Tony Amilia que me ha llamado la atención. —Se calló un momento y añadió—: Me pregunto si nos recibiría, si podríamos hacerle una visita oficial.

—¿Por qué?

—¿Crees que podrías arreglarlo con tu amigo el abogado? ¿Cómo se llama? ¿Bernacki? Voy a contarte lo que se me ha ocurrido. Si te gusta la idea, creo que te animarás a llamarle.

Debbie miró por la ventana el cielo gris de la mañana y se volvió otra vez hacia Terry.

—Quieres hablar con un jefe de la mafia...

—Que tiene fama de ser un generoso benefactor.

—Ah, vas a ir como el padre Dunn.

—Por supuesto.

—Y vas a contarle lo de los huerfanitos de Ruanda —añadió Debbie.

Desde el despacho de Ed Bernacki en el Renaissance Center se veía el río Detroit y, al fondo, Canadá. El único punto iluminado en la orilla del río era el casino de Windsor.

—Es domingo —dijo—. ¿Cómo has adivinado que estaba aquí?

Debbie le respondió que había llamado primero a su casa. Bernacki comentó entonces:

—He de ser más selectivo con la gente a la que doy mi número de teléfono.

Debbie le explicó por qué querían ver al señor Amilia y el abogado contestó:

—Vale, ¿quieres que te diga lo que pienso? Que no es mala idea. De todos modos, no creo que Tony acceda. No le verá el interés. Lo que está intentando ahora es evitar cualquier tipo de publicidad.

—¿Incluso si se trata de algo que va a mejorar su imagen?

—La prensa puede darle la vuelta, puede publicar un editorial al respecto y decir que salta a la vista por qué lo hace. Pero hablaré con él. Tal vez acceda, pero, que conste, me extrañaría. De lo que puedes estar segura es de que no os va a recibir en su casa. Nadie pasa por esa puerta excepto su familia y las personas allegadas.

Debbie respondió que le daba igual dónde.

—Luego te llamo —dijo Bernacki, y telefoneó a Tony Amilia a su casa de Windmill Point, que era registrada una vez por semana por si tenía micrófonos ocultos.

Bernacki preguntó a Tony qué tal estaba pasando aquella triste mañana de domingo y comentó que no parecía que fueran a caer más de cuatro gotas. Amilia respondió lentamente y con voz profunda:

—Me hace gracia que digas eso. ¿Sabes cómo paso la noche? Meando cuatro gotas. Me levanto cuatro o cinco veces. Me entran unas ganas enormes, voy al baño y meo dos gotas. Y luego vuelta a empezar. Me paso ahí dentro tanto tiempo que al final Clara me pregunta si me encuentro bien. A veces me sale en dos chorros. Me preguntó qué leches será. ¿A ti te ha pasado alguna vez eso de los dos chorros? Durante el día, por la mañana, me ocurre tres cuartos de lo mismo. He dejado de tomar el café del desayuno. Si no, me mearía en la sala del tribunal. Lo cual, pensándolo bien, no sería tan mala idea. Así se enterarían de lo que pienso de sus putas acusaciones. Ed, cuando me entran ganas, pienso que me voy a pasar veinte minutos meando y luego echo cuatro gotas. A Clara le he dicho que meo una cantidad de líquido superior a la que ingiero. ¿Podrías explicarme eso?

—Es un síntoma —respondió Bernacki—. Significa que tu próstata está hinchada y eso impide que la orina salga de forma natural.

—Pero ¿por qué meo más de lo que bebo?

—Eso es sólo lo que te parece a ti.

—A veces orino sangre. Mi urólogo me ha dicho que no me preocupe, que tengo cáncer y no debería sorprenderme. Ese tío tiene la misma forma de tratar a los pacientes que esos policías de la tele, acostumbrados a recorrer la ciudad en un Buick armados con sus putas escopetas.

—Por lo que veo, parece que te preocupa más tu forma de mear que el juicio —comentó Bernacki.

—A la mierda con el juicio. Los federales están haciéndose una paja mental con este tema.

—Tony, quería comentarte un asunto con el que podrías conseguir publicidad favorable, algo que no te vendría nada mal en este momento. Hay un sacerdote, un tal padre Dunn, que ha venido de África y desearía hablar contigo.

—¿Un negrata?

—No, es blanco, un misionero.

—Vienen todos a pasar la gorra. ¿Cuánto quiere?

—Quiere soltarte un sermón —respondió Bernacki—, pero tiene algún aspecto interesante, una idea que igual te gusta.

—Vale, ¿de qué se trata?

—Preferiría que se lo oyeras contar en persona.

—¿Qué tiene de malo el teléfono?

—Están poniéndote micrófonos ocultos fuera de casa, Tony. No hace falta que te lo diga. Mira, ¿por qué no me dejas que lo organice yo? En vez de oírlo dos veces, que te lo cuente el padre Dunn personalmente. Mejor hoy, así no nos liamos buscando una fecha que nos venga bien a todos.

—Joder, un cura católico. Vendrá a pasar la puta gorra. Estoy seguro.

—Ya te he dicho que a lo mejor te sugiere algo que te interesa.

—¿Es de fiar ese tío?

—Es sacerdote, Tony. Y responde por él una persona en la que confío plenamente.

—De acuerdo, te aviso en cuanto lo tenga organizado. Oye, dile que traiga los santos óleos. Es para ir adelantando: que me administre los últimos sacramentos y así ya puedo olvidarme del asunto.

19

Estaban esperando en una zona del restaurante que a veces cerraban para reuniones privadas. Tony Amilia y su abogado, Ed Bernacki, se encontraban sentados a una mesa para diez cubierta con un mantel blanco en la que había unos platillos con olivas, varias botellas de Pellegrino, una cafetera, vasos, tazas y ceniceros, uno de los cuales se hallaba delante de Tony, que estaba tomando café y fumando un cigarrillo. Bernacki estaba a su lado, y a veces hablaban, pero no lo bastante alto como para que les oyera Vincent Moraco, que estaba de pie junto a la mesa. Vincent, que iba con un traje oscuro y la camisa abotonada hasta el cuello como de costumbre, se acercó a las puertas abiertas de la sala. Desde allí vio el restaurante vacío y la entrada, donde Vito Genoa estaba esperando al cura.

Vincent preguntó a Tony con quién habían quedado y éste le respondió:

—Con un cura.

—¿Qué cura? —preguntó Vincent, pensando en el de la noche anterior.

—Con un cura, y punto.

Tony tenía todavía presente su reciente paso por la iglesia con motivo del bautismo y la primera comunión de sus nietos.

Veinte años antes, a Vincent no se le habría ocurrido preguntarle al jefe —en aquella época tenía otro— con quién habían quedado. Entonces no hablaba a menos que le hablaran a él primero. Ahora le daba igual. No es que el viejo Tony fuera para él uno más; con él no valían las gilipolleces. Pero uno podía tutearle y quejarse y darle el coñazo porque el juicio estaba jodiendo los negocios. Lo único que decía Tony era que había que tener paciencia, que pronto volverían a llevar las riendas de la situación. Justo antes del juicio, le había soltado: «¿Cómo es posible que a ti no te hayan acusado de nada, Vincent?» Parecía desconfiar, pero en ningún momento le había preguntado claramente si había hecho un trato con el Gobierno. Él le había explicado el motivo principal: nunca hablaba con los imbéciles que trabajaban en la calle. No decía ni una palabra sobre los negocios ni siquiera cuando iba en coche. Menos mal que no lo había hecho: la única vez que había estado en el juicio se había sentado con el público y habían puesto las cintas grabadas en los coches.

Aquellos dos capullos hablaban como macarras. Jojo y esa puta bola de sebo, Tito, eran testigos de cargo. Vincent había preguntado a Tony si quería que se los cargara, y éste le había respondido: «¿Qué van a contar ese par de capullos? Todo lo que saben son rumores. Lo demás es su palabra contra la mía. Cuando suban al estrado Ed les preguntará qué clase de trato han hecho con el fiscal y ahí acabará todo.»

Según la identificación policial, las cintas correspondían al día de lluvia en que habían aparcado en Michigan Avenue, en la acera de enfrente de un garito de apuestas, y no habían salido del coche. Los dos mafiosos están hablando y sus voces se distinguen claramente. Jojo *Caraperro* —así le llaman— dice: «¿Qué crees que pasaría si eliminaran al viejo Tony?» Tito, que no se entera de nada, responde que no lo sabe, pero luego pregunta: «¿Quién ocuparía su lugar?» Y Jojo dice: «A eso me refiero. ¿Cómo asciende uno en la organización? Fíjate en cómo lo hizo Gotti en Nueva York cuando se cargó a Castellano. Nueva York... Allí sí que saben hacer estas cosas. Aquí somos unos mantas.» Entonces se oye la voz de Tito: «¿Quieres eliminar a Tony?» Y Jojo contesta: «Sólo he preguntado qué pasaría.»

Y una mierda. Pues claro que lo estaba pensando; si no, no se lo habría comentado a Tito. Algunos de los chicos también debían de estar en eso.

Cuando le sugirió a Tony la posibilidad de cargarse a esos dos capullos y éste le respondió que no, Vincent le habló sin tapujos: «Tony, la gente va a oír lo que hay en esas cintas. Esos gilipollas no saben ni siquiera volver a casa en coche sin perderse. La gente nos perderá el respeto, pensará que somos una pandilla de inútiles.» Tony le dijo que no se preocupara y se fue a echar una meada. Al viejo ya sólo le quedaba de jefe el nombre. Si le declaraban culpable y lo encerraban, la puerta quedaría abierta, y Vincent creía que él podría entrar sin problemas. Pero, si no lo mandaban a la cárcel, tendría que esperar a que se quedara seco de tanto mear o, como habían dicho ese par de inútiles, a que se lo cargara alguien. Si tal cosa llegaba a suceder, la puerta quedaría abierta y él ocuparía su lugar. Lo primero que haría entonces sería quedarse con los ocho mil semanales de Randy, hacerse su socio en exclusiva e ir por el restaurante, a que le viera la gente y se enterara de quién era él. Pensaba que a las tías ricas les gustaba conocer mafiosos y tontear con tíos peligrosos. Iría de esmoquin. El capullo de Tony vivía como un topo, no salía de su agujero salvo para ir al juzgado. Y encima se negaba a contarle por qué habían quedado. Sólo decía que iba a venir un cura. Seguro que era el mismo que la noche anterior le había llamado mariquita a Vito. Pues sí que los tenía bien puestos el cura...

Salieron a Kelly Road por 10 Mile. Conducía Debbie. Torció a la derecha y allí estaba:

—La Spezia —dijo Terry—. Cerrado los domingos.

—No si Tony ha decidido quedar aquí —repuso Debbie—. ¿Qué hora es?

—Las cuatro y veinte.

—Perfecto. Ed ha dicho que no aparezcamos antes de y cuarto. —Cuando entró en el aparcamiento, comentó—: Hay un tío en la puerta que se parece a tu amigo.

Aparcaron delante del restaurante. Al ver el tejado bajo a dos aguas y la fachada en forma de A, Debbie pensó en un refugio de montaña. Esperó a que Terry cogiera su bolsa de fotos del asiento trasero y se dirigieron juntos hacia donde estaba Vito Genoa, que les había abierto ya la puerta.

—¿Cómo está, padre?

Esto le recordó a Terry que tenía que encorvarse un poco más y simular que le dolía el cuello cada vez que movía la cabeza.

—Creo que sobreviviré —contestó.

Vito entró con ellos y dijo.

—No debería haberme llamado eso.

Terry mantuvo el cuello tieso y movió el cuerpo para responderle:

—A buenas horas me lo dices.

Pasaron por el restaurante vacío. Los manteles blancos y los cubiertos estaban a oscuras. El individuo de aspecto arreglado que Debbie recordaba de la noche anterior, Vincent Moraco, les indicó que se acercaran a la mesa. Mientras Ed hablaba con Terry y éste asentía, Debbie vio que Tony Amilia, vestido con una chaqueta de chándal azul, los observaba. No sabía si tenían que sentarse con ellos o no. Por lo visto, no, ya que Ed los miró —con expresión solemne, como si estuviera en un velatorio— y les dio un aviso:

—Que quede claro que esto no es un acto social. Le he dicho al señor Amilia quién es usted, así que adelante, cuéntenos qué se le ha ocurrido.

Terry se aproximó a la mesa con su bolsa de deporte y abrió la cremallera, pero Ed preguntó:

—Padre, ¿va a explicarnos qué trae?

No tuvo ocasión de responder, Vincent Moraco apareció a su lado, le quitó la bolsa y palpó el interior. Luego la dejó sobre la mesa y le dijo:

—Voy a tener que cachearle. —Y añadió en un tono bastante cordial—: Podría ser otra persona disfrazada de cura.

Terry se volvió hacia él con la chaqueta abierta.

—Me hago cargo. Adelante.

Debbie no apartaba la mirada de Tony, de su cara y su calva, morena tras pasar el invierno en Florida. Llevaba unas gafas oscuras con montura de alambre. Hubiera podido confundirlo con un ejecutivo jubilado, un presidente de empresa que se tomaba las cosas con calma.

Vincent Moraco se hizo a un lado y Terry empezó a sacar las fotos, estirando el brazo para colocarlas en filas en el centro de la mesa.

Debbie vio que Tony encendía un cigarrillo y le hablaba a Ed, sin mostrar interés en lo que estaba haciendo Terry. Esperaba que se diera cuenta y espabilase, que empezara de una vez. Por fin alzó la vista y dijo:

—Estoy seguro de que ya habrá visto antes fotos de niños desamparados, huérfanos que no tienen a nadie que les cuide. Estos niños representan a miles iguales que ellos, niños abandonados que tienen que buscar comida en vertederos de basura porque sus padres fueron asesinados, la mayoría a machetazos. En mi iglesia de Ruanda hay cuarenta y siete cadáveres desde el día en que estaba diciendo misa y vi cómo los hutus los mataban, cómo los masacraban, y les cortaban a muchos los pies. Lo mismo hicieron en el resto de Ruanda durante el genocidio. —Terry colocó las manos sobre la mesa para apoyarse, descansó unos segundos y se puso derecho lentamente para que se notara el dolor que tenía—. He venido aquí con el propósito de pasar por las parroquias y recaudar dinero para estos niños. Pero ahora no puedo debido una lesión que sufrí anoche al caerme en un restaurante llamado Randy.

Debbie tenía la mirada clavada en Tony y Ed. Aquello no les daba ni frío ni calor. Terry estaba durmiéndolos. La mujer se acercó a ellos y dijo:

—Padre, siéntese, por favor, no vaya a caerse. —Sacó una silla y le hizo sentarse. Tony la miró con cara de más interés—. Si me lo permite, le explicaré de qué se trata —le dijo Debbie—. Iré al grano. —Le pareció que Tony asentía y siguió hablando—: Yo también tengo que ver con este asunto. Si quiere que le diga la verdad, es porque el comepollas al que pertenece el restaurante me robó sesenta y siete mil dólares y se niega a devolvérmelos. —Había conseguido que Tony le prestara atención—. La siguiente vez que vi al muy cabrón lo atropellé con mi coche en presencia de testigos, pasé tres años en la penitenciaría Sawgrass de Florida. Pues bien, cuando salgo, me entero de que Randy está forrado, de que ha ganado millones de dólares con su acuerdo de divorcio y es dueño de un restaurante de éxito en el centro de la ciudad. Decido ir a verle. Pido al padre Dunn, un amigo de la familia, que me acompañe con la esperanza de que Randy se dé cuenta de lo que está haciendo, reconozca que es una puta víbora y haga lo que tiene que hacer.

Tony sostenía el cigarrillo y la ceniza amenazaba con caerse en cualquier momento.

—Mi intención, señor Amilia —continuó Debbie—, era pedirle a Randy doscientos cincuenta mil dólares, la mitad para los niños del padre Dunn y la otra mitad (que es el doble de lo que me debe la víbora), por el dinero que me ha impedido ganar durante los tres años que he estado en la cárcel. —Debbie se aclaró la garganta y preguntó—: ¿Podría darme un vaso de agua?

Tony no respondió, pero miró a Vincent Moraco, quien se acercó con una botella de Pellegrino y le sirvió un vaso. Debbie bebió un buen trago, hizo una pausa y luego bebió otro. Entonces dijo:

—Gracias. —Y volvió a la carga—: Anoche ocurrió un incidente que dio al traste con nuestro plan. Dos de sus hombres nos echaron de la mesa a la que estábamos sentados. El padre Dunn se disgustó y dijo algo de lo que ahora se arrepiente. Llamó al señor Genoa maricón. Como es natural, al señor Genoa le sentó mal esta grosería y tumbó al padre Dunn, lesionándole la espalda. Permítame añadir, en nombre del padre Dunn, que si utilizó un lenguaje subido de tono fue porque le molestó que nos echaran de la mesa unas personas que habían llegado al restaurante con una hora de retraso con respecto a la reserva que tenían. —Mientras Tony Amilia dirigía la mirada a Vincent, Debbie añadió—: El padre Dunn es sacerdote, pero también es un hombre que sabe hacerse valer. No queda otro remedio si uno dirige una misión en África central y ha de enfrentarse a unos matones que asesinan gente cuando les viene en gana. —Debbie bebió otro trago de agua—. De ahí que la conversación que mantuvimos con el señor Agley posteriormente tomara un giro diferente. Le pedimos que nos pagara además una indemnización por daños y perjuicios, propuesta que pensamos que comprendería y preferiría a la posibilidad de ir a juicio. Le indiqué cómo podía sacar ventaja de la situación y me mandó a paseo. En realidad, lo que me dijo fue: «Vete a joder a otro, niña. No tengo ni para empezar contigo.» Bueno, voy a joderle de todos modos. ¿Le importa si me siento?

Así tendría la mesa para agarrarse, pensó. Tony hizo un gesto de asentimiento, sin darse cuenta de que tenía la ceniza del cigarrillo en la parte delantera del chándal. Debbie se sentó junto a Terry, le puso un momento la mano en el hombro y se armó de valor:

—Lo que quería proponerle, señor Amilia, es lo siguiente: si usted le cobrara los doscientos cincuenta mil dólares a esa víbora y extendiera un cheque por esa cantidad a nombre del Fondo para los Huérfanos de Ruanda, podría deducirlo todo en la declaración de la renta. Además, la prensa lo vería como el salvador de los huérfanos del padre y la publicidad le llegaría en el momento en que más la necesita.

Se produjo un silencio en la sala.

Tony siguió mirando detenidamente a Debbie, pero no dijo nada. Fue Ed Bernacki quien rompió el silencio.

—Si el cheque va a nombre de los huérfanos, Deb, ¿de dónde sacas tu dinero?

—Ed, ¿no pensarás que el padre Dunn es capaz de engañarme y quitarme mi parte?

—De acuerdo, pero ¿cómo llegaría a la prensa esta publicidad tan oportuna?

—De eso me ocupo yo. Si al señor Amilia le parece bien, incluiremos una foto en la que salga él entregándole el cheque al padre.

—¿No te parece que, dado el momento que es, resultará evidente la intención?

—¿Por qué? El señor Amilia es conocido por su interés en las obras benéficas. Esto no tiene nada que ver con el hecho de que en este preciso instante esté siendo juzgado y tenga que enfrentarse a unas acusaciones absurdas. Su generosidad habla por sí sola.

Ed sonrió.

—Expones tus argumentos con mucha contundencia, Deb.

Ella siguió con expresión solemne.

—¿Qué quieres que le haga, Ed? Así es como veo las cosas.

Volvió a hacerse un silencio. Todo el mundo esperó a que hablase el jefe.

Por fin, Tony le dijo a Terry:

—Dígame. Esos que cortan los pies a la gente, ¿por qué lo hacen?

20

El lunes por la mañana Terry fue el primero en levantar-se, dejó a Debbie dormida en la cama extra grande de Fran y Mary Pat y bajó a buscar el periódico y preparar el café.

La noche anterior Debbie había estado esperando junto al teléfono a que llamara Ed Bernacki y les dijese que Tony aceptaba. Mostraba una confianza absoluta.

—Sé que aceptará. ¿Por qué no iba a hacerlo? Tiene la sartén por el mango. Basta con que le diga a Randy que le dé el dinero.

Ed les había acompañado a la puerta del restaurante y ella le había preguntado si tenían alguna posibilidad. El abogado le había respondido que no sabía qué decirle:

—Tony es previsible en muchos terrenos, pero éste no es uno de ellos. Tendréis que esperar a que se decida. Si dice que no, olvidaos del asunto y no volváis a intentarlo.

—Si no sale —había dicho Terry por la noche—, ¿qué hacemos? ¿Probamos otra vez con Randy?

—Ya verás cómo acepta —había respondido Debbie—. ¿No te has fijado? Le gusto.

Terry llevó a Debbie una taza de café y se quedó mirando a la pequeña estafadora. Dormía como una bendita. No le costaba imaginarse que seguían con la relación y se iban a vivir juntos. No se habían planteado casarse. En una ocasión ella había comentado que no pensaba tener hijos y él había preguntado: «¿Por qué no?» Luego Terry había dicho que siempre había creído que formaría una familia, con tres o cuatro hijos. Ella le había dicho: «¿Y por qué no lo hiciste, en lugar de engañar a tu madre durante tantos años?» Era el cuento de nunca acabar: que si no estaba preparado, que si no encontraba a la persona adecuada, que si nunca había tenido un trabajo que le gustara... Todas esas excusas había dado. Terry estaba convencido de que Debbie podía ser esa persona. Además era divertida. ¿Cuántas chicas eran divertidas? Pero ésa era la razón por la que quería dedicarse al mundo del espectáculo y por la que no se la imaginaba al frente de una casa. De modo que estaban en las mismas.

—¿Deb? —dijo. Probó una vez más y ella abrió los ojos.

—¿Ha llamado Ed?

—Debe de estar en el juzgado.

—Llamará a la hora de comer.

—Mi hermano y su familia vuelven a casa esta tarde. Llegan a eso de las cuatro.

—Tenemos que cambiar las sábanas —dijo Debbie—. No, tenemos que quitar éstas y poner las que había antes. Y las toallas también. ¿Luego qué hacemos? ¿Tú te quedas y yo me marcho? A no ser que le aclares las cosas a Fran. Entonces podrías venirte a mi casa y jugaríamos a las casitas.

A Terry le hizo gracia la frase. Señaló con la cabeza el café, que había dejado sobre la mesilla. Ella sonrió y se llevó la taza a los labios.

—¿Sabes una cosa, Terry? Eres un santo. Se lo dije una vez a tu hermano cuando estabas todavía en África con tus huérfanos y tu asistenta, la de las faldas bonitas. Igual es un santo, le dije. Y tu hermano me contestó: «Yo no diría tanto.» Y luego añadió: «Aunque vete tú a saber.» ¿Ves qué impresión causas? Eres una persona muy considerada, Terry.

Esto no le hizo sentir de forma diferente a como se sentía ya, en una habitación que no era la suya, a punto de no sabía muy bien qué, mirando a una chica con la que se acostaba y a la que creía querer, enterneciéndose de vez en cuando, pero sin la necesidad de llegar más lejos. En África, cuando estaba con Chantelle, había vivido momentos similares y también se había preguntado qué iba a ocurrir. Chantelle era preciosa, pero no le parecía divertida, aunque igual sí lo era en kinyaruanda. En cualquier caso, nunca lo sabría.

Debbie estaba sentada tomándose el café.

—Si conseguimos el cheque —dijo—, tendremos que abrir una cuenta...

—Ya te he dicho que he abierto una —respondió Terry, y vio que a Debbie le cambiaba la expresión de los ojos—. Nada más llegar Fran me llevó a Comerica. Podemos ingresarlo ahí, en el Fondo para los Huérfanos de Ruanda.

—Se me había olvidado. Pensaba que abriríamos una cuenta juntos.

—¿Qué te crees que voy a hacer? —preguntó Terry—. ¿Sacar el dinero cuando no estés mirando?

Debbie sonrió.

—Eso significa que piensas que vamos a conseguirlo.

Tuvo el móvil conectado durante toda la mañana y parte de la tarde. El teléfono sonó a las dos menos diez.

Estaban otra vez en el dormitorio con las sábanas limpias y Debbie intentaba acordarse de cómo estaban metidas y dobladas cuando habían quitado el cubrecama la noche anterior y se habían acostado. Se acercó a la ventana con el teléfono y se quedó mirando a la calle; los arbustos y los árboles empezaban ya a echar brotes y ella lo interpretó como un augurio.

—¿Deb? —Era Ed.

—¿Qué ha dicho?

—Que sí.

—¿Has tenido que convencerle?

—De eso ya te encargaste tú, querida. Le gustas. Cuando te fuiste, me dijo: «Mira que llamarle comepollas a Randy...» Le encantó.

—Eso pensaba yo, por eso lo dije. En las películas siempre les llaman así a los tíos. Bueno, ¿y ahora qué?

—Cuando lo tenga en sus manos, te llamaré. Yo u otra persona. Bastará con que vayan una vez. Esta gente ya sabes como es...

—Ed, ¿por qué los representas?

—Soy abogado. ¿No lo sabías?

—Vamos, responde.

—De acuerdo. Primero, los casos son animados y tienen mucha publicidad. Segundo, pagan cuando hay que pagar. Y tercero, resulta divertido verlos. Fíjate qué imagen dan de ellos en las series de televisión. Yo tengo la ocasión de verlos tal y como son. Y ahora con el juicio vivo prácticamente con ellos. Ya sabes a qué me refiero. Si sabes que no corres peligro, te lo pasas bien. Si no estás riéndote con ellos, estás riéndote de ellos, y viceversa. Hasta pronto y enhorabuena.

Terry estaba esperando junto a la cama, sujetando todavía su lado de la sábana.

—¿Cuándo nos lo dan?

—Dentro de un par de días. Hay que esperar a que Tony lo tenga en las manos.

—Pues ha sido gracias a ti. Si me hubieras dejado seguir, aún estaría soltando mi rollo y estarían todos dormidos.

—Ya te he dicho que le gusté.

Contestó Angie: «Un momento», y llevó el inalámbrico al dormitorio donde Vincent Moraco estaba poniéndose los pantalones. Se dejaba puestos la camisa y los calcetines, y eso que nunca parecía tener prisa. Ése era el problema aquella tarde: cómo sacarlo del piso antes de las seis.

—¿Quién es?

—Creo que Vito.

Vincent se puso al teléfono. En efecto, era él. Tony quería verlo inmediatamente.

—El jefe no conseguía dar contigo —explicó Vito—. Y yo le he dicho: sólo puede estar en un sitio. Bien, ¿cómo ha ido?

Vincent le colgó.

—Tony quiere verme.

Angie echó un vistazo al reloj. Eran las seis y cinco.

—Bueno, espabila.

Ella llevaba un jersey de algodón blanco grande y holgado que le tapaba las bragas color rosa. De ahí para abajo tenía las piernas más blancas que Vincent hubiera visto nunca. Parecían de mármol. La única diferencia era que ella las tenía siempre calientes cuando le metía mano.

—Estás esperando a alguien, ¿verdad?

—Querido... —respondió Angie—. Yo trabajo. Si no estuviera esperando a alguien, tú te quedarías sin tu polvo gratis.

—¿Quién es?

—¿Qué más da? Un tío.

—¿Alguno que has encontrado en Randy's?

—Creo que sí.

—Entonces dos billetes son míos.

Menudo cabrón, pensó Angie. Seguro que aún guarda el dinero de su primera comunión.

Vincent se marchó.

Al cabo de unos minutos llegó Johnny Pajonny.

—Ah, ahora caigo... —exclamó Angie—. Esperaba que fueras tú. Trae la chaqueta.

—Creo que me he cruzado con Vincent Moraco en el vestíbulo —comentó Johnny—, pero no me he fijado bien en él.

—Mejor —respondió ella—. Si no, te habría dicho eso de: «¿Me estás mirando a mí?» Creo que salía en una película.

Vincent tuvo que esperar en el vestíbulo a que Tony se fijara en él. Vito, que le había dicho que Bernacki estaba dentro, salió, y Vincent se puso de nuevo a pensar en el individuo con el que se había cruzado en casa de Angie. Estaba prácticamente seguro de que era el mismo tipo que se encontraba en el reservado la noche anterior. Llevaba la misma chaqueta de cuero. Su cara le resultaba conocida, le recordaba al negocio de cigarrillos en el que habían estado metidos unos años antes, pero no lograba acordarse de su nombre.

Entonces salió Ed con su maletín y le hizo una señal

con la cabeza. Vincent entró en el estudio y se acercó a Tony, que estaba sentado detrás de su escritorio. El mueble parecía una tarta de bodas de color rojo y dorado; Tony le había dicho que Luis XIV tenía uno igual. Como de costumbre, en la superficie de cuero rojo no había nada salvo los papeles que tenía justo delante.

—Ve a ver a Randy —dijo Tony— y tráeme un cheque de doscientos cincuenta mil dólares.

Vincent no daba crédito.

—¿Lo dices en serio? ¿Vas a darles el dinero?

Tony lo miró con cara de pocos amigos y le lanzó los papeles.

—Que te firme esto. Es un préstamo.

—Tony, ese tío es de nuestra propiedad. Es como si pusieras tú mismo el dinero.

—¿Cuánto nos paga por semana?

—Cinco mil —respondió Vincent sin titubear, imaginándose lo que se avecinaba.

—Pensaba que habíamos quedado en ocho.

—El negocio no le da para más. Quedé con él en cinco, como los corredores de apuestas.

—¿Lleva pagándolos cuántos meses? ¿Nueve, diez...?

—Los saca de lo que ganan las chicas.

—¿Con eso le alcanza para pagar los cinco mil?

—Es la cantidad que le dije. No le he preguntado de dónde lo saca. Si tiene que echar mano de sus ahorros personales, bueno, así son las cosas. —Vincent tenía ganas de cambiar de tema, por lo que preguntó—: ¿Vas a darle a ese cura irlandés un cuarto de millón de dólares para que se lo gaste con sus negritos?

—La chica se lleva la mitad —explicó Tony—. Estabas allí, ¿no? ¿No te acuerdas?

—Vale, pero ¿qué más nos da a nosotros si Randy la

ha jodido alguna vez? Vas a darles una pasta a la que nosotros podemos echar mano cuando nos dé la gana.

Tony siguió con la vista clavada en Vincent. Sin mirar el teléfono, extendió el brazo y apoyó la mano sobre él.

—Si llamo a Randy ahora mismo y le pregunto cuánto paga a la semana, ¿va a responderme que cinco mil?

Vincent dudó. No estaba preparado para esto. Joder, había dudado ya un segundo más de lo necesario y el viejo Tony había conseguido hacerle bajar la mirada. Al final se encogió de hombros.

—Sí, cinco —contestó intentando aparentar sorpresa. Luego añadió—. Ya te lo he dicho.

Su tono daba a entender que le parecía que Tony estaba poniendo en duda su lealtad. Éste apartó la mano del teléfono y dijo:

—Vincent, tráeme los doscientos cincuenta mil.

21

Randy no pensaba que el sacerdote fuera a darle problemas. Su hermano se encargaría de la demanda, pasa-
rían varios meses con las declaraciones, fijarían la fecha
del juicio y la aplazarían por la razón que fuera, y para entonces, o incluso mucho antes, el cura ya habría regresado a África. A Debbie sabía que podía manejarla. Si en su
día le había sacado sesenta y siete mil dólares —no recordaba que fuera tanto—, ahora podía pagarle unos cuantos miles para aplacarla y luego jugar con ella, alimentar-
le el ego, reírse de sus chistes e incluso recuperarla si le
apetecía.

Lo ideal, pensó, sería que el Chucho se cargara a Vincent aquella misma semana, antes del sábado. De ese modo se acabarían los pagos de ocho mil dólares, por lo menos hasta que Tony se diera cuenta de que había dejado
de cobrarlos. Pero para entonces ya le habría caído una
condena de veinte años en alguna prisión federal. Randy
confiaba en eso. Pensaba que el Chucho tenía motivos
para cumplir lo acordado y liquidar a Vincent. Al fin y al
cabo, no lo soportaba. Pero, como era estúpido, probablemente la cagaría y caería en manos de la bofia o de la

mafia, seguramente de ésta, a menos que lo lograse y pusiera tierra de por medio sin tiempo para despedidas ni pagos. No creía que fuera a intentar implicarle. Si lo hacía, lo único que tenía que hacer era poner cara de póquer y negarlo.

Estaba sentado detrás de su escritorio, con una luz suave, leyendo la última reseña que había publicado el *Hour Detroit* sobre su restaurante. Ambiente: excelente. Servicio: muy bueno. Comida... No pudo continuar: acababa de entrar el Chucho.

—¿Quería verme?

—Sí, pasa y siéntate. ¿Cómo va todo?

—Tirando.

El Chucho cerró la puerta, se acercó al escritorio y tomó asiento.

—¿Tienes algo que contarme?

—¿Sobre qué?

—¿No estás haciendo los preparativos para el trabajito?

—Ah, sí. Faltaría más. Lo que estoy haciendo es preparar un plan. Tengo que decidir cuál es el mejor lugar para hacerlo. Pensaba en ir a su casa, pero es que estará su mujer, y no quiero cargármela a ella también. ¿Sabe lo que quiero decir?

—Sé perfectamente lo que quieres decir —respondió Randy, que mantenía una actitud cordial desde que había empezado a tratarse con aquel pedazo de cateto.

—Me gustaría pillarlo en algún sitio cenando.

—¿No estarás pensando en este restaurante?

—No, en uno italiano: cuando esté sentado y con la servilleta al cuello.

—Un establecimiento familiar —añadió Randy—, que lleva en el barrio desde hace varias generaciones, conocido por sus buenos y sencillos platos de pasta, con manteles a cuadros. Igual que en el cine.

—Sí, un sitio así.

—No existe ninguno —le explicó Randy—. No sé por qué será, pero en Detroit no abundan los restaurantes italianos buenos. Hay pocos... Yo pensaba que la mejor manera de hacerlo era seguirlo. Le ves entrar y salir del coche. Cuando llegue el momento oportuno, te lo cargas y te largas. ¿Tienes coche?

—La camioneta con la que he venido. Hay que ponerle una batería nueva. Me paso el día recargándola. Pensaba en ir a Sears a comprarme una nueva.

—También podrías robar un coche, sólo para este trabajo —sugirió Randy—. Tengo entendido que es lo habitual. Ya sabes, por si alguien se fija en la matrícula.

—No es mala idea.

—¿Has robado un coche alguna vez?

—De pequeño. Lo hacíamos para pasar el rato. Pillábamos uno y nos íbamos hasta Indianápolis a dar una vuelta. Pero se me ocurre que podría buscarme un conductor —dijo entonces—. Así estaría más libre, ¿sabe? No tendría que buscar un sitio donde aparcarlo cuando llegue el momento.

—¿Y qué vas a hacer? ¿Llamar a uno de tus colegas?

—Aquí no tengo ninguno. Pero conozco a un tío que ha estado en el talego y estaría dispuesto a hacerlo.

A Randy no le hizo ninguna gracia.

—Chucho, no veo por qué tiene que echarte nadie una mano. Ni que fuera la primera vez que lo haces —añadió con un leve acento del sur—. Joder, pilla una pistola y pégale un tiro. Puedes hacerlo desde el coche; no necesitas a ningún ayudante para eso.

—Pues no.

—¿Te has agenciado un arma ya?

—Todavía no, pero estoy en ello. He oído que conseguir una pistola en esta ciudad es pan comido.

—Chucho, que sea antes de este sábado, ¿de acuerdo? —dijo entonces Randy.

—Bueno, vale, voy a ponerme manos a la obra. —El Chucho se levantó y, cuando se disponía a irse, se volvió de nuevo y le soltó—: Todavía no me ha dicho cuándo va a pagarme.

Randy puso cara de sorpresa para hacerse el inocente.

—Pensaba hacerlo cuando hubiera acabado todo. ¿No es así como se suele hacer?

—Bueno, normalmente...

Randy lo interrumpió.

—Calla, Chucho.

Se abrió la puerta y entró Vincent Moraco. Chucho se hizo a un lado y el capo se acercó al escritorio.

—Vaya, Vincent, precisamente estábamos hablando de ti.

Debbie estaba en la cocina preparando unos sándwiches de queso fundido cuando sonó el teléfono. No era el suyo, sino el de la pared, así que dejó que lo cogiera Terry, que se encontraba en la biblioteca con el periódico, mirando la cartelera. Al cabo de unos minutos entró en la cocina.

—Era Fran. Se quedan otro día; volverán a casa mañana a las cuatro.

—¿Qué hacemos con la cama? —preguntó Debbie.

—Es verdad. Si dormimos ahí luego tendremos que cambiar las sábanas otra vez.

—¿Y si hacemos sólo eso, dormir, y por la mañana hacemos la cama como si nada hubiera pasado?

—¿Sin cambiar las sábanas?

—¿Quién se va a enterar?

—¿Y sólo vamos a dormir?

—Podemos follar en cualquier parte, querido.

Vincent estaba sentado en la silla delante de Randy, al otro lado del escritorio, y el Chucho se encontraba debajo de la fotografía de Soupy Sales. Randy pensó que lo mismo Vincent le preguntaba qué estaban diciendo sobre él, pero luego se dijo: no, Vincent no haría una cosa así. Él jamás permitiría que se supiera que le preocupan esa clase de cosas. Estaba en lo cierto: Moraco fue directo al grano.

—Tony quiere que le prestes doscientos cincuenta mil dólares. —Le mostró los papeles—. Firma esto; es para que pueda ir y darle el cheque a la tía a la que jodiste viva. Dice que te servirá de escarmiento.

Randy entornó los ojos, pero no consiguió nada así.

—¿Cómo ha logrado hablar con él?

—Gracias al cura. Van a dar un timo con la excusa de la religión. Fue ella quien le largó el rollo.

—Conmigo también lo intentó, pero los puse de patitas en la calle. ¿Y ha conseguido convencer a Tony Amilia?

—Le gustan las tías menudas como ella.

—Vamos, hombre. Pero si tiene setenta y cinco años.

—Oye, Tony si quiere algo, lo consigue.

—Vale. Tony extiende un cheque a nombre del fondo ese por los huerfanitos de África, lo deduce de los impuestos y... ¿cuándo me devuelve el préstamo?

—Eso está todo aquí. —Vincent arrojó los papeles sobre el escritorio—. Firma las tres copias.

Randy miró el pagaré, pero sin tocarlo.

—Veinticinco años «a un tipo de interés del...». Bien, ya se lo doy.

—Que sea un cheque —le indicó Vincent— con dinero de tus cuentas personales.

—No tengo tanto en una sola cuenta.

—Extiende el cheque.

Randy no sabía qué hacer.

—Pero, vamos a ver... —farfulló—. Seguro que hay alguna manera de resolver este asunto. —Y añadió—: Al fin y al cabo...

La respuesta la encontró el Chucho, que estaba apoyado contra la pared.

—Joder, lo que hay que hacer es cargarse al tío que va a quedarse con el cheque y asunto solucionado —dijo.

Se produjo un silencio, pero no muy largo. Vincent retomó el hilo de la conversación.

—Claro, es lo primero que se le pasa a uno por la cabeza. Pero hay que pensarlo bien y no dejar ningún cabo suelto.

La idea, tal como se había planteado, hizo que Randy se enderezara en la silla. Se preguntaba por qué Vincent estaba por la labor, pero lo que dijo fue:

—¿Qué hay que pensar? Se hace y punto, joder.

—Me refiero a cómo hacerlo, gilipollas —exclamó Vincent.

—Busca a alguien que sepa.

—A los chicos no. De ninguna manera.

A Randy se le agolpaban ahora las ideas en la cabeza.

—Atropelladlo. Dadle un golpe cuando esté cruzando la calle. Con un camión o con lo que sea, joder: un Buick Riviera.

Vincent se volvió y miró al Chucho por encima del hombro.

—El granjero tiene experiencia en estos asuntos. Dile que elimine a alguien; el Chucho te dice que de acuerdo, va y se lo carga. ¿A que sí, Chucho?

—Pues claro —respondió éste.

Entonces vio que Randy lo observaba. Era la primera vez que se miraban a los ojos desde que había entrado Vincent. Lo que le sorprendió a Randy fue su cara de tranquilidad. El Chucho lo había entendido: tenía que cargarse a un tío que iba a pagarle por cargarse a otro. Menudo chollo... Y si Vincent, que era un mafioso, tenía la confianza suficiente en él para encargarle semejante cosa, igual el Chucho no era tan tonto como parecía. Joder, qué raro es todo esto, pensó, y se recostó en la silla.

—¿Puede ocuparse él del asunto? —le preguntó a Vincent.

—Ya te lo dicho: tiene experiencia en esto. —Se volvió de nuevo hacia el Chucho y preguntó—: ¿Tú qué dices?

—Que sí. Es cosa hecha. Pero ¿de quién estábamos hablando?

—Del cura.

—Ah... —Titubeó y dijo—: Bueno, supongo que no pasa nada. Soy baptista.

—Entonces no hay más que hablar —sentenció Randy—. Es cosa hecha.

—Por supuesto, pero ¿a mí quién me paga?

Randy respondió de inmediato, consciente de que iba a provocar una discusión:

—Vincent se ocupará de eso.

—Pero sí eres tú quien no tendrá que pagar —respondió éste, como no podía ser de otra manera.

—Pero tú tienes más que perder si Tony se entera —le explicó Randy. Lo miró tranquilamente a los ojos.

Que se joda, pensó. Entonces le dijo—: Al principio me he preguntado: ¿por qué no querrá que Tony les dé los doscientos cincuenta mil dólares? Y luego he caído: joder, se cree que son suyos. De ahí salen los ocho mil semanales. No me extrañaría que estuvieras quedándote una parte. Si Tony desapareciera del mapa, tú te lo quedarías todo e incluso podrías subir la cantidad, ¿verdad? Así te llevarías lo que te diera la gana. El asunto del restaurante no es más que una tapadera, joder. En realidad no soy más que un puto banco.

Vincent le escuchó sin dejar de mirarlo. No perdió la calma ni hizo nada salvo mirarlo fijamente con sus ojos soñolientos. Parecía muy tranquilo, y Randy empezó a acusarlo en el sistema nervioso central. Se puso tenso. Estaba seguro de que no se equivocaba, pero, joder, igual se había pasado de la raya. Tenía que dar una explicación. Esbozó una sonrisa y dijo:

—Pero aquí nadie se está quejando.

Vincent se levantó de la silla y se puso de pie delante del escritorio.

—Firma los papeles y dame el cheque.

—¿Por qué? Ahora no lo necesitas, ¿no?

—Voy a ir a llevarle a Tony el cheque que me ha mandado que venga a recoger. ¿Entendido? Dame el puto cheque.

Randy firmó las copias del pagaré. A continuación sacó una chequera del cajón del escritorio, extendió un cheque a nombre de Tony Amilia por valor de doscientos cincuenta mil dólares y lo puso encima de los documentos. Vio que Vincent se lo llevaba todo y doblaba los papeles con el cheque dentro. No dio ni las gracias ni nada; lo único que dijo fue:

—Tú y yo tenemos que hablar seriamente, listillo.

—Dio media vuelta y, camino de la salida, le dijo al Chucho—: Acaba con el cura inmediatamente.

Vincent salió por la puerta antes de que el Chucho tuviera tiempo de levantarse de la silla.

—¿Adónde vas? —exclamó Randy. Pero el Chucho ya se había marchado.

Lo alcanzó en el restaurante y lo siguió hasta la calle. Una vez allí, Vincent se volvió hacia él.

—¿Qué pasa?

—¿Cuánto va a pagarme?

Vincent tardó un rato en responder.

—Veinticinco.

—¿Veinticinco qué?

—Veinticinco billetes de cien. ¿Qué cojones te piensas?

Esta vez fue el Chucho quien se quedó un rato pensando.

—Vale. Necesito una pistola. Una limpia.

—Veré lo que puedo hacer.

Echó a andar y el Chucho dijo:

—Será mejor que me pague cuando me traiga la pistola, porque me largaré en cuanto lo haya echo.

—Ya te he dicho que veré lo que puedo hacer.

—Tendrá que hacer algo más —insistió el Chucho—. ¿Quiere que me cargue al cura o no?

Vincent le lanzó una mirada que le recordó a su madre, a las veces en que se olvidaba de lo que no estaba permitido y soltaba «mierda» en su presencia, y ella le decía «jovencito» y le amenazaba con lavarle la boca con jabón, aunque luego nunca lo hacía. Estos tíos eran iguales que ella: les gustaba asustar.

Vincent siguió mirándole de aquella manera, pero luego dijo:

—No te alejes mucho. Te llamaré.

Estaba comprobado. Si no le echaban a uno una mirada amenazadora, no valían nada.

22

El martes por la mañana Terry se levantó primero y dejó a Debbie en la cama. Cuando pasó por el comedor en dirección al vestíbulo con un café para ella, miró por la ventana y vio que un taxi del aeropuerto se metía en el camino de entrada a la casa. Eran las once y cuarto: Fran volvía de Florida con su familia más de cinco horas antes de la hora prevista. Terry dejó la taza de café sobre la mesa del comedor, cruzó el vestíbulo a todo correr y subió volando por la escalera. Su intención era despertar a Debbie con el café y decirle que dormía como una adolescente, pero lo que hizo fue acercarse a su cara y soltarle:

—Están aquí.

Debbie abrió los ojos.

—Fran está aquí con toda la familia —le explicó.

—No es posible —respondió ella.

Pero no hizo falta decir más. Sin perder la calma, Debbie se levantó con la camiseta puesta, y juntos estiraron y alisaron las sábanas y la colcha. Terry salió al pasillo a toda velocidad y llegó a las escaleras en el preciso momento en que se abría la puerta de la calle. Las dos niñas entraron corriendo y, cuando levantaron la mirada y lo vieron, se detuvieron.

Jane era la mayor; Katy era todavía un bebé la última vez que había estado allí. Terry empezó a bajar por la escalera y dijo:

—Hola, niñas. ¿Os acordáis de mí? Soy el tío Terry.

Mary Pat apareció detrás de ellas algo sorprendida, pero sin dar señales de alarma, al menos por el momento. Fran entró con el equipaje, dejó los bultos en el suelo y miró a su hermano, pero no abrió la boca hasta que Terry dijo que llegaban temprano.

—Sí, hemos pensado que era mejor así. Si tomas el vuelo de la una, en el que te dije que veníamos, no aprovechas la mañana y luego apenas queda sol... Oye, he llamado a Padilla. Me ha dicho que tuvisteis una conversación muy agradable y que se ha quedado, ¿cómo te diría...? Satisfecho.

—Sí, parece un tipo simpático.

Mary Pat no se había movido de su sitio y lo miraba fijamente. Iba con un abrigo negro largo con una especie de cuello de piel del mismo color y la típica melena rubia que llevaban las mujeres en los barrios residenciales, la misma con que se la imaginaba siempre que pensaba en ella.

—¿Cómo estás, Terry? —dijo con cierto tono de curiosidad.

Él le respondió que se encontraba bien y que estaba encantado de verla, pero entonces ella añadió.

—Niñas, al tío Terry tenéis que llamarle ahora padre Terry, padre Terry Dunn. Es sacerdote.

Les dio un pequeño empujón y las niñas se acercaron a saludarle. Le rodearon la cadera y las piernas con los brazos, él se agachó, y ellas se le colgaron del cuello. Terry las abrazó y notó sus pequeños huesos en las manos. Jane, la mayor, dijo:

—Sabemos dónde has estado. En África.

—Sí, así es —respondió él—. Si queréis, os cuento cómo es y os enseño las fotos que he traído. —Quería mostrarse natural con ellas y que no diera la impresión de que estaba hablando con niños. Pero no pudo evitarlo: hablaba demasiado lento y buscaba las palabras adecuadas—: A ver, niñas. Luego nos sentamos, os enseño unas fotos de un grupo de niños africanos y os cuento qué hacen... Cómo viven y tal...

Fran le sacó del apuro.

—Entonces es cierto que hacías fotos —comentó.

—Sí, he hecho un montón.

Se irguió y las niñas se apartaron de él y empezaron a subir por la escalera. Quería impedírselo, pero no sabía qué decir. Iban a llegar arriba y encontrarse con Debbie...

—¿Ese café que hay encima de la mesa es tuyo? —preguntó Mary Pat.

Esto le hizo reaccionar y ponerse a pensar rápidamente.

—Sí, venía de la cocina cuando he visto que llegaba el taxi del aeropuerto...

Iba demasiado rápido. ¿Cómo es que estaba bajando por la escalera si el café...? Daba igual. Las niñas habían vuelto a bajar, y Mary Pat y Fran estaban mirando a Debbie, que había aparecido arriba vestida con un jersey y unos vaqueros.

Puso una sonrisa encantadora y dijo:

—¿Qué tal? Tú debes de ser Mary Pat. Soy Debbie Dewey. —Había empezado a bajar por la escalera—. ¿Sabes que de vez en cuando hago trabajos de investigación para Fran? Venía a recoger al padre Dunn y, como había oído hablar tanto de la casa, me ha preguntado si quería verla. Me encanta: tienes un gusto exquisito, Mary Pat. —Cuando llegó al vestíbulo dijo—: Hola, niñas.

Tendió la mano a Mary Pat y Fran farfulló:

—Te presento a Debbie. Ya te había hablado de ella.

—Por fin nos conocemos —dijo Debbie. Se estrecharon las manos y añadió—: Iba a llevar al padre Dunn a unas parroquias; hemos reservado varios domingos para que vaya a recaudar dinero para el Fondo para los Huérfanos de Ruanda. Aunque probablemente quieras acompañarle tú. No quiero estorbar. —Antes de irse se inclinó delante de las niñas y, con las manos sobre las rodillas, dijo—: Hola, me llamo Debbie. A ver si acierto: tú eres Jane, ¿verdad? Hola, Jane. Y tú debes de ser Katy. Encantada, Katy. Tenéis unas habitaciones preciosas y unas muñecas monísimas.

Terry la observó con una sonrisa dibujada en los labios. Debbie tenía tanta idea de hablar con niños como él.

—Voy por tu gabardina —dijo Terry, y echó a andar hacia el armario del pasillo.

—Creo que está en la cocina —le indicó Debbie.

Terry se dirigió al comedor.

—Es verdad, cuando has venido hemos preparado café...

Mientras levantaba la jarra de la mesa, soltó un taco para sus adentros y se dijo que estaba más guapo con la boca cerrada. Mary Pat lo siguió hasta la mesa del comedor. Él fue a buscar la gabardina y volvió a tiempo para ver cómo su cuñada examinaba la brillante superficie de la mesa y pasaba las yemas de los dedos por el lugar donde había dejado la jarra. Mary Pat no dijo nada hasta que volvió al vestíbulo. Terry estaba ayudando a Debbie a ponerse la gabardina.

—Ya me extrañaba a mí que hubiera un coche delante de casa...

—¿Ése? —exclamó Debbie—. Es el mío. Bueno, mucho gusto en conocerte.

Terry observó a Mary Pat. Por el momento la señora de la casa estaba tomándose las cosas con bastante calma: había sabido guardar las formas con Debbie y no había hecho ningún comentario sobre la mancha de la mesa. Respondió que el gusto era suyo y Debbie se marchó.

Fran fue el siguiente en irse. Dijo que cada día que pasaba en Florida se le acumulaba más trabajo y que tenía un montón de cosas que hacer. Dejó a Terry con Mary Pat y el equipaje.

—¿Me echas una mano con esto? —preguntó ella.

Dejó caer a la moqueta del dormitorio las dos mochilas y las tres fundas de nailon para ropa que llevaba al hombro y esperó a que Mary Pat se fijase en la cama. Sabía que estaba portándose como un adolescente —una chica en el piso de arriba y de pronto aparece la familia—, pero no podía remediarlo. No había forma de explicar la situación, sobre todo lo de la cama. Vio que Mary Pat pasaba por delante de ella y se dirigía al mirador, donde había una silla blanca, un confidente a juego y una mesa baja en el centro. Encima de ésta había unas plantas, que, al igual que las que llenaban el resto de la casa, se había olvidado de regar. Mary Pat se sentó en el confidente con la mirada clavada en las plantas y le hizo una señal para que se acercara.

—Cierra la puerta y ven aquí. No voy a hacerte daño.

Cuando empujó la puerta, oyó a las niñas al fondo del pasillo. Se volvió hacia Mary Paty y ella le dijo:

—¿Tienes un cigarrillo?

Terry se llevó las manos a la camiseta.

—Encima no.

—Mira en el cajón de arriba del tocador.

Terry abrió el cajón, pasó la mano entre unas medias y sacó un paquete de Marlboro.

—También hay un cenicero. Y debe de haber un mechero, un Bic rosa. Tráelo todo.

Le dio los cigarrillos y el mechero y dejó el cenicero encima de la mesa.

—No sabía que fumaras.

—Te creerás que me dedico a guisar, hacer galletas y asistir a las reuniones de padres de alumnos. Fran cree que lo único que hago es pasar el aspirador por la cocina.

—¿No lo haces?

—No más de dos veces al día.

—¿Es necesario?

Mary Pat sonrió.

—¿Qué importa eso? Siéntate, Terry. ¿Te apetece un cigarrillo?

Terry hizo un gesto de negación. Ella se encendió uno con el Bic rosa y dijo:

—Nunca sabes qué decirme, ¿verdad?

—Charlamos.

—Yo no diría tanto. ¿Qué tal por África?

—Aceptable.

—¿Ves lo que quiero decir? Te has pasado cinco años en Ruanda y me respondes que aceptable. A qué te refieres: ¿a la comida, a la incidencia de enfermedad? ¿Te gusta vivir allí?

—Es una vida cómoda.

—¿Bebías mucho?

—No más que antes.

—¿Te aburrías?

—A veces.

—No más que en casa, ¿verdad? ¿Cuándo no te aburres, Terry?

—¿Sabe Fran que fumas?

—Por supuesto que sí. Se lo oculto a las niñas.

—¿Y si entran?

—La puerta está cerrada. Saben que tienen que llamar antes de entrar y preguntar si pueden pasar. —Dio una calada al cigarrillo—. Terry, voy a llamar a tu puerta y hacerte una pregunta. Espero que seas sincero.

Terry pensó en esperar a que se la hiciera, pero al final dijo:

—Nunca ha habido nada entre Fran y Debbie, si es lo que te preocupa.

—Dios mío, eso ya lo sé. Fran no soportaría los remordimientos. Terry, tu hermano es el presidente de la asociación de padres de la escuela y el miembro más joven de los Caballeros de Colón de la Archidiócesis de Detroit. Sus amigos parecen veteranos de una guerra antiquísima. Hasta los uniformes parecen viejos.

—¿Tiene la gorra de almirante y la espada? No me había contado nada.

Mary dio otra calada al cigarrillo y esperó.

—Bueno, ¿qué quieres preguntarme? ¿Quieres saber si Debbie y yo hemos dormido en tu cama?

—Me he dado cuenta de que alguien había dormido en ella en cuanto he entrado en la habitación. Pero lo he adivinado antes, cuando he visto a Debbie en lo alto de la escalera. Luego, encima, con tanta cháchara...

—No se me da bien eso —comentó Terry.

—Nunca se te ha dado bien. Pero hay algo más —prosiguió Mary Pat—. Acostarte en mi cama con una mujer es una cosa... A todo esto, ¿has cambiado ya las sábanas?

—Todavía no.

—Pero que un cura duerma en ella con una mujer... Con todos los años que has pasado en colegios católicos te resultaría imposible reconocerlo. Sería algo horrible, escandaloso. —Dio otra calada al cigarrillo y añadió—: No te queda escapatoria. Tienes que decirme la verdad.

—Sí.

—La verdad y nada más que la verdad. Tú no eres sacerdote, ¿verdad?

Terry hizo un gesto de negación.

—No.

Y se acordó de cuando Debbie le había preguntado si se sentía mejor tras contarlo, y así era. Pero entonces se dio cuenta de adónde quería ir a parar Mary Pat.

—Supongo que sigue siendo pecado —dijo ella—, aunque no tan serio como romper un voto. No te olvides de que era una buena presbiteriana antes de conocer a Fran y convertirme al catolicismo. A la vista de cómo se están relajando las normas, ya no sé qué es pecado y qué no lo es. Debbie sabe que no eres sacerdote, me imagino.

—Me caló igual que tú.

—Terry, yo no te he calado. Te conozco. No eres lo bastante desinteresado. Ni eres tan devoto a tu madre ni te preocupa tanto la seguridad.

—A las niñas les has dicho que soy el padre Dunn.

—Supongo que al principio me lo he creído. Pero entonces ha aparecido Debbie con su carita de sueño, haciéndose la inocente.

—Fran se lo cree.

—Prefiere creérselo más que nada. Además así no tiene que preocuparse por la posibilidad de que acabes en la cárcel. Pero ¿en el fondo? No sabría qué decirte. —Luego añadió—: Me ha encantado cuando Debbie te ha llamado padre: «Iba a llevar al padre Dunn a unas parroquias, por lo de los huerfanitos.» La cama está todavía caliente. ¿Estáis tú y la tal Deb muy colgados el uno del otro?

—Así es como andamos en este momento, sí.

—Entonces os habéis acostado en mi cama.

—Sólo una vez.

—Te pasas cinco años en África, vuelves y...

—Puede que dos.

—Vamos, Terry...

—Otra vez donde estás sentada. —Le dio la impresión de que Mary Pat movía el culo sobre el confidente, de que se estremecía un poquitín—. Y otra en la biblioteca, las demás en su piso. Eso es todo.

—Me dejas admirada con tu compostura —comentó Mary Pat—. Dime, si no eres sacerdote, ¿qué eres?

—Supongo que lo que era antes.

—Terry, no te hagas el tonto, ¿vale? Ni el inocente. «Lo que era antes.» Eres un ladrón, reconócelo. Vas a ponerte el alzacuellos y timar a las parroquias para sacarles dinero. ¿No es eso lo que eres, Terry? ¿Un timador?

—Ésa era mi intención al principio —respondió con cara seria. Estaba contándole a su cuñada lo que quería saber, a ella nada menos, y él tan campante, como si no le afectara. Entonces añadió—: Ahora tenemos un benefactor.

Se acordó de Tony Amilia, sentado en el restaurante con su chándal, y esbozó una sonrisa. A lo mejor a Mary Pat también le parecía divertido si se lo contaba. O tal vez no. En aquel momento no estaba sonriendo.

—¿Tenemos? —repitió ella—. ¿Debbie también anda metida en este asunto?

—Está echándome una mano.

—¿Y ahora vais a timar a una persona, a ese benefactor, en vez de a un grupo de gente en una iglesia?

A esa pregunta no tuvo que responder. Las niñas estaban aporreando la puerta y llamando a su mamá.

—Ábreles, ¿te importa? —dijo Mary Pat mientras apagaba el cigarrillo y movía la mano para dispersar el humo que salía del cenicero.

Terry se acercó a la puerta y abrió; las niñas alzaron la vista y lo miraron, titubeantes. Él se dirigió a su silla y ellas entraron.

Jane dijo:

—No encontramos nuestras mochilas.

—Están aquí —respondió Mary Pat—. Os las ha subido el tío Terry. —Entonces las llamó—: Niñas, venid un momento.

Las niñas se acercaron al lado de la mesa donde estaba su madre; Katy, la de seis años, se pegó a ella y Mary Pat le apartó el pelo de la frente.

—Dile al tío Terry lo que quieres ser de mayor. —Hubo que insistirle—. Díselo, querida. A tu tío le gustaría saberlo.

—Quiero ser una santa —respondió Katy.

—¿Como la que se llamaba igual que tú? ¿Santa Catalina? —preguntó Terry.

—¿Cuál de ellas?

Terry tuvo que pensar la respuesta.

—¿Santa Catalina de Siena?

—Ésa no está mal. Era una mística y veía ángeles de la guarda. Mi favorita es santa Catalina de Alejandría, virgen y mártir. La pusieron en una rueda con pinchos, pero se rompió, conque al final le cortaron la cabeza.

—A Katy le encantan los mártires.

—¿Sabes lo que le hicieron a santa Ágata? —preguntó Terry.

—¿Ésa es a la que le cortaron las tetas y la echaron a una hoguera?

—A unas brasas —precisó Terry.

Katy estaba acercándose lentamente a él.

—¿Conoces más?

—¿Has oído hablar de san Sebastián?

—Ése es el de las flechas.

—Katy es especialista en santos —explicó Mary Pat—. La afición le viene de Jane, que sacó casi toda la información de Internet. Son un par de pequeñas cibercatólicas... Pero ahora a Jane le ha dado por jugar al tenis en serio y participa en las competiciones de la asociación nacional para menores de diez años. Empezó el año pasado, cuando tenía siete, perdió sus dos primeros partidos y desde entonces ha ganado todos los demás. Es la campeona regional —añadió mientras acariciaba a su hija y jugaba con su pelo—. ¿A que sí, querida?

—¿Sabes con quién quiero jugar? —preguntó la niña a Terry—. Con Serena Williams. Ganó el Open.

—¿No es mucho mayor que tú?

—Sí, pero me refiero a cuando tenga su edad. Ella sólo tendrá veinticuatro o veinticinco años. —Entonces se volvió hacia su madre—. ¿Por qué le has llamado tío Terry en vez de padre?

—Pensaba que se había hecho cura —contestó Mary Pat—, pero en realidad no lo es. El tío Terry estaba bromeando.

—Ah... —exclamó Jane, y se alejó de ellos. Katy se fue con ella y su hermana le dijo—: Ya no tienes que llamarle padre.

—Ya lo sé —respondió Katy.

Mary Pat esperó a que recogieran las mochilas y salieran de la habitación.

—¿Ves qué fácil es? No pasa nada. El tío Terry no es cura. Ya está. Piensan que eres simplemente un señor simpático que sabe de santos. No hay por qué preocuparse. —Luego dijo—: ¿Te das cuenta de que ésta es la primera vez que hablamos tú y yo?

—Mary Pat, habrías sido una buena fiscal.

—Habría podido hacer bien muchas cosas. Decidí casarme con tu hermano, tener hijos y crear un hogar, y lo he hecho. Si tú quieres ser un timador, Terry, es decisión tuya. No pienso seguir indagando ni causarte más molestias. Sólo quiero preguntarte una cosa más. Dos quizá.

—Adelante.

—¿De veras le gusta cómo tengo decorada la casa?

—¿A Debbie? Le encanta. Le recuerda a la casa en la que pasó la infancia. ¿Qué otra cosa querías preguntarme?

—Terry, ¿seguirá a tu lado si la cagas?

23

El Chucho llegó a mediodía. Se asomó al despacho de Randy y dijo:

—Todo listo para esta noche. —E hizo ademán de irse.

—Un momento. ¿Chucho? ¿De qué estás hablando?

El Chucho volvió a asomar la cabeza.

—Voy a cargarme a los dos esta noche. Al señor Moraco primero.

—¿Dónde?

—Todavía no lo sé. Tengo que enterarme de dónde vamos a quedar. Para que me dé el arma y el dinero, ¿sabe?

Randy estaba de pie junto al escritorio, sin la chaqueta. Llevaba una camisa oscura y una corbata de color claro. Se sentó.

—¿No tienes pistola?

—Bueno, es que eso no se lo he contado. El señor Moraco va a pagarme veinticinco por cargarme al cura y además va a poner el arma. Ése es el trato. Así que pronto tendré una.

—Para cargarte a Vincent —dijo Randy.

—Sí, pero antes tiene que dármela.

Randy decidió tomarse las cosas con calma.

—¿Vas a cargarte a Vincent con el arma que te va a dar él?

—¿Por qué no? —exclamó el Chucho. Y luego dijo—: Bueno, adiós. —E hizo amago de marcharse.

—Espera.

La ingenuidad de aquel hombre era desarmante. Mira que es cateto el pobre, pensó Randy. Ahí estaba, con sus músculos y su cicatriz, esperando a que le dijera que podía irse, con el sombrero en la mano... ¿Llevaba sombrero? Finalmente le dijo:

—¿Chucho? Ten cuidado.

A media tarde Johnny Pajonny estaba esperándole en el bar. El Chucho le había llamado para decirle que quería hablar con él. Johnny le había preguntado para qué, y el matón le había respondido:

—Pues para lo que dijiste la otra noche.

No quiso contarle más, porque podía estar pinchado el teléfono. Era lamentable cómo le funcionaba el cerebro a aquel elemento. Johnny se imaginó que le llamaba por lo de las putas. Después de que le pusiera en contacto con Angie, le había dicho que quería probar con alguna de las otras chicas. Con Angie había llegado a un acuerdo: le había contado que era de la mafia y que esperaba que le hiciera el cincuenta por ciento de descuento habitual en esos casos y que sólo le cobrara ciento cincuenta dólares...

Vio al Chucho salir del fondo del restaurante, pero el barman le dijo algo cuando pasaba por delante de él y volvió a la otra punta de la barra para ponerse al teléfono. Al cabo de un rato le indicó al barman que necesitaba un bolígrafo. Apuntó algo. Se encontraba en la parte de la barra reservada para los camareros, donde les servían las copas.

Johnny estaba convencido de que le gustaba a Angie y de que no le importaba hacerle el descuento. De todos modos, lo hacía tan bien que acababan enseguida. A ella siempre podía llamarla, pero ¿qué tenía de malo probar con otras y seguir pidiendo el descuento de mafioso? Johnny pensaba que ése era el motivo de la llamada.

El Chucho se le acercó y dijo:

—He decidido aceptar tu oferta.

Johnny no sabía muy bien a qué se refería. Él no le había ofrecido nada.

—¿Ah, sí? —respondió.

—Te ofreciste a ser mi conductor.

—Espera, que voy a tomarme algo —dijo Johnny, y pidió un vodka con tónica.

Necesitaba tiempo para hacerse una composición de lugar: ahora tenía que dejarse de putas, ponerse a pensar en la posibilidad de trabajar con un asesino a sueldo y hablar con un tío que, en su opinión, nunca había disparado un arma salvo la carabina con la que mataba ardillas en su granja. Estaba dispuesto a creerse que había rajado a un preso en el patio de la cárcel y quizá, sólo quizá, que había pegado un tiro a alguien mientras forcejeaba con él en un bar. Pero ¿que era un asesino a sueldo? Bastaba con verlo. Eso no se lo creía nadie.

—Estás diciéndome que tienes que cargarte a una persona y que quieres que conduzca yo.

—Dos —puntualizó el Chucho.

—¿Dos qué?

—Tengo que cargarme a dos personas. Esta noche.

Johnny bebió un buen trago.

—¿Tienes coche?

—¿No pone el coche el conductor?

—¿Te crees que voy a conducir el mío? No, es el jefe quien pone el coche. Así es como se hacen las cosas. Si no el conductor corre el doble de riesgo. Primero por robar un coche y, segundo, porque me pueden empapelar por cómplice. Lo siento, pero no puedo ayudarte.

—Vale, ya traigo yo el buga —dijo el Chucho.

Johnny vaciló.

—Pongamos que lo traes, ¿adónde quieres ir?

El Chucho se sacó una servilleta del bolsillo de la camisa, la desdobló y miró algo escrito de su puño y letra.

—A Franklin Street, entre St. Aubin y Dubois. ¿Sabes dónde queda?

—Sí, pero no hay nada más que almacenes y edificios antiguos vacíos. A ver, aparte de algunos bares, cerca de allí queda el Soup Kitchen.

—Eso me ha dicho: que el Soup Kitchen está en una esquina, no muy lejos de allí.

—¿Y él qué estará haciendo? ¿Esperarte en su coche?

Aquello no tenía sentido. Sin embargo, el Chucho respondió:

—Supongo.

—¿A qué hora?

—A las ocho. Ha dicho que en punto.

—Te refieres al tío que te ha encargado este asunto.

—Sí. ¿Me llevas o qué?

Johnny necesitaba más tiempo, así que dijo:

—Depende de lo que pagues.

—Bueno, si quieres que te diga la verdad, no lo sé.

El tío no tenía ni idea de que lo estaba haciendo. Aun así, no parecía que estuviera inventándoselo, de modo que siguió haciéndole preguntas.

—¿Te parece que negociemos la parte del conductor

a partir de lo que cobres tú? Es una forma de hacerlo.

—Van a pagarme veinticinco por cada uno...

—Es verdad que tienes dos trabajitos.

—Veinticinco de cien por uno y veinticinco de mil por el otro.

—Ajá... —dijo Johnny.

Este tío es un auténtico idiota, pensó. A ver cómo explica eso. Pero luego se dijo: no, déjalo. Pregúntale mejor cómo lo va a cobrar.

—¿Te pagan la mitad por adelantado?

—Los veinticinco de cien me los pagan todos juntos por adelantado. Pero de la otra cantidad, de la importante, todavía no han dado nada.

—Chucho, sólo hay una manera de hacer eso: o te pagan la mitad por adelantado o no haces el trabajo. De lo contrario pueden joderte vivo. ¿Sabes lo que quiero decir? La primera norma en este negocio, Chucho, es cobrar la mitad por adelantado.

—Pues vale —dijo el Chucho.

Johnny se tomó su tiempo para encender un cigarrillo y beberse un trago de su vodka con tónica.

—Veamos. Paso por aquí... No, mejor no. A ver, que piense. ¿Adónde tienes que ir para cargarte al otro?

—Todavía no lo sé.

—Chucho, me fastidia tener que decirte esto, pero me parece que no tienes ni puñetera idea de lo que estás haciendo.

—Tengo que averiguar dónde tengo que ir, eso es todo.

Rediós, se dijo Johnny, y bebió otro trago.

—A ver qué te parece esto: coges el coche y vas al MGM. ¿Sabes dónde queda? —El Chucho entornó los ojos, como si estuviera intentando verlo mentalmente.

—Es el gran casino, Chucho. No tiene pérdida, joder. Cerca de la autopista de Lodge. Ésta es la condición que te pongo: que des con él. Si estás delante de la entrada principal a las siete y media con los cinco mil dólares en la mano, cámbiate de asiento, porque tendrás un conductor.

—Allí estaré —respondió el Chucho.

El tío era un idiota, pero ¿qué importaba? Si no llevaba los cinco mil dólares, no había más que hablar.

Randy levantó la mirada del escritorio. Era el Chucho, que se había olvidado de decirle que tenía que pagarle la mitad por adelantado y quería preguntarle si podía darle el dinero ya. Pero no parecía convencido de lo que decía y seguía con el sombrero en la mano.

—No quieres correr riesgos con el dinero, ¿verdad? —dijo Randy—. Me hago cargo, pero vienes un poco tarde si quieres cobrar hoy.

—¿Y eso por qué?

—Porque los bancos están cerrados. No podrás ingresar el cheque hasta mañana. ¿Por qué no esperas? Así podrás cobrarlo todo a la vez: veinticinco mil dólares a nombre de Searcy J. Bragg, hijo.

—También se me había olvidado decirle —prosiguió el Chucho— que lo quiero en efectivo. Doce billetes de mil y cinco de quinientos.

—Pues lo siento mucho.

—En efectivo o no hay trato que valga.

Randy se levantó y se sacó los bolsillos del pantalón. Vio que el Chucho esbozaba una sonrisa y dijo:

—Me pillas en mal momento. ¿Dónde voy a cobrarlo si los bancos cierran a las cuatro?

—Cuando cierra la puerta con llave —dijo el Chucho—: o se trata de una tía o se trata de dinero.

—¿Qué es eso? ¿Alguna expresión que utilizáis en Indiana?

—Una de dos: o Heidi o alguna mujer de aquí está con usted o es que tiene dinero escondido en algún sitio. A mí el sueldo me lo paga en efectivo, al señor Moraco le da su parte de la misma manera, y cuando me encargó este trabajo, me dijo que me pagaría con un cheque o en efectivo.

No le faltaba razón. Pero su intención desde el primer momento había sido darle un cheque y anularlo en cuanto saliera por la puerta. Como evidentemente se trataba de algo que no podía decirle, respondió:

—De acuerdo, voy a darte un cheque.

—Lo quiero en efectivo.

—Chucho, puedo extenderte un cheque por todo el dinero ahora mismo.

—En efectivo o no hay trato.

Randy decidió tomarse las cosas con calma.

—¿Vincent te ha pagado ya?

—¿Por lo del cura? Va a hacerlo esta noche.

—¿Cuánto?

—Ya se lo he dicho: veinticinco.

—¿En serio? Recuerdo que me dijiste que iba a conseguirte una pistola...

—Si no me cree, llámele —sugirió el Chucho—. Si me paga por adelantado, será la última vez que oiga su voz. Y ya nunca tendrá que verle comer.

A Randy le vino a la cabeza la imagen de Vincent Moraco con una servilleta metida en el cuello de la camisa y la cabeza pegada a la comida que no le iba a pagar, y eso le bastó para dejarse de tonterías y tomar una determinación.

—Tienes razón —afirmó—. Estás haciéndome un

enorme favor y deberías cobrar tu dinero como lo desees. He de reconocer, Chucho, que a veces pierdo de vista el fondo de las cosas y me vuelvo cicatero por minucias.

—¿Ah, sí? —respondió el Chucho.

El machete seguía en la cocina, donde lo había dejado Johnny tras jugar con él.

Mary Pat preguntó a Terry por qué lo conservaba y él respondió que era un recuerdo. Ella le dijo que no entendía muy bien por qué necesitaba algo para acordarse de una experiencia tan espantosa. Con la de personas que habían asesinado, añadió. Pobrecillas... Él le explicó que lo había encontrado en la iglesia, donde lo habían usado, y que le traía a la memoria detalles de lo ocurrido que parecían, ¿cómo se decía?, retablos, momentos horribles capturados a cámara lenta, silenciosos, sin gritos, sin el barullo de voces. Ella no le preguntó por los detalles, de modo que no se los describió. A las niñas les contó que el cuchillo servía para cortar la caña de azúcar y manojos de plátanos de los árboles.

También había dejado en la cocina la bolsa de las fotos.

Cuando le pidieron verlas, las puso sobre la mesa de madera y se las enseñó todas salvo un paquete sujeto con gomas verdes que volvió a meter en la bolsa. Las niñas se subieron a los taburetes para echar un vistazo, les picó la curiosidad, se pusieron de rodillas para aproximarse a las fotos y observarlas de cerca, y empezaron a hacer preguntas. ¿Ése qué está haciendo? Está buscando pedazos de carbón para venderlos o hacer fuego. ¿Por qué? Para poder comer algo, para asar una panocha de maíz. ¿Por qué no lo hace su mamá? Porque no tiene, es huérfano. ¿Qué es un huérfano? Ya lo sabes, nos lo ha contado mamá. Se me ha olvidado. Un niño que no tiene mamá ni papá. ¿Y le dejan jugar con fuego? No está jugando, sabe lo que se hace. En Ruanda, como no espabiles, ya puedes despedirte. Estos que veis aquí están en el orfanato, jugando. ¿Y éste qué hace? Es una niña. ¿Cómo lo sabes? Porque lleva un vestido. No parece un vestido. ¿Por qué no tienen pelo? Se lo cortan todo para que no se les llene de, eh..., de bichos. ¿Qué bichos? Cualquier tipo; en mi vida había visto tantos bichos como en África. En la pared parecen dibujos de papel pintado en movimiento.

Terry miró a Mary Pat, que estaba lavando lechuga en el fregadero. ¿Y ése qué hace? Está en un vertedero de basuras buscando comida, cualquier cosa que puedan llevarse a la boca, aunque no esté, bueno..., aunque no esté en muy buenas condiciones. ¿No se pondrá enfermo? Es probable, pero, si no se pone enfermo por una cosa, se pondrá por otra. ¿Por qué no va a la tienda? Es pobre, no tiene dinero. ¿Por qué no va su mamá? No tiene. Ya os lo he explicado: estos niños son huérfanos. ¿Por qué? Os lo acabo de decir: no tienen padres. ¿Por qué no? Eh... Porque murieron, por eso la mayoría de ellos no tiene un sitio donde vivir. Mamá dice que has vuelto para eso: para que la gente te dé dinero para los huerfanitos.

Terry se volvió otra vez hacia Mary Pat. Esta vez ella le miró.

—¿Por qué no vais a buscar el atlas? Enseñadle al tío Terry dónde vive.

Como Katy quería ir, le dejaron que fuera. Mientras esperaban, sonó el teléfono de la pared, el que estaba junto al fregadero. Mary Pat contestó y se volvió hacia Terry:

—Es tu amiga, la que está ayudándote a recaudar fondos.

—¿Qué haces?

—Enseñarles las fotos a las niñas.

—¿Lo sabe Mary Pat?

—Lo sabe todo. Absolutamente todo.

—¿Y qué ha dicho? No puedes hablar, ¿verdad? Mira, ha llamado Ed Bernacki. Hemos quedado con Tony. ¿Adivina dónde?

—No lo sé.

—En su casa. ¿Recuerdas que Ed dijo que nadie entra en su casa excepto su familia y los colegas mafiosos? Pues nosotros vamos a entrar. Ah, estáte listo a las siete y media.

—¿Vas a pasar a recogerme?

—No, van a mandar un coche.

—¿Por qué?

—Ed ha dicho que vamos a verle, así que no he hecho preguntas.

—¿A ti también van a pasar a recogerte?

—Sí, a mí también.

—¿Por qué no vamos juntos?

—A lo mejor vamos juntos, pero, por la explicación que me ha dado Ed, yo diría que van a llevarnos por separado.

—¿Por qué no te recogen a ti primero y luego pasáis a recogerme a mí?

—Pero ¿qué es lo que te preocupa, so tonto? Va a darnos el dinero.

Inclinadas una enfrente de otra, las chicas estaban buscando Ruanda en el atlas que tenían abierto sobre la mesa.

—Mamá nos ha enseñado dónde está —dijo Katy.

—Es difícil de encontrar —explicó Jane—. Está por aquí... más o menos.

—Es difícil de encontrar incluso cuando sabes dónde está. ¿Veis el lago Victoria? Pues Ruanda se halla a la izquierda, a un par de centímetros de distancia. Es el país que casi todo es verde. Y es así en la realidad: todo el país parece una enorme huerta.

—¿No hay animales salvajes?

—No hay sitio para ellos, es casi todo tierra de labranza, excepto donde viven los gorilas, en las montañas.

—Una vez vimos una película sobre gorilas. Una señora les hablaba. Decía que no hay que hacer ruido, porque, si no, los gorilas se enfadan, porque piensan que vas a hacerles daño.

—Así son los gorilas —explicó Terry—. Cuando uno está cerca de ellos debe andarse con cuidado. —Levantó la mirada y vio que Mary Pat estaba al otro lado de la mesa, observándole—. Hemos quedado con nuestro benefactor esta tarde a última hora. Se llama Anthony Amilia. ¿Sabes quién es?

Mary Pat dudó antes de responder.

—Por supuesto. —Se volvió otra vez hacia el fregadero para poner la lechuga en un paño de cocina y llevarla al frigorífico. Cuando le miró otra vez, lo único que dijo fue—: ¿Lo sabe Fran?

—Se ha marchado. No he tenido ocasión de hablar con él.

—¿Vas a llamarle?

—Si tú quieres. Esperaba verle en casa antes de irme.

—Terry, Fran y yo no tenemos secretos entre nosotros. Le he llamado después de hablar contigo.

—Conque te has chivado, ¿eh? —Al ver que Mary Pat no sonreía, añadió—: Iba a contárselo todo. Si no lo he hecho ha sido únicamente porque, cuando llegué de África, aún estaba en conversaciones con el fiscal sobre mi caso. Me pareció que en conciencia no podía seguir haciéndolo a menos que creyese que yo era sacerdote.

—¿No te importa ser un embustero? —le preguntó ella.

—Pues no mucho. ¿Piensas que debería haber ido a la cárcel en vez de a Ruanda?

—No tengo ni idea de lo que hiciste en Ruanda —respondió Mary Pat—, aparte de sacar fotos de niños.

—Creo que me porté bien —dijo Terry—, dadas las circunstancias. Siempre decía misa en Navidad y Semana Santa, y alguna que otra vez durante el resto del año. Confesaba todas las semanas. Una vez le pregunté a mi asistenta si creía que yo pintaba algo allí. Me respondió que no hacía todo lo que podía.

Por un instante tuvo la impresión de que Mary Pat se había quedado muda, conmocionada. Pero sabía que no tardaría en reaccionar. Entonces Terry agregó:

—Las cosas no son siempre como parecen, ¿verdad?

24

El Chucho pasó tarde a recoger a Johnny. Cuando salió de Randy's eran las siete y cuarto, una hora de mucho movimiento, y los guardacoches, vestidos con sus chaquetas rojas, subían a los coches de un salto para quitarlos de en medio lo antes posible.

—¡Oye, chico! —le dijo el Chucho a uno—. Trae el Cadillac del señor Agley cuando vuelvas, ¿de acuerdo? —Debió de tardar un cuarto de hora. Cuando el coche se detuvo delante de él, masculló—: ¿Qué pasa? ¿Por qué has tardado tanto?

El guardacoches le respondió sin contemplaciones:

—No lo encontraba, chico.

Y entonces el Chucho se acordó de que Randy le había dicho en una ocasión que no llamara «chicos» a los guardacoches. «A los negros no les gusta. Les parece una falta de respeto. No se te ocurriría llamarlos así en la cárcel, ¿verdad?» Le había respondido que no les llamaba de ninguna manera, porque no tenía ningún motivo para hablarles.

Luego, para colmo, cuando pasó por delante del puto gran casino MGM, no encontró la entrada y tuvo que dar otra vez la vuelta, con lo jodido que era evitar la autopista... Entonces pensó que a Johnny le molestaría que llegase tarde.

Mientras el Chucho se pasaba al asiento de la derecha, Johnny subió al coche y le preguntó lo único que le interesaba saber:

—¿Lo tienes?

El Chucho le entregó un grueso fajo de billetes y Johnny hubo de reconocer que el tío iba en serio, que se trataba efectivamente de un asesinato y que él iba a conducir el puto coche. Se tomó las cosas con calma: soltó el fajo y pasó rápidamente los billetes con un dedo. Eran todos de cien.

—Bueno, vale... —dijo para ir haciéndose a la situación y mostrarle al Chucho que estaba tranquilo—. ¿Qué hora tienes?

El Chucho tuvo que sacarse el reloj de debajo de las mangas de la chaqueta de cuero y la camisa. Acercó la mano al salpicadero del Cadillac, junto al reloj digital, y respondió:

—Menos cuarto.

Ya se habían puesto en marcha y avanzaban por el sector oeste del centro de la ciudad. Johnny iba pensando en el camino: sigo por Lafayette o Fort Street, luego me meto en Woodward, tuerzo a la derecha hasta Jefferson...

—¿De dónde has sacado el Cadillac?

—Es el de Randy.

—Rediós... ¿Sabe él que te lo has llevado?

—Le he preguntado si iba a alguna parte y me ha dicho que no.

—¿Te das cuenta de que si hay alguien allí, quien sea,

un testigo, y se fija en la matrícula, la bofia acabará averiguando que es suyo?

—Si estuviera en su lugar, diría que me lo han robado.

—¿Y si averiguan que te lo llevaste tú?

—Les diré que Randy no me deja conducir su coche. Quien diga que lo tenía yo es un mentiroso que quiere acabar conmigo porque piensa que le falto al respeto si le llamo «chico».

—¿De qué cojones estás hablando?

—Da igual.

—A ver si lo adivino —dijo Johnny—. Es Randy quien te ha encargado este trabajo.

—Pues sí.

—Pero no tiene ni idea de que le has pillado el coche.

—Lo que no sabe no puede perjudicarle, ¿no?

—¿Te ha agenciado él el arma?

—¿La que voy a utilizar? Todavía no la tengo.

Johnny volvió a alarmarse y tuvo que hacer un esfuerzo para no perder los nervios.

—¿Qué me estás diciendo? ¿Tenemos que ir a buscarla?

—¿Sabes el tío al que tengo que cargarme? Pues es él quien me la tiene que dar.

Eran tantos los interrogantes que a Johnny no se le ocurría qué preguntar a continuación, por lo que decidió cambiar en cierto modo de tema.

—¿Y se puede saber a quién vas a cargarte? ¿Lo conoces?

—Sí, es el señor Moraco.

—Rediós... —exclamó Johnny—. ¿Lo dices en serio?

—Randy no lo soporta.

—Me lo puedo imaginar, si está dispuesto a pagarte veinticinco mil dólares para que lo elimines. —Hablaban de cifras importantes. Johnny notó el fajo que llevaba en el bolsillo: se había metido en una auténtica movida y quien llevaba allí la voz cantante era aquel gilipollas—. ¿Y dices que es Vincent quien va a pasarte la pipa?

—Sí, para que me cargue al otro.

—Es verdad, se me había olvidado.

—De ése nos ocuparemos luego, cuando acabemos con Moraco.

Rediós, exclamó Johnny para sus adentros. Su cerebro no había asimilado todavía la idea de que estuviera llevando en coche a aquel cateto para que se cargara a Vincent Moraco.

—Pero él no lo sabe... Me refiero a Vincent. No, claro, ¿cómo va a saberlo?

—¿Cómo va a saber qué?

—Si no, no te daría la puta pistola.

—Pues claro que no. Él no sospecha una mierda.

Johnny acababa de darse cuenta de que al Chucho había que prestarle mucha atención y hacerle las preguntas correctas. Entonces todo encajaba, por increíble que pareciera.

Ahora iban por Jefferson, en dirección este. Acababan de pasar por delante de las torres de cristal del Renaissance Center, que se recortaban contra el cielo. La noche era agradable, el termómetro indicaba trece grados en el exterior. Johnny se calmó. Ya que estaba allí, ¿por qué no lo hacía? Es que, joder, cinco mil dólares era mucho dinero... Además no les llevaría mucho tiempo. Y él no tenía que bajarse del coche.

—Así que vas a achicharrar a Vincent Moraco.

—Pues sí. Voy a pegarle un tiro en la cabeza, por si las moscas.

—Él te da la pistola y tú vas y lo dejas seco.

—Pero primero voy a cobrar mi dinero.

—Chucho, convendría que te asegurases de que está cargada.

—Buena idea, tío. Imagínate que voy a dispararle y lo único que oigo es un clic. Es verdad, no conviene olvidarse de eso. Primero tengo que mirar si está cargada.

¿Qué hostias hago yo aquí?, pensó Johnny.

Terry se había puesto el traje negro y el alzacuellos y estaba listo para salir. Se encontraba junto a la ventana del salón, presa de los nervios. Fran seguía con un montón de trabajo y había llamado para avisar que no iba a volver a casa hasta las ocho. Las niñas ya habían cenado y estaban en la biblioteca viendo la tele. Mary Pat estaba en la cocina. Cuando vio que se detenía delante de la puerta de la calle una limusina Chrysler, Terry miró su reloj. Eran las ocho menos veinticinco. Vio a Vito Genoa bajar del vehículo y subir al portal a llamar al timbre. Debbie no iba en el coche.

—Me voy —dijo Terry desde el vestíbulo.

Mary Pat cruzó el comedor y le preguntó cuándo iba a volver. Terry respondió que no tenía ni idea. Ella le dijo que debería haber comido algo y él le contestó que no tenía hambre. Cuando salió, Vito Genoa le saludó con la cabeza. Terry le preguntó si iban a recoger a Debbie y el mafioso le explicó que ya habían ido a buscarla. Terry comentó que quizás hubiera resultado más fácil si hubiesen ido a recogerlos con el mismo coche. Vito le preguntó para quién habría resultado más fácil.

Terry se pasó en el asiento trasero los cuarenta minutos que tardaron en recorrer las autopistas que llevaban a la zona este y Pointes, y dio conversación a Vito.

—¿Sabes por qué pensé que pertenecías a la parroquia de Estrella de Mar?

—¿Usted estudió allí? —Vito dirigió la mirada al espejo.

—Yo estudié en Nuestra Señora de la Paz. Pero ¿te acuerdas de Balduck Park y del monte? ¿De todos los trineos y los toboganes que había allí en invierno? Tú y yo nos peleamos allí una vez.

—¿Ah, sí?

—Yo tenía once años y tú un par de años más.

—¿Me está diciendo que empecé yo?

—Empezabas siempre tú. Te metías con todos los niños más pequeños que tú. Vito, eras un puto abusón.

Al oír aquello, Vito volvió a dirigir la mirada al espejo.

—O sea que usted y yo nos peleamos, ¿eh? ¿Y quién ganó?

—Yo te dejé con la nariz sangrando, pero tú me diste hasta que no pude levantarme.

—O sea que fue usted, ¿eh? Me acuerdo de esa pelea.

—Yo me acuerdo de cuánto duelen las manos después de una pelea —comentó Terry.

—Sí, las putas manos... Al final uno llega a la conclusión de que es mejor llevar porra.

—Recuerdo que más adelante vi una foto tuya en la sección de deportes, cuando estabas en Denby y jugabas en la liga estatal. ¿De qué jugabas? ¿De defensa?

—Jugaba atrás del todo.

—Eso es. Me figuro que te harían alguna oferta.

—Un par. Pero no quería irme a ningún sitio.

Estuvieron un rato sin decir nada.

—¿Tú no eres uno de los acusados en el juicio contra la mafia?

—Llevo tres años bajo fianza mientras ellos se dedican a joder.

—¿Y cómo va la cosa?

—No va a ninguna parte. Vamos a quedar libres.

Terry se acordó del tema de los cigarrillos y estuvo tentado de sacarlo, pero luego se dijo: ¿Para qué? ¿Pretendes caerle bien a este tío?

Se produjo otro silencio. Avanzaban en dirección este y a lo lejos iban surgiendo faros de otros vehículos.

—Así que usted ha vivido en África, ¿eh?

—Cinco años.

—No me quedaría con ninguna región de la puta África ni aunque me la regalasen.

—Algunas están muy bien. Lo único malo son los bichos. A mí me costó mucho acostumbrarme. Son todos gigantescos, sean del tipo que sean.

Los ojos de Vito aparecieron en el espejo.

—¿Cuándo vuelve?

—Pronto, creo.

—Yo también lo creo —remató Vito.

Terry vaciló.

—Ya... —dijo, y se quedó sentado en la oscuridad, esperando que aparecieran otra vez los ojos.

A Debbie le costó Dios y ayuda hacer hablar a su chófer, un joven que iba con gafas de sol por la noche. Estupendo, pensó Debbie.

—¿Cuánto tiempo llevas metido en la mafia?

El joven se lo pensó dos veces antes de responder.

—¿De qué mafia me está hablando?

—Pongamos que de la de Detroit, ya que estamos aquí.

—¿Por qué quiere saberlo?

—Por hablar de algo. —Será gilipollas, pensó Debbie—. ¿Has estado alguna vez en la cárcel?

También esta vez tuvo que pensárselo dos veces.

—Eso es asunto mío.

—Seguro que no has estado nunca.

—Ni ganas.

—Pues yo sí que he estado —dijo ella—. Por agresión con resultado de lesiones. Mandé a un tío al hospital. —Esperó—. ¿Quieres saber con qué le di?

—¿Con qué?

—Con un Buick Riviera.

—¿Ah, sí?

—Era mi ex marido. Yo estaba en Florida visitando a mi madre y lo vi cruzando la calle delante de mis narices. Llevaba más de un año sin pagarme la ayuda para la manutención de los niños y no tenía ninguna intención de hacerlo.

—¿Lo atropelló?

—Se quedó enganchado debajo del coche y lo arrastré unos cien metros.

—¿Ah, sí?

—Al agente que vino a detenerme le dije que el semáforo estaba verde, que yo tenía preferencia. No tendría que haber cruzado.

—No, si tenía usted el semáforo verde.

—Cuando lo metieron en la sala del tribunal con todo el cuerpo escayolado, me jodieron viva.

—¿Ah, sí?

—Me cayeron tres años. Supongo que querrás saber si mereció la pena pegarle con el coche.

—¿Mereció la pena?

—No. ¿Cómo te llamas?

—Tommy.

—Tommy, no vayas nunca a la cárcel si puedes evitarlo. —Se produjo un largo silencio. Al final, Debbie preguntó—: ¿Y qué tal es la vida de mafioso?

Johnny le dijo al Chucho que su padre trabajaba allí, en Eaton Chemical, aunque la empresa había desaparecido. Fabricaban tintes y productos de limpieza en seco. Joder, qué oscuro estaba aquello. Toda la zona se había ido a la mierda, era imposible saber si los almacenes habían cerrado, seguían funcionando o qué. Se metieron por Franklin, sigilosamente, siguiendo los haces de luz de las farolas que bordeaban la calle donde se encontraba antiguamente Eaton Chemical. Johnny le contó al Chucho que su padre volvía a casa con las manos llenas de manchas. Una vez se quemó gravemente los brazos con ácido. De pronto dijo:

—Vale, ¿estás listo? Mantén los ojos abiertos.

—Hace tiempo que estoy listo —respondió el Chucho.

—Allí hay un coche. ¿Qué hora es?

—Te la acabo de decir. Y diez.

—Vamos a pasar primero a echar un vistazo.

Johnny pisó suavemente el acelerador y pasó por delante del coche a cuarenta por hora. El vehículo estaba aparcado con las luces apagadas.

—Es él —dijo el Chucho.

Johnny miró hacia atrás.

—Hay dos tíos dentro.

—Sí, lleva un conductor.

—Has dicho que estaría solo.

—Te he dicho lo que me ha dicho él: que me esperaba aquí. Y aquí está, ¿no? Tal como me ha dicho.

—¿Y qué pasa con el otro?

—Lo siento por él —contestó el Chucho—. Yo no le he invitado.

—Esto no me gusta —comentó Johnny mientras frenaba para tomar la siguiente curva a la derecha.

Doblaron a la derecha tres veces más. Johnny se mantuvo a cuarenta por hora hasta que llegaron de nuevo a Franklin Street. Joder, qué oscuro está, volvió a pensar.

—Para detrás —dijo el Chucho.

—No voy a acercarme mucho —respondió él—. Mejor dejar un poco de espacio por si tenemos que largarnos rápido.

Avanzó lentamente hasta ponerse a unos seis metros; entonces se paró. Vio a dos individuos dentro. El conductor volvió la cabeza y echó una mirada al Cadillac, iluminado por los faros.

—Apaga las luces —dijo el Chucho.

—Quiero ver qué haces —contestó Johnny—. Uno nunca sabe qué se va a encontrar en estas situaciones.

El Chucho se apeó y Johnny vio que se acercaba al coche por la derecha, se detenía junto a la ventanilla y se ponía a hablar con Vincent. Éste le entregó algo y el Chucho se lo guardó en la chaqueta de cuero. Debían de ser los veinticinco papeles. Estaban hablando otra vez. Ahora el Chucho miraba algo que tenía en la mano. Johnny supuso que sería la pipa. Vincent sacó la mano por la ventanilla y agarró la pistola. La metió en el coche y luego se la devolvió. El Chucho volvía hacia él con el arma en la mano.

Entonces se volvió nuevamente hacia el coche y Johnny oyó los tiros: pam, pam. Joder, qué ruido, pensó. Entonces oyó dos más: pam, pam. Sonaron rápidos. El Chucho había metido la pipa en el coche para dispararle al otro, al conductor. Johnny pensó: vale, vámonos de una puta vez. Pero el Chucho estaba rodeando el coche por detrás, y le miraba y hacía gestos, como si intentara explicarle lo que quería hacer. Johnny no se enteraba de nada. El Chucho llegó a la ventanilla del conductor, abrió la puerta, y el cadáver empezó a caerse. Él volvió a ponerlo en su sitio y metió la cabeza y los hombros en el interior del vehículo. Cuando se enderezó, Johnny vio que tenía un arma en cada mano: estaba apuntándole con las dos y sonriendo a la luz de los faros. Johnny se acercó con el coche a su lado y dijo:

—Sube al puto coche, ¿vale?

El Chucho subió y Johnny pisó el acelerador antes de que cerrara la puerta. Miró la calle, oscura y silenciosa, por el espejo retrovisor. No les seguía nadie.

—¿Quién era el otro, rediós?

—Es la primera vez que lo veo —respondió el Chucho—. Un tío. El primero que me cargo sin conocerlo. —Luego añadió—. No, no es cierto. Tampoco conocía al caldeo que me cargué, el corredor de apuestas del que te hablé. No llegué a enterarme de cómo se llamaba.

—¿Por qué te has llevado esa pistola y has perdido el tiempo de esa manera?

El Chucho le mostró la calibre 38 de cañón corto que llevaba en la mano derecha.

—El señor Moraco me ha dado esta corta y me ha dicho que estaba cargada, pero sólo llevaba cinco balas. Le pregunto si tiene alguna más y me responde que si me hacen falta más de cinco balas es que no soy el tío indicado para el trabajo y que le devuelva su dinero. Entonces le digo: «Ya, pero es que las necesito ahora», y le pego un tiro en la cabeza. Luego he tenido que dispararle al conductor, así que sólo me quedaba una bala para el otro trabajo, ¿entiendes? He mirado a ver si el conductor llevaba un arma encima y fíjate: una automática.

—Es una Glock —dijo Johnny—. Ahí llevas unas quince balas: más de las que necesitas.

—Vale, Randy me ha dicho que coja la Setenta y cinco y vaya en dirección norte hasta Big Beaver. ¿Sabes dónde queda eso?

—Sí, eso cae por Sixteen Mile Road. ¿Y luego qué?

—Hay que doblar a la izquierda y seguir todo recto hasta Woodward. A partir de ahí tengo que mirar el camino.

—¿Tenemos que ir hasta Bloomfield Hills?

—Sí, está en casa de su hermano.

Johnny dio un pisotón al freno y los neumáticos gimieron sobre el pavimento. El Chucho alzó bruscamente las manos, se pegó con ellas contra la guantera y soltó las pistolas. Johnny se quedó agarrado al volante y miró al Chucho, que se había inclinado y estaba buscando las armas en el suelo.

—¿Tienes que cargarte a Terry Dunn?

El Chucho, que seguía encorvado, respondió:

—Sí, al cura. Enciende la luz.

—No puedes cargarte a Terry. Es amigo mío.

El Chucho se levantó con una de las armas —la corta— y respondió:

—¿Qué le vamos a hacer? Me pagan por ello.

—Es amigo mío, Chucho. —Johnny estaba ahora mirando al frente, más allá de sus nudillos sobre el volante, hacia los vehículos que circulaban por Jefferson Avenue en ambas direcciones. Meneó la cabeza y exclamó—: Rediós.

—¿Me llevas o qué? —preguntó el Chucho.

—A éste no te lo puedes cargar, Chucho. Pasa de él. Además, se va a marchar, vuelve a África.

—¿Me llevas o qué?

—No, no te llevo. ¿Estás loco?

—Entonces devuélveme mi dinero.

—¿Qué cojones dices...? Te he traído hasta aquí.

El Chucho le apuntó con la pistola.

—Devuélveme mi dinero.

Johnny sacó el fajo de billetes del bolsillo interior de la chaqueta y se lo dio. El Chucho se lo guardó sin dejar de apuntarle, y Johnny se fijó en él y en el arma. No sabe qué hacer, pensó, precisamente ahora, cuando tiene que cargarse a otro, rediós. Johnny soltó lentamente el volante y apoyó la mano izquierda sobre el tirador de la puerta.

—Vale, entonces rompemos el trato: tú ya tienes tu dinero. ¿No has encontrado la otra pistola...? Mira debajo del asiento.

El Chucho metió la mano entre las rodillas y agachó la cabeza. Johnny dio un empujón a la puerta, la abrió y salió al tiempo que una bala salida de la pistola de calibre 38 hacía añicos la ventanilla. Johnny echó a correr calle abajo en medio de la oscuridad, dando gracias a Jesús, María y José, porque el Chucho había elegido la corta, en la que sólo quedaba una bala.

Cuando el Chucho encontró la Glock, le zumbaban los oídos y no oía nada. Miró por la ventana trasera hacia la calle a oscuras y tampoco vio nada. De Johnny no había ni rastro, por lo que no tenía sentido ir tras él. Lo que debía hacer era salir a la autopista y dirigirse al norte. Tenía que dar con el cura antes de que Johnny le llamase y le avisara de su llegada.

25

Vito hizo pasar a Terry y dijo a un joven con gafas de sol que había en el vestíbulo:

—Aparca el coche en la parte de atrás. —Luego le dijo a Terry—: Usted espere allí.

Se refería al salón. Debbie se volvió de espaldas a la chimenea cuando se acercó a ella.

—¿Llevas mucho aquí?

—Unos minutos. Tony se ha asomado a saludar.

—¿En serio?

—A mí también me ha sorprendido. Me ha dicho: «Estaré con usted en cuanto el fotógrafo lo tenga todo listo.»

—Así que se trata de una ceremonia, ¿eh? La entrega del cheque.

Debbie recorrió el salón con la mirada.

—¿Qué opinas de la decoración? Hace cuarenta años que no cambian ni mueven nada. En la chimenea hay troncos artificiales.

Terry se llevó un dedo a los labios y Debbie se encogió de hombros e hizo una mueca. Terry se aproximó a ella.

—Puede que Tony haya instalado micrófonos en la habitación para enterarse de lo que opina la gente de su casa. Si no les gusta, ordena que los eliminen.

—Qué maravilla... —exclamó Debbie—. Tienen unos muebles preciosos. —Luego bajó la voz—. Parece la casa de mi abuela.

—Mary Pat quería saber si te gusta su casa. Le he dicho que te encanta. Luego me ha preguntado si seguirás a mi lado si la cago. ¿Lo harás?

—¿Qué clase de pregunta es ésa? Por supuesto que sí. De todos modos, ¿qué es eso de que vamos a cagarla? Esto está hecho.

—Eso mismo le he dicho yo.

—¿Y te ha calado?

—Se lo imaginaba. Me ha dicho que, sean cuales sean las razones que empujan a los tíos a hacerse curas, yo actúo por otros motivos. Ha llamado a Fran para contárselo. Cuando he salido de casa no había vuelto todavía, así que no he podido hablar con él. —Luego añadió—: Cuando veníamos... —Pero se calló y echó un vistazo a la puerta.

—¿Qué?

—Vito me ha preguntado si iba a regresar a África. Le he respondido que creía que pronto. Y él me ha dicho que él también lo creía.

—¿Y...?

—Que parece como si quisieran asegurarse de que vuelva a África. Le he contado que vine en el mismo avión que un tío que introduce armas en el Congo. Quería saber si se gana dinero con eso. Le he explicado que me llevaron a Mombasa y que luego compré billetes de ida porque andaba mal de dinero, y que no tengo billete de vuelta. Él me ha dicho que no me preocupe.

—¿Y eso qué significa?

—Pues lo que te acabo de contar: que van a asegurarse de que vuelva y me gaste el dinero en los huérfanos.

Terry vio que Debbie se quedaba pensativa.

—No irán a mandarte con uno de los suyos, ¿verdad? —dijo ella—. Podríamos quedar en algún sitio. En París, por ejemplo. ¿Por qué no? Luego ya veríamos qué hacemos.

—Sí, podríamos...

Vito apareció en el umbral y les hizo una señal. Cruzaron el vestíbulo con él y entraron en el estudio de Tony Amilia.

Debbie miró el ornamentado escritorio del siglo XVII.

—¡Dios santo! —exclamó, y dirigió al jefe de la mafia una alegre sonrisa—. Señor Amilia, no encuentro palabras para agradecerle lo que está haciendo.

Tony estaba de pie. Se había puesto un traje y una corbata de tonos oscuros para la fotografía.

—Ya estamos preparados. Adelante —anunció, y se volvió hacia el fotógrafo.

Éste, que estaba probando el foco y dirigiendo la luz hacia una sombrilla blanca para obtener una iluminación indirecta, les miró y dijo:

—Hola, me llamo Joe Vaughn. —Y se acercó a ellos para darles la mano. Era joven, de treinta y tantos años, y debía de ser tan alto como Amilia. Parecía simpático, aunque daba la impresión de estar un poco nervioso. Entonces dijo—: Padre, si usted y el señor Amilia fueran tan amables de ponerse pegados a esa pared...

Debbie se hizo a un lado y observó cómo Joe los colocaba delante de una placa conmemorativa que había colgada en la pared:

La Universidad de la Misericordia de Detroit desea honrar
a Anthony Amilia como miembro del patronato
del Círculo Ignaciano en reconocimiento
a su generosa ayuda económica
y a su dedicación a la enseñanza superior
en las tradiciones de la Compañía de Jesús y de la Misericordia.

—¿Ve eso? —preguntó Tony a Debbie—. Yo estudié allí cuando no era más que la Universidad de Detroit, antes de que absorbieran la otra universidad y añadieran lo de la Misericordia. No creo que sea bueno para el equipo de baloncesto. Figúrese: los Titanes de la Universidad de la Misericordia de Detroit. Cuando yo estudié allí, jugaban a fútbol americano en Oklahoma y Kentucky, donde había buenos equipos. —Volvió a mirar la placa—. Quiero que salga en la foto y que no parezca un montaje. Joe va a llevarla al *News* y al *Free Press* para que la publiquen. Joe hace fotos de familia, de acontecimientos diversos, de cumpleaños...

Debbie oyó a Terry decir que él también había ido a la Universidad de Detroit. Pero Tony no hizo ningún comentario, sólo dijo:

—Venga, haz la foto.

—Supongo que querrá que salga el cheque, ¿no? —dijo Joe.

Tony hizo una señal a Vito.

—Está en el escritorio.

Vito alcanzó el cheque a Tony, y Debbie observó que Terry intentaba leer las cifras y sonreía. Sin embargo, cuando Tony hizo ademán de entregárselo y él fue a tomarlo por un extremo, el mafioso lo apartó.

—No hace falta que lo toque cuando se lo entregue. Sólo tiene que poner cara de agradecimiento. Joe, haz la foto.

—Primero quiero sacar una polaroid —respondió éste—. A ver qué sale.

—Él, el cheque y yo: eso es lo que va a salir. Anda, haz la foto.

Joe se puso a la labor. Hizo una foto y el flash relampagueó.

Luego se animó y sacó cuatro más. Entonces Tony dijo:

—Ya basta. Vito, ayuda a Joe con el equipo. Guardadlo todo fuera, en el vestíbulo. —Y se volvió hacia el escritorio con el cheque.

—Vaya, qué rápido —dijo Debbie—. Gracias, señor Amilia. No tengo palabras para expresarle nuestro agradecimiento.

Amilia estaba mirando a Terry.

—Muy bien, padre, ¿ya está listo? Vito va a llevarle a casa.

—Bueno, si eso es todo... —balbuceó Debbie, que se había acercado al escritorio y estaba esperando a que le entregara el cheque.

Tony se volvió hacia ella y dijo:

—El padre se va a casa, pero usted se queda un rato. Quiero hablar con usted.

—¿Le importa si el padre me espera? —preguntó Debbie poniendo una sonrisa de oreja a oreja—. Así podremos volver juntos. Estamos tan contentos...

—Haga lo que digo, ¿vale? —respondió Tony—. Me gustaría que se quedara.

Ella puso los ojos como platos y se encogió de hombros de forma encantadora. Era la viva imagen de la inocencia.

—Pensaba simplemente que así sería más sencillo...

Tony se mantuvo imperturbable. Ya había dicho todo

lo que tenía que decir y no había más que hablar. Debbie añadió:

—Aunque, si usted quiere que me quede, por mí encantada.

Te estás pasando, pensó. Terry, que se encontraba detrás de ella, dio las gracias al señor Amilia y dijo:

—Te llamo luego, Deb.

Debbie se volvió justo a tiempo para verle salir por la puerta con Vito pegado a sus talones. Pensó en lo que le había dicho en el salón, en que iban a asegurarse de que volviera a África.

Lo primero que dijo Tony fue:

—No se ponga nerviosa. Venga aquí. Vamos a sentarnos a hablar un rato.

La llevó hasta unas sillas de cuero blanco que rodeaban una mesa de pizarra, junto a un teléfono y una lámpara de pie que daba una luz tenue. Pero Debbie no se sentó, sino que siguió andando hasta una puerta de cristal con vistas a la gran masa de agua del lago St. Clair, que se estrechaba en la oscuridad hasta confundirse con el río Detroit. Se quedó junto a la puerta, tapándose los ojos para que la luz del estudio no le impidiera ver el exterior. No se vislumbraba nada más que la gris penumbra de la noche. La voz de Tony le preguntó si quería una copa. Sin volverse, Debbie le respondió:

—No hace falta que se moleste.

—¿Sí o no?

—De acuerdo, pero sólo si usted también toma una.

—Yo no voy a tomar ninguna, doña Modales, así que se queda sin nada.

Antes de que Amilia terminara de hablar, Debbie ya

estaba pensando: ¿cómo se te ocurre decir una cosa así? Hasta él lo ha pillado. Permaneció junto a la puerta de cristal sin mirar a nada, viendo su reflejo en la oscuridad y deseando ser otra vez ella misma y dejar de una puta vez de hacerse la encantadora y la agradecida. Se había pasado dándole las gracias y ya estaba harta. Ahora se divisaba un puntito de luz en la zona de penumbra que estaba más oscura que el cielo. A continuación se movieron dos luces.

—¿Era por aquí por donde solía usted introducir bebidas alcohólicas de Canadá?

—¿Yo?

—Durante la Ley Seca.

—¿Cuántos años se cree que tengo? No, a eso se dedicaban principalmente los judíos, los hermanos Fleisher y Beeny Bernstein, la Banda Morada. Yo era demasiado joven.

Debbie dio media vuelta y se sentó con él, al otro lado de la mesa de pizarra.

—Aquí hay gato encerrado.

—¿A qué se refiere?

Amilia le recordaba a Ben Gazzara, aunque igual era un poquito mayor y pesaba algún kilo más. Pero tenía el mismo aire.

—¿Qué tengo que hacer?

—Ah, piensa que quiero llevármela a la cama, que voy a meterme unas viagras y vamos a escuchar un rato a Frank Sinatra mientras esperamos a que hagan efecto las pastillas. Pues le diré una cosa: sería estupendo, incluso con Clara arriba, rezando el rosario. —Entonces preguntó—: ¿Está jodiendo con el cura?

Lo soltó así, por las buenas, como el típico espectador que interrumpe al humorista en plena actuación. Era una situación que ella sabía manejar.

—Yo no, ¿y usted? ¿Va a darle el cheque sí o no?

Tony lo sacó del bolsillo interior de la chaqueta y le echó un vistazo. Era de color verde claro. Lo leyó y dijo:

—«A la orden del Fondo para los Huérfanos de Ruanda.»

Y, sin apartar la mirada de Debbie, lo rompió por la mitad.

—Bien, ya está —dijo Debbie—. Usted ha conseguido su foto y va a quedar estupendamente en los periódicos. Debería habérmelo imaginado.

—¿Debería haberse imaginado qué?

—Que teniendo en cuenta cómo se gana usted la vida... —respondió ella.

—Usted no sabe a qué me dedico.

—Estoy al corriente del juicio.

—Los federales no se enteran de la misa la media. Yo no hablo de las cosas a las que me dedico, no hago publicidad. No fanfarroneo. Fíjese en los futbolistas profesionales, en esos payasos. Anotan un *touchdown* y se ponen a dar brincos como un pato mareado. Larry Czonka, uno de los grandes, decía que, si alguna vez hacía eso en su época, Howie Long, otro de los grandes, le daba un golpe en la cabeza.

»Pues bien, ésa es mi forma de hacer las cosas: hago mi trabajo sin llamar la atención. Dice que debería habérselo imaginado, como si supiera de qué está hablando. ¿A qué se dedica usted? Trabaja para abogados, ¿no es así? En casos de daños y perjuicios. Pero lo que le gusta en realidad es el humor. Me lo ha contado Ed. Dice que es divertida. Nunca la ha visto actuar, pero eso es lo que dice. ¿Es usted divertida?

—Hago lo que puedo.

—¿Y es seria?

—Estoy intentando ser una humorista seria. ¿Le parece una respuesta convincente?

—He puesto el dedo en la llaga. Igual no sabe muy bien qué quiere hacer. O cómo quiere hacerlo. No creo que uno tenga que ser muy divertido para salir adelante. La mayoría de los payasos que se dedican al humor hoy en día son estúpidos. Aparecen en el escenario como si hubieran salido disparados de un puto cañón, y luego la cosa ya no mejora. ¿Cuál es su cómico favorito de todos los tiempos?

—Richard Pryor.

—Dios mío, ¿ese negro que no decía más que guarradas? ¿Qué opina de Red Skelton? ¿Le ha visto alguna vez hacer el número del bebedor de ginebra?

—¿Me está tomando el pelo?

—¿No le gusta Red Skelton?

—Para mí es tan bueno como Milton Berle.

—Ahora pisa fuerte, ¿eh? Juega en casa.

—Usted tiene su forma de hacer las cosas y yo tengo la mía —dijo Debbie—. Si consigo lo que me propongo, será a mi manera.

—Hará lo que tenga que hacer, ¿eh?

—Eso mismo.

—Yo puedo ayudarle, ya lo sabe.

—¿Y qué va a hacer? ¿Escribirme los guiones?

Tony le sonrió.

—No le importa correr riesgos, ¿eh? —Se levantó de la silla y dijo—: No se mueva. —Se acercó al escritorio, sacó algo de una carpeta y volvió a la silla. Era un cheque, esta vez de color azul pálido. Se lo dio a Debbie y volvió a sentarse.

—¿Cuánto es?

—Doscientos cincuenta mil.

—¿A nombre de?

—Es un cheque al portador.

»Fíjese —dijo Tony—. Es un cheque conformado, no como el de la fotografía para la prensa. Es efectivo en cuanto lo ingresa en el banco o lo cobra.

Debbie alzó la vista.

—¿Y es para mí?

—Es todo suyo.

—¿Por qué? ¿Es esto una especie de prueba?

—¿Quiere decir si tiene que cumplir alguna condición? Querida, aquí no hay condiciones que valgan. Se lo doy a usted porque ese cura católico y sus huérfanos me la traen fresca. Huérfanos habrá siempre. Así son las cosas.

—Pero, la idea que comentamos, todo lo que dijimos, su misión...

—Aquí soy yo quien hace los tratos —sentenció Tony—. Si digo que el dinero es suyo, es suyo y de nadie más.

Debbie volvió a mirar el cheque.

—¿De veras? —preguntó.

—Y si le preocupa volverse a encontrar con el cura, descuide —dijo Tony—. Voy a mandarlo a África.

26

Terry quería ir delante con Vito Genoa, esta vez quizá para sacar el tema del tabaco, para intentar ganarse su confianza y averiguar qué ocurría. ¿Iban a darles el cheque sí o no? Pero Vito le dijo que de eso nada, que tenía que sentarse detrás. Luego prácticamente no abrió la boca. Terry acabó sacando el tema del tabaco, pero lo único que respondió Vito fue: «¿Ah, sí?» El trayecto por las autopistas fue muy tranquilo. No había nada que ver.

Cuando llegaron a casa de Fran, la cosa cambió. Vito bajó del coche y le dijo a la cara:

—Mañana se marcha, padre. Pasaré a recogerle a las nueve e iremos al aeropuerto. Eso significa que a esa hora tiene que estar aquí.

—Ya te lo he dicho —contestó Terry—. No tengo billete de vuelta.

—Eso ya está arreglado —le explicó Vito.

—¿De modo que me voy sin el cheque?

—De eso no se preocupe.

—¿Se lo han dado a Deb, a la señorita Dewey?

—Eso no es asunto mío —respondió Vito—. Hasta mañana a las nueve.

—Pero entonces no tendremos tiempo de cobrar el cheque.

Y Vito repitió:

—De eso no se preocupe.

Fran le abrió y, en cuanto pasó, empezó a hacerle preguntas. Terry dijo:

—Déjame comer algo antes, ¿vale? Me muero de hambre.

Eran las nueve y media y no se había llevado nada a la boca desde mediodía, cuando había comido uno de los famosos sándwiches de jamón picado de Mary Pat. Ella se encontraba en el salón, hablando con su madre por teléfono. Llevaba una hora al aparato. Fran comentó que hablaban dos o tres veces al día. ¿Cómo podían tener tantas cosas que contarse? Terry se tomó otro sándwich de jamón picado, unas patatas fritas y una cerveza mientras respondía a las preguntas que le iba haciendo Fran sobre todo lo ocurrido hasta el momento en que había terminado la sesión fotográfica con Anthony Amilia y Debbie había tenido que quedarse con él. Lo que no le contó fue que iban a pasar a recogerle al día siguiente a las nueve. A lo mejor no estaba.

Mientras hablaban ocurrieron dos cosas simultáneamente: sonó el timbre y Mary Pat entró en la cocina con las niñas para dar las buenas noches a tío Terry.

La puerta se abrió y el Chucho dijo:

—Busco al padre Dunn. ¿Es usted su hermano?

El gordinflón dijo que sí, que lo era.

—¿Había quedado con él? —preguntó, como si no fuera a dejarle pasar si le decía que no.

—Sí, tengo que verle.

El gordinflón vaciló, como si no le creyera, y dijo:

—¿No le mandará el señor Amilia por casualidad?

El Chucho pensó que, si daba la respuesta correcta, le dejaría entrar, así que dijo:

—Sí, señor, me manda él.

La puerta se abrió de par en par. El gordinflón le indicó que pasara y el Chucho lo siguió hasta la cocina, donde vio al cura vestido de negro volviéndose hacia él, y a una mujer con dos niñas preciosas. Mierda, pensó el Chucho, ¿y ahora qué hago?

El hermano gordinflón dijo:

—Este caballero trae algo para ti, Terry, de parte de Tony Amilia.

Este caballero..., repitió el Chucho para sus adentros. Era la primera vez que le llamaban de aquella manera. El Chucho se limitó a asentir.

La mujer, la mamá de las niñas, estaba diciéndoles a éstas que dejaran las fotos en su sitio —unas fotografías que estaban viendo en la mesa alta de la cocina— y dieran al tío Terry un beso de buenas noches.

—Les dejamos solos.

—Muchas gracias.

Pero, joder, con aquellas niñas allí no iba a resultar fácil realizar el trabajo que venía a hacer. Si algo deseaba evitar era pegar un tiro a las niñas y a sus padres. El cura se inclinó para que le abrazaran y diesen un beso, y las niñas salieron corriendo de la cocina mientras sus padres las mandaban a la cama y salían detrás de ellas. Fue el cura quien habló primero.

—Quería darle las gracias por ayudarme la otra noche a recuperar el aliento. Me quedé sin respiración.

—Le sacudieron bien, ¿eh?

El Chucho oyó a las niñas hablar con sus padres en voz alta. Querían algo. Sus vocecillas decían: porfa, porfa, porfa... Mierda, era lo que le faltaba. El cura acababa de terminarse un sándwich: se había comido el último pedazo y estaba limpiándose la boca con una servilleta de papel.

Fue entonces cuando sonó el teléfono. Sonó dos veces, y a la tercera contestaron en otra habitación.

El cura preguntó:

—¿Trae algo de parte del señor Amilia? ¿No será un cheque por casualidad?

—No, no traigo ningún cheque.

—Bien, ¿entonces de qué se trata?

El Chucho vio que el cura miraba detrás de él, se volvió y vio al hermano gordinflón en la puerta.

—Es para ti —dijo.

—¿Quién? ¿Debbie?

—Tu amigo. Parece que está sin aliento. Dice que lleva un rato llamándote, pero que comunicaba.

Su amigo, repitió el Chucho para sus adentros. No le costó adivinar quién era.

—¿No será Johnny? —soltó.

—Pues sí, ¿lo conoce? —respondió el hermano gordinflón.

—He hablado con él en un par de ocasiones.

El hermano se fue. El Chucho se volvió y vio que el cura había descolgado el teléfono de la pared y se había puesto de cara a los armarios, como si no se atreviera a mirarle. Bueno, ahora ya no habrá sorpresas, pensó. El cura iba a enterarse por medio del hijoputa de Johnny. Sin embargo, actuaba como si fuera una simple llamada de un amigo.

—Ajá... —dijo—. Ajá...

Estaba haciendo teatro. El Chucho metió la mano en la chaqueta de cuero para sacar la Glock. Se preguntaba si el cura se mearía encima cuando la viera. Entonces reparó en las fotos que habían estado mirando las niñas y vio a un grupo de niños negros jugando en el firme de una carretera. Otros estaban sacando del suelo algo parecido a unos boniatos. Debían de ser los huérfanos de marras, los que en teoría iban a recibir el dinero de la ayuda.

El cura colgó en aquel momento y se volvió lentamente hacia él.

—Hay una cosa que no entiendo —dijo el Chucho—. Cuando uno ve imágenes de niños negros muertos de hambre siempre aparecen rodeados de moscas. Éstos no tienen tantas, pero ¿qué pintan las moscas si no hay nada que comer?

—Los muertos atraen a las moscas —respondió el cura. Se acercó a un lado de la mesa de la cocina, donde estaban las fotos, y dijo—: Fíjese. —Y metió la mano en una bolsa de lona.

El Chucho estuvo a punto de sacar la Glock y acabar con el asunto allí mismo, pero el cura extrajo de la bolsa unas fotos sujetas con unas gomas verdes. Quitó las gomas, puso las fotografías sobre la mesa junto a las otras y le explicó:

—Más de medio millón de personas fueron asesinadas mientras estaba yo allí.

El Chucho miró y vio cadáveres y esqueletos; algunos parecían viejos pedazos de cuero reseco y tenían fragmentos de tela pegados a los huesos; estaban todos tendidos sobre un suelo de hormigón. Nunca en su vida había visto nada semejante, pero, por alguna razón, le recordaba a la cárcel, a la penitencial del sur de Ohio donde había estado él. Entonces oyó que el cura decía:

—Yo estaba allí. Aquel día vi a estas personas y a unas treinta más en la iglesia. Vi cómo las asesinaban, a la mayoría con machetes como éste.

El Chucho alzó la mirada y vio que el cura se volvía de la encimera que tenía a su espalda con un machete de tres pares de cojones.

Lo levantó y dijo:

—Con éste mataron a varios. —A continución lo movió hacia un lado como si fuera a darle un tajo.

El Chucho no sabía si podría sacar la pistola a tiempo. Mira que ir a pegar un tiro a alguien y acabar decapitado. Pero entonces el cura le sorprendió:

—Dígame una cosa. Tengo entendido que usted es un asesino a sueldo. ¿A cuántas personas ha matado?

Sin soltar la pistola que llevaba en el bolsillo de la chaqueta, el Chucho respondió:

—A tres. No, a cuatro. Y he rajado a otra.

—A ésta la mataría en la cárcel.

—Sí, en la cárcel.

—Pues yo maté a cuatro hutus con una pistola rusa —dijo el cura—, uno detrás de otro, como patos en un puesto de tiro al blanco.

—¿Qué es eso de los hutus?

—En aquella época, eran los malos —contestó el cura—. Me pregunto si hubiera sido capaz de hacerlo con esto, si hubiera podido matarlos a machetazos como hicieron ellos con esa pobre gente en la iglesia. No sabe usted cómo chillaban.

—No quiero ni imaginarlo.

El cura sostuvo el arma en vilo como si quisiera sopesarla o agarrarla bien con la mano para utilizarla.

El Chucho notó que un estremecimiento le recorría los hombros.

—¿Sabe una cosa? —dijo el cura—. Creo que sería capaz de usarlo si me viera en la necesidad.

—Yo tendría que estar bien borracho para cortar a alguien como a un árbol —comentó el Chucho—. ¿Por qué lo hicieron?

—La misma historia de siempre —respondió el cura—. Los pobres mataron a los que no lo eran tanto. Se pillaron un buen ciego con cerveza de plátano y se volvieron locos.

—Conque ése es el efecto que tiene la cerveza de plátano, ¿eh? —dijo el Chucho—. El whisky que destilábamos en la penitenciaría del sur de Ohio daba el peor dolor de cabeza que pueda usted imaginarse. Te ponía de mal humor. Cuando estaba yo allí se organizó una bronca. Lo que acaba de contarme me lo ha recordado. Murieron un guardia y seis talegueros del bloque L. Los mataron a golpes. Pegaron fuego a todo lo que ardía y lo demás lo destrozaron. ¿Cómo se les pudo ocurrir hacer semejante cosa?

—También mataron niños —añadió el cura—. Estos huérfanos son algunos de los que sobrevivieron. —Alzó la vista y, dejando el machete sobre la mesa, dijo—: Voy a contarle qué ha ocurrido, Chucho. Se llama así, ¿verdad?

—Sí.

—Le pedí a Tony Amilia si quería ayudarme a dar de comer a estos niños hambrientos. Fíjese en éste: está buscando comida en un vertedero de basuras. Tony me dijo que sí, que le pediría el dinero a Randy. Me imagino que ya está al corriente de esto.

—Pues sí —respondió el Chucho—. El problema fue que Randy no quería darle el dinero.

—Pero Tony le obligó, ¿verdad? Randy le ha dado los doscientos cincuenta mil dólares destinados en un principio a estos niños, pero Tony se los ha quedado. No he visto ni un centavo.

Cuando oyó esto, el Chucho arrugó el entrecejo y entornó los ojos.

—¿Entiende lo que le digo?

—Sí, pero yo ya he cobrado.

—Por eliminar a Vincent Moraco, ¿no es así? Johnny me lo acaba de contar por teléfono.

—No, he cobrado la mitad por adelantado para acabar con el señor Moraco. Ha sido él, el señor Moraco, quien me ha pagado para acabar con usted.

El cura pareció quedarse un momento perplejo, pero entonces dijo:

—Y así evitar que me quede con el dinero de Randy, ¿no?

—¿Cómo...?

—Y, en efecto, no me lo he quedado. Lo tiene Tony. Si usted tiene que matar a alguien es a Tony. Aquí no pinta nada. —El cura volvió a mirar las fotos—. A menos que quiera darme algo para alimentar a estos pobres huérfanos. Mire a estas criaturas. Mire qué ojos...

Fran y Mary Pat estaban sentados en el sofá de la biblioteca viendo la televisión. Cuando entró Terry ambos levantaron la cabeza. Ahora iba con una camisa blanca y unos vaqueros.

—¿Se ha marchado? —preguntó Fran.

—Sí, se ha marchado.

—Era el mafioso más raro que he visto en mi vida. ¿Qué quería?

—Se ha enterado de lo del fondo para los huérfanos y ha pasado a hacer un donativo —respondió Terry. Cuando les mostró el fajo de billetes, vio que Mary Pat ponía su típica mirada fría y escrutadora—. Cinco mil dólares en efectivo.

—¿Tanto llevaba en el bolsillo?

—Supongo que acababa de cobrar —aventuró Terry—. Uno nunca sabe de dónde va a acabar llegándole el dinero, ¿verdad?

Mary Pat no dejaba de mirarlo, pero seguía sin decir nada. Tenía los ojos clavados en él.

—¿Te importaría sentarte y hablar con nosotros? —dijo Fran.

—Cuando vuelva —contestó. Se acercó y dio un beso a Mary Pat en la mejilla—. Tengo que ir a ver a Debbie.

27

Terry pulsó el timbre en el que ponía D. DEWEY y esperó en el portal a oír su voz por el interfono o a que le abriera la puerta. Debbie se imaginaría que era él. Volvió a pulsar el timbre, esperó un rato más y luego salió a la acera a mirar las ventanas del edificio de dos plantas. Pero entonces se acordó de que su piso se encontraba en la parte trasera y daba a un campo de golf, y pensó en la noche en que se había asomado a su balcón y había visto aquel terreno, un terreno que en el país del que acababa de marcharse habría estado lleno de cultivos y allí estaba desperdiciándose. Se dirigió a la parte trasera del edificio y vio el balcón. Había luces en el piso. Se aproximó al borde del campo de golf y, levantando la mirada, gritó:

—¡Debbie!

Se encendió una luz en el piso de abajo. Volvió a llamarla por su nombre y entonces la vio en la puerta de cristal del balcón.

—¡Soy yo!

Debbie se fijó en él. Terry le hizo una señal y fue corriendo a la puerta, pulsó el timbre y aún tuvo que esperar un rato a que le abriera. ¿Qué se traerá entre manos?, se preguntó. La puerta se abrió y Terry subió por la escalera al 202.

Debbie llevaba un quimono rosa que él no había visto nunca. Sonrió, pero cansinamente, con ojos inexpresivos.

—¿Por qué no eres la chica más feliz de la ciudad?

—Estaba en el cuarto de baño —respondió ella. Se apartó de la puerta y dijo—: Pensaba que por lo menos llamarías primero.

—¿Qué ha ocurrido? Ha intentado hacérselo contigo, ¿verdad?

—Nada de eso. ¿Quieres una copa?

La siguió hasta el cuarto de baño y preguntó:

—¿Estamos de celebración o no? ¿Por qué quería que te quedaras?

Debbie sacó del congelador una bandeja de hielo. El vodka y la botella de Johnnie Walker estaban en la encimera, de donde no se habían movido desde la primera vez que Terry había estado allí. Junto a las botellas se hallaba el bolso con correa de Debbie.

—Me ha preguntado muchas cosas —respondió ella—. Por lo visto, piensa que puede ayudarme.

—¿A qué?

—A salir adelante como humorista. Piensa que puede abrirme puertas e incluso hacerme un hueco en el programa de Leno.

—¿Por qué? ¿Porque son los dos italianos?

—Me ha dicho que tiene contactos.

—¿Te encuentras bien?

—Estoy cansada, agotada... —contestó ella, y le acercó el whisky sin levantarlo de la encimera.

—Cuéntame qué ha ocurrido.

—Ha roto el cheque.

Se lo soltó así, sin más. Sin prepararle para el golpe. Terry había cogido su copa, pero volvió a dejarla.

—¿Qué quieres decir?

—Que lo ha partido por la mitad.

—Anda ya...

—Y luego ha vuelto a partirlo. Eso es lo que quiero decir.

—¿Estás hablando del cheque que tenía cuando nos han hecho la foto?

—Del mismo.

—Pero si nos dijo que sí. Nos dio su palabra.

—Terry, ese tío es un mafioso.

—¿No le habrás dado algún motivo para cabrearse?

—Me ha preguntado quién es mi cómico favorito y le he respondido que Richard Pryor. El suyo es Red Skelton.

—¿No le caes bien como pensabas?

—Ah, y cuando me ha dicho que podía ayudarme le he respondido: «¿Y qué va a hacer? ¿Escribirme los guiones?»

—¿En serio? ¿Le has dicho eso al jefe de la mafia? ¿Al jefe nada menos? «¿Y qué va a hacer? ¿Escribirme los guiones?»

Terry se imaginó a Lauren Bacall diciendo aquello, y entonces se acordó de una de sus frases, su favorita, y la modificó: «Usted sabe escribir ¿verdad, Tony? Coge la pluma y...»

Luego comentó:

—Es una buena frase, si no fuera por la ocasión, por el momento que has elegido. ¿Qué te ha respondido?

Debbie imitó la voz profunda de Tony:

—«No le importa correr riesgos, ¿eh, muñeca?» Bueno, lo de «muñeca» no lo ha dicho, sólo lo de que no me importa correr riesgos.

—Y tú te has arriesgado y te ha salido mal la jugada.

—Yo creo que la frase le ha gustado.

—Entonces ¿por qué ha roto el cheque?

—Es que no sé si tenía intención de dárnoslo... No se anda con chiquitas. Me ha preguntado si quería una copa y, cuando le he respondido: «Sólo si usted también toma una», me ha soltado: «Yo no voy a tomar ninguna, así que se queda sin nada.» Brusco, pero simpaticote.

—¿Vas a volver a verlo?

—No, hombre, no. ¿A qué viene esa pregunta?

—Como dices que es simpático.

—Me refería a la forma en que me ha respondido. Nada más oírle me he preguntado si podría meter esa frase en mi número.

Terry miró el whisky y se lo bebió casi de un trago.

—¿Qué has dicho cuando lo ha roto?

—He dicho que debería habérmelo imaginado.

—¿No te ha sorprendido?

—Sí, pero es lo que le he dicho.

—¿Y él qué te ha respondido?

Debbie cerró lentamente los ojos y volvió a abrirlos.

—Terry, estoy cansada. Quiero acostarme.

—¿Quieres que me quede?

—Como quieras.

—Cuéntame qué te ha respondido.

—Me ha respondido: «¿Debería haberse imaginado qué?» Entonces yo he hecho un comentario sobre cómo se gana la vida, pero sin decirle a la cara que es un chorizo, y él me ha soltado. —Hizo una pausa—: «Usted no sabe a qué me dedico.» Ni yo ni nadie, por lo visto, pues prefiere pasar inadvertido, no es un fanfarrón. Se ha comparado con ese que jugaba con los Delfines, Larry Czonka, el tío decía que se ponía a dar brincos como pato mareado después de un *touchdown*. Entonces me he preguntado si también podría meter eso en mi número: las fanfarronadas de los jugadores profesionales de fútbol americano. Si Czonka hacía el pato mareado, un tío le pegaba en la cabeza.

—Howie Long.

—Ése. Me he imaginado a un tío de uniforme pegando a otro en el casco y diciendo: «¡Joder, qué daño!»

—Yo pensé lo mismo la primera vez que lo oí. —Luego dijo—: ¿Entonces lo único que quería Tony era hablar contigo?

—No sé, el caso es que no ha servido para nada. Si vas a quedarte, Terry, vamos a acostarnos.

—Pero, entonces, ¿por qué se ha tomado la molestia...?

—No lo sé... Venga, Terry, vamos a hacerlo. —Y se fue.

A Terry le dio la impresión de que lo decía para acabar lo antes posible. Quizás era ésa su intención. Pensó en aquella mañana, cuando estaban en el dormitorio de Fran y Mary Pat hablando de cambiar las sábanas y Debbie le había dicho que no, que en la cama sólo iban a dormir, que podían follar en cualquier parte; viniendo de ella no le parecía una expresión tosca, sino más bien un comentario que describía su idea de las relaciones sexuales. Se trataba de algo que podían hacer en cualquier parte: nada más que un polvo.

Se sirvió otra copa, bebió un trago y se llevó el vaso al dormitorio. Bebió otro trago mientras veía a Debbie quitarse aquel quimono que no le había visto nunca y mirar el despertador de la mesilla en bragas. Eran las blancas con el lacito rosa a un lado. Se las quitó y Terry pensó que tenía que espabilar. La vio salir al pasillo y dirigirse al cuarto de baño. Estuvo dentro unos minutos; cuando salió y apagó la luz, él ya se había metido en la cama.

—Me he tomado un sedante. Como no deje de pensar en lo de esta noche, no voy a pegar ojo.

Apagó la lámpara y se acostó.

—¿No prefieres... hacerlo antes? —preguntó Terry vacilante.

—No te preocupes, yo estoy por la labor si tú lo estás. —Extendió el brazo, le agarró por abajo y dijo—: Sí, sí que lo estás.

Y empezaron: se besaron y tocaron, buscaron la mejor postura y al final adoptaron un ritmo tranquilo. Para mantenerlo y no perder el control, Terry se puso a pensar en África, en las colinas brumosas, en las plantaciones de té, en las casas de adobe rojo y en los murciélagos que alzaban el vuelo sobre los eucaliptos. Pero mientras pensaba en África y en el cielo al anochecer, le surgió una pregunta:

Si ha roto el cheque, ¿por qué quiere asegurarse de que vuelva?

—¿Qué ocurre? —preguntó ella.

—Nada. Vamos a seguir.

Y siguieron. Hicieron el amor y, cuando terminaron, Debbie se limpió con un pañuelo de papel y se durmió. Terry, en cambio, se quedó con la mirada clavada en el techo en medio de la oscuridad.

¿Por qué Tony quiere perderte de vista?

No puedes perjudicarle. No vas a contar lo que ha hecho, no vas a decirle a nadie que la foto es falsa. No, es por ella. Se trata de que te pierda ella de vista, no él.

Ni siquiera era su dinero. Lo que deseaba era impresionar a la pequeña Debbie. Quería romper un cheque y firmar otro para pasárselo por las narices. Terry extendió el brazo para alcanzar el vaso, se acabó el whisky y miró cómo dormía Debbie, cómo respiraba: su naricilla dejaba escapar de vez en cuando unos leves ronquidos. Tony ha roto el cheque delante de ella. Debbie le ha dicho que debería habérselo imaginado, que el tío no es un fanfarrón. Pero ¿qué es romper el cheque sino una fanfarronada? Ha sido todo un montaje. ¿Por qué iba a tomarse la molestia si no? Debbie le gusta y él quería impresionarla: le hace una oferta, como en la película, y Debbie acepta, es todo para ella y prefiere evitar darte explicaciones, así que se va a la cama, se esconde. ¿Quieres que me quede? Como quieras... ¿Qué otra cosa podía decir? ¿Que le dolía la cabeza? Pensaba que llamarías primero... Estaba molesta. Pensaba que llamarías primero... No deseaba hablar del tema, pero, como no quería parecerte cerrada e insincera, se ha ido de la lengua.

Pero no te ha preguntado si te vas.

Habían hablado del tema antes de ver a Tony, él le había contado que iban a asegurarse de que volviera a África, pero ahora ella había dejado de pensar en ello. O, si pensaba en ello, prefería no sacar el tema. Ocurriría lo que tuviera que ocurrir, y él nunca se enteraría de lo que le había dado Tony.

Llevaba un quimono que él nunca había visto y que le daba un aspecto distinto. O igual estaba distinta sin más y su aspecto no tenía nada que ver con el quimono rosa del ribete rojo vivo. No se creía que estuviera en el cuarto de baño cuando había llamado. Imagínate la situación. Oye que llamas al timbre, y le pilla por sorpresa. Vuelve a sonar el timbre. Decide esperar a que te des por vencido. Pero luego oye que la llamas por su nombre y se asoma; un error, pero ya es demasiado tarde, sabe que la has visto y que, si subes, debe esconder lo que le ha dado

Tony, si es que no lo ha escondido ya. Vuelves a llamar y aún tienes que esperar un rato. Lo ha metido en alguna parte. Pensaba que llamarías primero... No parecía muy contenta de verte, no parecía tu amor, tu pequeña intrigante, la ex del estafador, la ex presidiaria con la que llevas enrollado ¿cuántos días?, ¿cinco?

¿Verdad que es maravilloso el amor?

Se va a la cama porque quiere acabar cuanto antes, quiere zanjar el asunto contigo. Está claro que le gustas. De eso no te cabe duda. Pero ¿le gustas tanto como para que pueda confiar en ti?

Ha dicho que estaba en el cuarto de baño cuando has llamado.

Igual ha entrado después de oír el timbre.

Ha entrado en el cuarto de baño a tomarse el sedante y ha apagado la luz al salir. La primera noche que te quedaste aquí la dejó encendida, para que os viérais en la cama.

Terry miró el techo.

¿Lo habrá escondido?

¿O confía en que sigas siendo un inocente y le creas, padre Dunn?

¿Dónde estará el escondite?

¿No te lo dijo una vez?

Miró el techo.

La oyó respirar profundamente.

Y se levantó de la cama...

Debbie se despertó medio atontada, pero aun así volvió la cabeza para ver si Terry seguía allí. No, no estaba. Se incorporó y miró hacia el otro lado, hacia el despertador: eran las nueve y veinticinco. Pensó en ir a cepillarse los dientes: tenía la boca pastosa y le daba asco. Pero decidió hacer antes una llamada. Se imaginó que contestaría Mary Pat y así fue.

—Hola, soy Debbie. ¿Qué tal le ha ido a Terry?

—Han pasado a recogerlo, si te refieres a eso. Han venido dos personas.

—Son de fiar... —dijo ella—. En fin, que no hay motivos para preocuparse. —Luego añadió—: No sé qué te habrá contado...

Y se calló a ver si Mary Pat se lo decía.

—Bueno, Terry no parecía preocupado, así que creo que puedo estar tranquila.

—Ya... —dijo ella. Luego añadió—. Muy bien. Muchas gracias, Mary Pat.

Cuando fue al cuarto de baño a cepillarse los dientes, trató de imaginarse en qué estado de ánimo se encontraría Terry. Entró y vio unos rollos de papel higiénico nuevos, nueve en total, apilados sobre el lavabo donde se maquillaba. La bolsa de plástico del envoltorio estaba en el suelo. Ver aquello la dejó conmocionada y la obligó a dejar el cepillado de dientes para más tarde.

Aquello significaba que no la creía. Su socio, su compañero, no la creía, cojones. Había estado buscándolo, pese a que era imposible que supiera lo que tenía que buscar. Había buscado allí porque, mierda, debía de haberle contado que Randy fisgaba en el cuarto de baño.

Pero ella no lo había escondido allí. No lo había escondido en ninguna parte. Al oír el timbre le había entrado pánico y se le había pasado por la cabeza, pero luego había pensado: Un momento, ¿por qué voy a esconderlo? Es Terry. ¿Qué motivos tiene él para fisgar?

No, lo había dejado en el bolso, en la cocina. Fue y allí estaba, sobre la encimera, y en su interior el sencillo sobre blanco con el cheque... Pero no estaba.

28

En cuanto el trío terminaba su actuación, el pianista se acercaba al micrófono y decía:

—Y ahora les presento a alguien que no sólo les hará gracia, sino que les caerá en gracia. La nueva estrella del humor de Detroit: ¡Debbie Dewey!

A Debbie le recordaba la voz de aburrimiento que en M.A.S.H. anunciaba por los altavoces la película de la noche y resumía el argumento. La primera vez que el pianista la presentó, ella le dijo al terminar la actuación:

—Carlyle, yo no quiero caerle en gracia a nadie.

—Ya lo sé, encanto —respondió Carlyle—. Pero éste es el único local de la ciudad donde podemos actuar, ¿entiendes? Por tonto que sea, el jefe me dice lo que tengo que decir, y yo lo digo.

El cabrón de Randy, dijo Debbie para sus adentros.

—Bueno, ¿te importaría no poner esa voz de aburrimiento?

—El jefe me ha dicho que hable de manera elegante, lo cual para él significa comedido y para nosotros, como tú bien dices, a-bu-rri-do.

La reunión en la que se había decidido todo le recordaba a Debbie a la lectura de un veredicto. Fue Vito Genoa el encargado de hablar con Randy.

—Tony quiere que ella trabaje aquí tres noches por semana.

Randy respondió en su tono habitual:

—Yo no llevo un teatro de variedades. Esto es un restaurante de cuatro tenedores.

—Tiene que pagarle cinco mil semanales durante un mínimo de diez semanas. Luego puede hacer lo que le dé la gana.

—¿Que le pague cincuenta mil dólares? —exclamó Randy—. ¿Después de todo lo que le he dado ya?

—Son cinco mil semanales, pero puede deducirlos —explicó Vito—. Además durante estas diez semanas no tendrá que pagar la comisión por las chicas. Tony se la perdona.

—Me encantaría saber qué ve en ella —comentó Randy.

—¿Y si me niego a actuar? —preguntó Debbie, que estaba sentada debajo de la fotografía de Soupy Sales.

Vito la miró y dijo:

—Si es lista, mantenga la boca callada hasta que se le ocurra algo divertido que decir. —Luego se volvió de nuevo hacia Randy—. ¿Dónde está el Chucho?

—No lo he visto. Debe de haberse marchado.

—¿Ha encontrado su coche?

—Todavía no.

—Creo que se cargó a Vincent y luego se largó con su Cadillac. ¿Usted qué cree?

—He aprendido a no hacer conjeturas sobre él —respondió Randy—. Cuando se trata del Chucho, cabe esperar cualquier cosa.

El Chucho llamó a Randy desde Ohio y le dijo:

—¿Sabe quién soy? Yo. No quiero hablar mucho por teléfono. Me cargué a uno, pero no al otro, porque no cobró su dinero. Y no fui a cobrar lo que usted ya sabe porque preferí quedarme con el coche.

—Pero si vale tres veces más de lo que te debo —repuso Randy.

—No importa, tiene seguro, ¿no? Lo que necesito son los papeles para cuando vaya a venderlo. Mándemelos al parque de atracciones de Cedar Point. Voy a estar aquí trabajando una temporada. Oiga, ¿sabía que tienen unos aparatos estupendos?: el Secuestrador, la Mantis y la montaña rusa. Y también el Dragón de Acero y el Precipicio Infernal...

Debbie llamó a Tony y le explicó lo ocurrido entre gimoteos:

—Se me presenta por fin la oportunidad de mi vida, y él va y me pega el palo. Un cura...

—Creo que lo que me está diciendo —respondió Tony— es que usted intentó joderle. El problema es que ese cura católico la conoce mejor que usted a él y le ha dado un escarmiento. No ha prestado la atención suficiente.

—¿No va a hacer nada?

—¿Qué quiere que haga? ¿Mandar a uno de los chicos a África? Es su dinero, chiquilla, no el mío.

—Tony, no está en África. Que le comprara el billete no significa... Es el último lugar al que iría. No me sorprendería recibir un día una llamada de París o del sur de Francia y oír una voz conocida que me dijera...

—No me diga que le convenció para que colgara los hábitos. ¿O es que no era sacerdote?

Debbie guardó silencio.

—No quiero saber nada sobre este asunto, ¿me entiende? No quiero que me cuente nada al respecto.

—Era una manera de hablar —explicó Debbie con una voz suave y contrita a la que recurría de vez en cuando—. Se lo oculté, él encontró el cheque y me llevé mi merecido. —Luego dijo a su pesar—: Por lo menos podrá ayudar a los huérfanos con el dinero.

—Entonces está calumniándolo porque está cabreada, porque le revienta haber salido perdiendo. ¿No es eso?

—Lo siento, lo siento de veras...

—¿Quiere ir a buscarlo? ¿Quiere ir a África y pillar una puta enfermedad de la que nunca ha oído hablar?

—Lo superaré.

—Igual facilitaría las cosas si tuviera un contrato de diez semanas por, pongamos, cinco mil semanales. Así recuperaría una parte.

—No tengo el nombre para pedir esa cantidad ni de lejos.

—Yo sí —dijo Tony.

Debbie dejó de gimotear.

—¿Podría hacerlo?

—¿Lo propondría si no pudiera?

Esta vez Debbie no preguntó si había gato encerrado.

El pianista del trío se acercó al micrófono y dijo:

—Y ahora les presento a alguien que no sólo les hará gracia, sino que les caerá en gracia. —Y con un poquito más de chispa, añadió—: La nueva estrella del humor fino de Detroit: ¡Debbie Dewey!

Debbie apareció por el pasillo del fondo, subió a la tarima con su uniforme de presidiaria de talla extra grande y sus botas de trabajo, y dirigió la mirada hacia los manteles blancos y los clientes que podían pagar los precios que pedía Randy.

Era un público educado, paciente.

Bueno, vamos allá, se dijo.

—Por favor, que levante la mano quien haya estado alguna vez en la cárcel. No estoy hablando de una noche en comisaría. Me refiero a una condena como Dios manda. —Debbie se puso la mano abierta encima de los ojos y recorrió el comedor con la mirada—. ¿A nadie le han pillado en el aeropuerto con drogas? ¿Nunca han vuelto a casa de algún lugar molón, han visto al perrillo ese, *Snoopy*, curioseando entre sus maletas, y han pensado: «Joder, espero que ese perro de mierda no le vaya a la pasma con el soplo.»?

El público reaccionó bien. Quería que ella supiera que era gente enrollada.

—Ya veo que soy la única persona en la sala que ha estado en el talego. Me cayeron casi tres años por agresión con resultado de lesiones.

Debbie dirigió la mirada a Randy, que se encontraba en la barra, y le dedicó el siguiente chiste:

—Cuando iba a Florida a visitar a mi madre, me encontré casualmente con mi ex marido y me lo cepillé... con un Ford Escort. Pocas lesiones se pueden causar con un Ford Escort, pero el caso es que sirvió, porque se pasó varios meses con el cuerpo escayolado.

Se volvió de nuevo hacia el público, los manteles blancos y las caras. Algunas estaban sonriendo.

—Cuando les cuente lo víbora que era, comprenderán por qué hubiera preferido ir en un camión de dieciocho ruedas cargado de chatarra. Atención, chicas: si un tío que tiene un murciélago en casa o a veces se hace pasar por cura os dice que le gustaría quedar con vosotras, decidle que estáis muy ocupadas. Lo primero que me dijo él en un elegante banquete de bodas al que más adelante descubrí que no estaba invitado fue...

Chantelle miró por la mosquitera de la puerta y vio a Laurent, el oficial del ejército patriótico ruandés, con la boina debajo del brazo, y a Terry con las manos en los bolsillos de su pantalón corto color caqui. Estaban en el patio, hablando, apoyándose ora en un pie ora en otro. Se fijaban en la iglesia vacía, volvían a hablar y miraban a lo lejos, hacia la plantación de té. La pendiente verde estaba oscura a aquella hora del día, la hora del señor Walker. Pero ellos no paraban de hablar, y Terry no entraba en casa a buscar la botella para el invitado. Estarían tratándose como caballeros, aunque cada uno debía de preguntarse qué hacía el otro allí. Era como ver una película muda, pero imaginándose de qué estaban hablando los personajes. Uno le estaría diciendo al otro que se alegraba de verlo. No, no había ninguna novedad. Sí, los de la iglesia estaban enterrados...

Chantelle esperó a que Laurent le estrechase otra vez la mano a Terry, se pusiera la boina, subiese al Land Cruise, hiciera un gesto de despedida y se alejase. Luego abrió la mosquitera con el pie y, sujetando la botella de Johnnie Walker con el muñón, sacó los vasos y el cuenco de hielos en una bandeja. Creía que apretar la botella de ese modo era un buen ejercicio y que iba a utilizar ese músculo muchas veces más, y también pensaba que la mujer sabía cosas que el hombre al parecer desconocía.

—¿Por qué no la has traído cuando estaba aquí?

—¿Por qué no me has dicho que lo haga?

Chantelle puso la bandeja y la botella sobre la mesa combada y echó hielo en los vasos.

—Pensaba que íbamos a beber de la negra para celebrarlo.

—Un día se me cayó al suelo y se me rompió.

—Da igual. ¿Has probado el bourbon?

—Sí, me gusta.

—¿Ha venido Laurent mucho por aquí?

Chantelle le dio su vaso de whisky lleno de hielo.

—¿Sabes cuánto has estado fuera? Once días y medio. ¿Qué quieres decir con «mucho»?

—¿Ha venido o no?

—Le gusto. Ha venido a ver si estaba bien aquí sola. Su mujer ha venido de Kampala y ahora vive con ella.

—Has pasado de un cura a un hombre casado...

—A ver, qué piense... —dijo ella—. ¿Voy a buscarlos yo o me buscan ellos? No te preocupes por Laurent. —Se volvió con su vaso y se sentó junto a él en aquella hora tranquila, antes de que los insectos se pusieran a hacer su ruido característico y empezaran a buscar insectos iguales que ellos con los que aparearse y crear millones de insectos más—. Dices que vienes para cuidar a los niños. Pero ya no eres cura.

—Ya te lo dicho: nunca lo he sido.

—¿Ahora qué eres? ¿Adventista? Ellos también cuidan a niños. ¿Vas a confesar? Eso te gustaba.

—Hablaré con la gente, intentaré echarle una mano. Si quieren, lo haré como en la confesión.

—¿Y también pondrás penitencias?

—Ya no puedo hacerlo.

—¿Se lo has dicho a Laurent?

—Se lo diré la próxima vez que venga, cuando vea que he venido a quedarme, que no estoy de visita ni de paso... Es la razón por la que ha venido, según me ha dicho. Pero, si estaba de paso, ¿adónde se dirigía? La carretera acaba aquí. Me ha preguntado si sabía que iba a volver aquí.

—¿Y qué le has respondido?

—Le he dicho: «No hasta que he llegado.»

—Si practicas —dijo Chantelle—, puedes convertirte en vidente. Así podrás contarle a la gente lo que te dice la Virgen María, las cosas buenas que van a ocurrir en el futuro. La gente estaría encantada y te premiaría, te traería pollos, tomates, una fanega de maíz...

—¿Y cerveza de maíz?

—¿No decías que no te gustaba?

—Lo que dije es que no la había probado. ¿Sabes a quién me recuerdas?

—A ver, que piense... —respondió Chantelle—. Debe de ser la mujer a la que has robado y crees que por eso la has dejado.

Terry se quedó mirando a Chantelle, sonrió y meneó la cabeza con gesto de admiración. Entonces se levantó, se inclinó sobre su silla y le dio un beso en la boca, un beso largo pero tierno.

—Eres tú la vidente —dijo—. Cuéntame mi porvenir.

—¿Te refieres a lo que serás cuando seas mayor o a cuando se te acabe el dinero? —preguntó ella.

—Siempre puedo conseguir más —respondió él.